U0830078

太平广记全鉴

〔宋〕李昉 等◎编

东篱子◎解译

中国纺织出版社有限公司
国家一级出版社
全国百佳图书出版单位

内 容 提 要

《太平广记》为北宋初年李昉等人奉宋太宗的旨意编纂的一部小说总集。它取材于汉代至宋初的纪实故事及道经、释藏等为主的杂著，属于类书，对后来的文学艺术作品影响十分深远。本书从《太平广记》卷帙浩繁的内容中精选了具有代表性的篇目，为其添加了注释与译文，以便爱好国学的读者轻松阅读。

图书在版编目（CIP）数据

太平广记全鉴 / （宋）李昉等编；东篱子解译．--北京：中国纺织出版社有限公司，2021．1

ISBN 978－7－5180－7997－1

Ⅰ．①太… Ⅱ．①李… ②东… Ⅲ．①笔记小说—小说集—中国—北宋 ②《太平广记》—注释 ③《太平广记》—译文 Ⅳ．①I242．1

中国版本图书馆CIP数据核字（2020）第199667号

策划编辑：金卓琳　　责任编辑：段子君

责任校对：高　涵　　责任印制：储志伟

中国纺织出版社有限公司出版发行

地址：北京市朝阳区百子湾东里 A407 号楼　邮政编码：100124

销售电话：010—67004422　传真：010—87155801

http://www.c-textilep.com

中国纺织出版社天猫旗舰店

官方微博 http://weibo.com/2119887771

佳兴达印刷（天津）有限公司印刷　各地新华书店经销

2021 年 1 月第 1 版第 1 次印刷

开本：710 × 1000　1/16　印张：20

字数：243 千字　定价：48.00 元

凡购本书，如有缺页、倒页、脱页，由本社图书营销中心调换

前言

《太平广记》是北宋时期编的大型类书之一，专门收集自汉代至宋初的野史、小说等题材。因成书于太平兴国年间，和《太平御览》同时编纂，所以名为《太平广记》。

这部书是李昉等人奉宋太宗的旨意集体编纂的。从太平兴国二年（977年）三月开始，至次年（978年）八月结束，成书五百卷，按主题分九十二大类，下面又分一百五十多小类。

全书引书大约四百多种，一般在每篇之末都注明了来源，但偶尔有些同书异名或异书同名的错误。

《太平广记》于太平兴国六年（981年）正月雕印（据《宋会要》及《灸进书表》）。但因后来有人说这部书并非后学者所急需，就把书版收了起来，所以流传不广。

从内容上看，全书收录最多的是小说，实际上可以说是一部宋代之前的小说的总集。其中有不少书现在已经失传了，只能在本书里看到它的遗文。许多唐代和唐代以前的小说，就靠《太平广记》而保存了下来。

鲁迅在《破〈唐人说荟〉》一文中指出："我以为《太平广记》的好处有二：一是从六朝到宋初的小说几乎全收在内，倘若大略地研究，即可以不必买许多书；二是精怪、鬼神、和尚、道士，一类一类的分得很清楚，聚得很多，可以使我们看到厌而又厌，对于谈狐鬼的《太平广记》的子孙，再没有拜读的勇气。"

《太平广记》中，神怪故事占的比重最大。虽然所有神仙鬼怪的故事，都是幻想的产物，但是能够给当时的人带来刺激和消遣。很多故事即如现在而言，也是很有可读性的。除此之外，《太平广记》对于现实也有披露和谴责。有的故事言微而旨远，很值得一品再品。

《太平广记》对后来的文学艺术影响十分深远。宋代以后，话本、曲艺、戏剧的编者，都从《太平广记》里选取素材，把许多著名故事加以改编。

《太平广记》是中国古代小说的一个宝藏，很值得阅读。不过，在阅读过程中，读者朋友们要学会去粗取精，去伪存真，对于有的故事传达出来的陈旧的思想要加以摒弃，对于有的故事传达出来的庸俗的价值观要懂得鉴别。汲取故事中传达出的正能量，使我们持身以正，立身以洁。在得到阅读的快乐的同时，得到精神和心灵的洗涤与升华。

《太平广记》卷帙浩繁，所以本书编者精选篇目，再加以必要的注释和译文，推荐给读者朋友。因为篇幅所限，必有遗珠之憾。不过，能够将其中许多优美的故事展现于读者面前，仍旧是很值得高兴的一件事。

解译者

2020 年 3 月

目录

神仙

老子

【原文】

老子者，名重耳，字伯阳，楚国苦县曲仁里人也。其母感大流星而有娠。虽受气天然，见于李家，犹以李为姓。

或云，老子先天地生。

或云，天之精魄，盖神灵之属。

或云，母怀之七十二年乃生，生时，剖母左腋而出。生而白首，故谓之老子。

或云，其母无夫，老子是母家之姓。

或云，老子之母，适至李树下而生老子，生而能言，指李树曰：以此为我姓。

或云，上三皇时为玄中法师，下三皇时为金阙帝君，伏羲时为郁华子，神农时为九灵老子，祝融时为广寿子，黄帝时为广成子，颛顼时为赤精子，帝喾时为禄图子，尧时为务成子，舜时为尹寿子，夏禹时为真行子，殷汤时为锡则子，文王时为文邑先生。

一云守藏史。

或云，在越为范蠡[①]，在齐为鸱夷子，在吴为陶朱公。皆见于群书，不出神仙正经，未可据也。

葛稚川云[②]：洪以为老子若是天之精神，当无世不出。俯尊就卑，委逸就劳。背清澄而入臭浊，弃天官而受人爵也。夫有天地则有道术，道术之士，何时暂乏。是以伏羲以来，至于三代，显名道术，世世有之，何必常是一老子也。皆由晚学之徒，好奇尚异，苟欲推崇老子，故有此说。

其实论之，老子盖得道之尤精者，非异类也。

按《史记》云：老子之子名宗，事魏为将军，有功，封于段。至宗之子汪、汪之子言、言之玄孙瑕，仕于汉。瑕子解，为胶西王太傅，家于齐。则老子本神灵耳，浅见道士，欲以老子为神异，使后代学者从之，而不知此更使不信长生之可学也。何者，若谓老子是得道者，则人必勉力竞慕；若谓是神灵异类，则非可学也。

或云：老子欲西度关，关令尹喜知其非常人也，从之问道。老子惊怪，故吐舌聃然，遂有老聃之号。亦不然也。今按《九变》及《元生十二化经》，老子未入关时，固已名聃矣。老子数易名字，非但一聃而已。

所以尔者，按《九宫》及《三五经》及《元辰经》云：人生各有厄会，到其时，若易名字，以随元气之变，则可以延年度厄。今世有道者，亦多如此。

老子在周，乃三百余年，三百年之中，必有厄会非一，是以名稍多耳。欲正定老子本末，故当以史书实录为主，并考仙经秘文，以相参审。其它若俗说，多虚妄。

洪按《西升中胎》《复命苞》《珠韬玉机》及《金篇内经》，皆云：老子黄白色，美眉，广颡长耳[③]，大目疏齿，方口厚唇；额有三五达理，日角月悬；鼻纯骨双柱，耳有三漏门；足蹈二五，手把十文。以周文王时为守藏史，至武王时为柱下史。时俗见其久寿，故号之为老子。夫人受命，自有通神远见者，禀气与常人不同，应为道主，故能为天神所济，众仙所从。

是以所出度世之法，九丹八石，金醴金液[④]；次存玄素守一，思神历藏，行气炼形，消灾辟恶，治鬼养性，绝谷变化，厌胜教戒，役使鬼魅之法。凡九百三十卷，符书七十卷，皆《老子本起》中篇所记者也，自有目录。其不在此数者，皆后之道士，私所增益，非真文也。老子恬淡无欲，专以长生为务者，故在周虽久，而名位不迁者，盖欲和光同尘。内实自然，道成乃去，盖仙人也。

孔子尝往问礼，先使子贡观焉。子贡至，老子告之曰："子之师名丘，相从三年，而后可教焉。"

孔子既见老子，老子告曰："良贾深藏若虚，君子盛德若愚。去子之骄气与多欲淫志，是皆无益于子也。"

孔子读书，老子见而问之曰："何书？"

曰："《易》也。圣人亦读之。"

老子曰："圣人读之可也，汝曷为读之？其要何说？"

孔子曰："要在仁义。"

老子曰："蚊虻噆肤[⑤]，通夕不得眠。今仁义惨然而汩人心，乱莫大焉。夫鹄不日浴而白，乌不日染而黑，天之自高矣，地之自厚矣，日月自照矣，星辰固自列矣，草木固有区矣。夫子修道而趋，则以至矣，又何用仁义！若击鼓以求亡羊乎？夫子乃乱人之性也。"

老子问孔子曰："亦得道乎？"

孔子曰："求二十七年而不得也。"

老子曰："使道可献人，则人莫不献之其君；使道而可进人，则人莫不进之其亲矣；使道可告人，则人莫不告之兄弟矣；使道可传人，则人莫不传之其子矣；然而不可者，无他也，中无主而道不可居也。"

孔子曰："丘治《诗》、《书》、《礼》、《乐》、《易》、《春秋》，诵先王之道，明周、召之迹，以干七十余君而不见用，甚矣人之难说也。"

老子曰："夫六艺，先王之陈迹也，岂其所陈哉。今子所修者，皆因陈迹也。迹者履之出，而迹岂异哉？"

孔子归，三日不谈。子贡怪而问之。孔子曰："吾见人之用意如飞鸟者，吾饰意以为弓弩射之，未尝不及而加之也；人之用意如麋鹿者，吾饰意以为走狗而逐之，未尝不衔而顿之也；人之用意如渊鱼者，吾饰意以为钩缗而投之，未尝不钓而制之也。至于龙，乘云气，游太清，吾不能逐也。今见老子，其犹龙乎，使吾口张而不能翕⑥，舌出而不能缩，神错而不知其所居也。"

阳子见于老子，老子告之曰："虎豹之文，猿猱之捷，所以致射也。"

阳子曰："敢问明王之治。"

老子曰："明王之治，功盖天下而以不自己，化被万物而使民不恃，其有德而不称其名，位乎不测而游乎无有者也。"

老子将去而西出关，以升昆仑。关令尹喜占风气⑦，逆知当有神人来过，乃扫道四十里，见老子而知是也。老子在中国，都未有所授，知喜命应得道，乃停关中。

老子有客徐甲，少赁于老子，约日雇百钱，计欠甲七百二十万钱。甲见老子出关游行，速索偿不可得，乃倩人作辞，诣关令，以言老子。而为作辞者，亦不知甲已随老子二百余年矣，唯计甲所应得直之多，许以女嫁甲。甲见女美，尤喜，遂通辞于尹喜。得辞大惊，乃见老子。

老子问甲曰："汝久应死，吾昔赁汝⑧，为官卑家贫，无有使役，故以太玄清生符与汝，所以至今日。汝何以言吾？吾语汝到安息国，固当以黄金计直还汝，汝何以不能忍？”

乃使甲张口向地，其太玄真符立出于地，丹书文字如新，甲成一具枯骨矣。喜知老子神人，能复使甲生，乃为甲叩头请命，乞为老子出钱还之。老子复以太玄符投之，甲立更生。喜即以钱二百万与甲，遣之而去。并执弟子之礼，具以长生之事授喜。

喜又请教诫，老子语之五千言，喜退而书之，名曰《道德经》焉。

尹喜行其道，亦得仙。汉窦太后信老子之言，孝文帝及外戚诸窦，皆不得不读，读之皆大得其益。故文景之世，天下谧然，而窦氏三世保其荣宠。

太子太傅疏广父子，深达其意，知功成身退之意，同日弃官而归，散金布惠，保其清贵。及诸隐士，其遵老子之术者，皆外损荣华，内养生寿，无有颠沛于险世。其洪源长流所润，洋洋如此，岂非乾坤所定，万世之师表哉。故庄周之徒，莫不以老子为宗也。（出《神仙传》）

【注释】

①范蠡：春秋末期政治家、军事家、经济学家和道家学者。曾献策扶助越王勾践复国，后隐去。

②葛稚川：葛洪（公元 284 ~ 364 年），东晋道教学者、著名炼丹家、医药学家。字稚川，自号抱朴子。

③广颡（sǎng）：脑门宽，额头大。

④金醴（lǐ）：美酒。

⑤噆（zǎn）：叼；衔。咬；叮。

⑥翕（xī）：合拢，收敛。

⑦尹喜：字文公，号文始真人，精通历法，善观天文，习占星之术，曾跟随老子西出散关，化胡西域。

⑧赁（lìn）：指雇用。

【译文】

老子姓李，名重耳，字伯阳，是楚国苦县曲仁里的人。他的母亲有一回看见天空中飞过去大流星，就有了身孕。老子虽然是承受上界的神灵之气才降生，但因为是生在李家，就仍把李当成自己的姓氏。

有人说，老子生在了开天辟地之前。

有人说，既然他是天的精灵神魄，那自然他就是神灵那一类。

有人说，老子的母亲怀了他七十二年才把他生下来，生时，他剖开母亲的左腋而出。生出来就是白发苍苍的样子，所以才叫老子。

有人说，老子的母亲没有丈夫，老子随的是母亲娘家的姓。

有人说，老子的母亲正好在李树下生了老子，老子生下来就能说话，他指着李树说："拿这个来当我的姓吧。"

有人说，上三皇时，老子是玄中法师；下三皇时，老子是金阙帝君；伏羲氏时，老子是郁华子；神农氏时，老子是九灵老子；祝融时，老子是广寿子；黄帝时，老子是广成子；颛顼时，老子是赤精子；帝喾时，老子是禄图子；尧时，老子是务成子；舜时，老子是尹寿子；夏禹时，老子是真行子；殷商时，老子是锡则子；周文王时，老子是文邑先生。

有一种说法称老子是文王的守藏史。

有人说，老子在越国是范蠡，在齐国是鸱夷子，在吴国是陶朱公。这些传说记载在各种书籍里头，但都不是出自神仙的正式经书中，所以不能把它们当成依据。

葛洪曾说："我认为，老子假如确实是上天的精灵神人，那么他就应当是世世代代都会出世。他放弃自己尊贵的身份，当了一个卑贱微末的凡夫俗子，不去过安逸的日子，反而从事辛苦的劳作。他背离清明高洁的境界，进入凡俗肮脏的人间，抛弃天界的官位，却接受人间的封爵。自有天地，就有道术的存在，修炼道术的人无时不曾或缺。从伏羲以来，到夏、商、周三代，因道术而出名的，绵延世世代代，怎么会只有一位老子？这都是后来的一些学道的人喜欢奇闻异说，对于奇谈怪论很是推崇，他们想要推崇老子，就把这些奇谈怪论编造出来，以耸人听闻而已。”

实事求是地说，老子就是一个得道精深的人而已，他根本不是什么异类。

根据《史记》上记载，老子的儿子名宗，在魏国当过将军，他因为有功，被封邑在段干这一块地方。李宗的儿子是李汪，李汪的儿子是李言，李言的玄孙是李瑕。李瑕在汉朝做过官。李瑕的儿子李解当过胶西王的太傅，家在齐国。至于老子，他本来就特别聪慧，所以有些浅薄的道士想把他说成神仙，这样后代就会更加崇拜他和追随他。可是他们却不知道，这样一来，更让人觉得长生不老是先天生成，不是后天学习能得到的。为什么这样说呢？如果说老子是一个得了道的凡人，那么人们会在倾慕他的同时，会努力向他学习；如果他是神仙，那么凡俗的人们怎么学习呢。

据说老子要向西出关而去，守关的令尹名叫喜，他知道老子不一般，就向他问道。老子对他的请求又惊又怪，吐出舌头，半天收不回去，从此他就有了“老聃”这个称号。其实不是。如今根据《九变》及《元生十二化经》的记载，老子没有进关的时候，就已经有了“老聃”这个别号了。老子改过好几次名字，可不只是一个“聃”字而已。

他之所以改名字，是因为按照《九宫》《三五经》《元辰经》上的说法，人的一生会有几次坎坷际遇，每到这个时候，改一下名字来顺应运气的改变，就可以延年益寿，消灾解危。如今一些有道法的人，也常常这样做。

老子在周朝活了三百多年，三百多年里，肯定有不止一次的厄运，所以他的名字就多了一点。如果想考证老子的生平始末，还是要以史书上的正式记载为主，并参考一些神仙的经传秘文，用来参祥审定。其他一些世俗的传说，大多荒诞，不足以信。

葛洪参考的是《西升中胎》《复命苞》和《珠韬玉机》《金篇内经》等典籍上的记载，这些记载都说，老子是黄白面皮，他的眉毛很美，脑门宽，耳朵长，眼睛大，牙齿稀，四方大口厚嘴唇。脑门上有十五条横纹，额角两端似有日月的形状。他的鼻子端正，有两根鼻骨，耳朵上有三个耳孔。他一步可以跨越一丈，双手上有十道贵人的掌纹。周文王时，他做守藏史，到武王时，他担任柱下史。当时，人们看他长寿，就把他称为“老子”。凡是受命于天的人，自然是能够通神而有远见卓识，禀赋气质也和一般人不一样。这样的人理所当然会成为道家之主，也自然会得到天神的保佑和帮助，众仙无不跟从。

老子用来济世度人的方法，共有九种丹八种石，有金酒、金液等仙药；此外，以“玄而又玄，众妙之门”的玄学来修心养性，运气炼身，消灾解难，辟易邪祟，清除鬼魅。而且又有不食五谷、超脱变化的方法，有符咒教戒、驱使鬼魅之道术。老子的道术共有九百三十卷，符书七十卷，这些都记载在他的著作中，自有目录可供查阅。凡是不在他著作中的，都是后来的道士们自作主张增添的，不是老子本人的著作。老子为人恬淡，没有物欲，专心修炼长生之道，所以他在周朝虽然活的时间很久，但在名声官位上并不显赫，因为他本来就打算和光同尘。他内里效法自然，修炼得道，羽化而去，成为仙人是很正常的。

孔子曾经去向老子请教《礼》的知识，他先派了学生子贡去拜见老子。子贡见到老子后，老子对他说：“你的老师叫孔丘，他能跟随我三年，然后我才能教他。”

孔子就去见了老子，老子告诉他：“会经商做买卖的人，再怎么有钱都会深藏不露，就像他什么都没有一样。君子虽然有着特别美好的德行，但是他会表现得像愚人一样，对自己的德行毫不外露。你呀，赶紧把你的骄气、泛滥的欲望和志向丢掉吧，这些东西对你可没一点好处。”

孔子读书的时候，老子看见了，问他：“这是什么书？”

孔子答：“这是《易经》，圣人都读这本书。”

老子说：“圣人读它没问题，你为什么要读它？你来说说看，这本书的精要是什么？”

孔子说：“它的精要是在宣讲仁义。”

老子说：“蚊子牛虻乱咬人，咬得人整晚不得安睡。如今仁义惨毒人心，再没有比它给人造成的乱子大了。你看鹄鸟，它不用每天洗浴，它的毛自然就是雪白的。乌鸦不用天天把自己染黑，它的羽毛自然就黑漆漆。天自来的就那么高，地自来的就那么厚，日月自来的就能放射光芒，星辰自来的就能够按照顺序排列，草木生来就有区别。你冲着自然的规律去修道，自然能够修得最高的道法，又何需讲什么仁义！就像敲着鼓去寻找丢失的羊，你这是在拂乱人的天性啊！”

老子问孔子：“你得道了吗？”

孔子说：“我求了二十七年，还没有哩。”

老子说：“如果道这种东西能够拿来送人，那人们没有不争着献给君王的；如果道能够拿来送人，那人们也会争着送给自己的亲人；如果道能够明明白白地告诉给人的话，那人们谁不会告诉自己的兄弟；如果道能够传给人的话，那人们肯定都会传给子孙。为什么这些都做不到呢？没有别的原因，人的心中没有正确的主见，道就进不到人的心里面。”

孔子说：“我孔丘研究《诗经》《书经》《周礼》《周乐》《易经》《春秋》，讲说先王治国的道理，对于周公、召公的事迹没有哪一些儿不明白。我用这些学问谒晋了七十多个国君，他们都不肯采用。想要劝服人，实在是太难了！”

老子说：“你那‘六艺’全都是先王时代的老旧的事迹，说那些有什么用处可言。你现在所修的，也都是些陈陈相因的旧迹。‘迹’就是人的鞋子留下的印儿，脚印和脚印，又有什么区别呢？”

孔子从老子那儿回来，三天没有跟弟子们谈话。子贡很奇怪，问他怎么了，孔子说：“我遇见有人的思路像飞鸟一样，我可以把我的意见和观点变成弓箭，就没有射不住，制不住的；如果对方的思想似麋鹿一样，我可以把我的意见和观点变成猎犬，没有叼不住他的；如果对方的思想像深渊的鱼一样，我可以把我的意见和观点变成钓钩，没有钓不上来，制服不了的。可是，如果对方的思想像龙一样，乘着云气遨游太清，那我就赶不上了。如今我见到老子，他就像条龙一样，让我张着嘴喘不了气，舌头伸出来缩不回去，心神错乱到不知道自己身在何处。”

阳子见到老子，老子对他说：“虎豹身上的花纹，猿猴身手的敏捷，是它们招人猎杀的原因。”

阳子说：“请问英明的君主，应该怎样治理国家？”

老子说：“英明的君王，他即便有着不世出的功劳，但是百姓并不知道。他的德行包容和泽被万物，百姓却认为世界本当如此。他德行很高，百姓却并不提念他的名字来称颂。他在位不在位对于百姓来说，都不要紧。”

老子将要出关西去，登上昆仑。守关令尹喜占卜风气，得知会有神人经过，就清扫了四十里道路，一见老子来，就知道他就是了。老子在中原没有传授过什么，他知道令尹喜命中注定该得道，就停在关中。

有一个人，叫徐甲，从小就给

老子做仆人，他每天的工钱大约一百钱，老子一共欠了他七百二十万钱的工钱。徐甲见老子要出关远行，就想赶紧把自己的工钱要回来。他又怕要不回来，就求人写了状子，想去找令尹喜，让他跟老子说说这回事。替徐甲写状子的人并不知道徐甲已经跟随老子二百多年了，只知道计算下来，徐甲会得到很多钱，就答应把女儿嫁给他。徐甲见那是一个美女，更高兴了，就把状子递交给令尹喜。令尹喜看了状子，大惊，就去见老子。

老子对徐甲说："你的寿命早就应该到头了。我当初雇用你，是因为我的官小，家里又穷，没有打杂的人，所以就把太玄清生符给了你，你才能一直活到现在。你凭什么要告我呢？我答应过你的，将来你进了安息国，那时我会用黄金计算工钱还给你。你怎么这么急，竟然等不了？"

于是他就让徐甲低头张嘴，太玄真符马上被吐了出来，符上的朱砂字迹像刚写的一样新鲜，而徐甲也随即变成了一具枯骨。令尹喜知道老子是神人，能让徐甲复活，就为徐甲叩头说情，愿意替老子出钱还给徐甲。老子就又把太玄真符扔给徐甲，徐甲立刻又活了过来。令尹喜就给了徐甲二百万钱，打发徐甲走了。而令尹喜却对老子执以弟子之礼，于是老子就把长生之道都教给了令尹喜。

令尹喜又请老子进一步教导自己，老子就口述了五千字，令尹喜回去后把它们全部记载下来，这就是《道德经》。

令尹喜就按照老子的教导修行，于是他也成了仙。汉代的窦太后崇尚老子的著作，孝文帝及外叔窦氏家族的人都读老子的书，读后都大有收获。所以汉文帝、汉景帝在位时，天下太平，而窦氏三代都保住了他们的富贵和荣宠。

太子太傅疏广父子对老子的道义理解深刻，特别了解功成身退的道理，于是父子二人同一天辞官。回家后，他们散家财给穷人，谋恩惠给百姓，保持了自身的节操清贵。后来的那些隐士们，凡是遵从老子道法的人，都不再追求外在的荣华富贵，而着力于内在的修身养性，所以哪怕乱世险恶，也不遭颠沛坎坷。老子的学说源远流长，渊博广大，这难道不是乾坤所定，值得做后代万世之师表吗？所以庄周一派的人，也都把老子奉为宗师。

王母使者

【原文】

汉武帝天汉三年，帝巡东海，祠恒山，王母遣使献灵胶四两，吉光毛裘。武帝以付外库，不知胶、裘二物之妙也，以为西国虽远，而贡者不奇，使者未遣之。帝幸华林苑，射虎兕[①]，弩弦断。使者时随驾，因上言，请以胶一分，以口濡其胶，以续弩弦[②]。帝惊曰："此异物也。"乃使武士数人，对牵引之，终日不脱，胜未续时也。胶青色，如碧玉。吉光毛裘黄白，盖神马之类。裘入水终日不沉，入火不焦。帝悟，厚赂使者而遣去。集弦胶出自凤驎洲，洲在西海中，地面正方，皆一千五百里，四面皆弱水绕之。上多凤驎[③]，数万为群。煮凤喙及驎角，合煎作胶，名之"集弦胶"，一名"连金泥"。弓弩已断之弦，刀剑已断之铁，以胶连续，终不脱也。（出《仙传拾遗》）

【注释】

①兕（sì）：古代指犀牛（一说雌性犀牛）。

②弩弦：弩弓的弦。

③驎（lín）：为古代骏马名；古同"麒麟"，传说中的祥兽，形似鹿，独角，全身有鳞甲。

【译文】

汉武帝天汉三年，武帝巡游东海，在恒山祭祀，西王母派使者进献给他四两灵胶和一件吉光毛皮的袍子。武帝把它们交给了宫外的大库收存，因为他并不知道灵胶和皮裘这两件东西的妙用何在，觉得虽然是遥远的西方仙国，送来的礼物也没什么稀奇。他也没有把王母的使者送走。武帝驾幸华林苑，他用箭射老虎和犀牛，弩箭的弦却断了。王母的使者当时正好随侍驾前，就对武帝请求，拿一分王母献来的灵胶，他用嘴把胶濡湿后，就能够把断了的弓弦给接续起来。武帝一听，惊了，这可真是神奇的东西呀。果然，他按照这个法子成功把断弦接上了，然后让几个武士从两面使劲拉扯弓弦，扯了一整天，都拉扯不断，而且比没断时还要结实。灵胶是青色的，像碧玉一样。那吉光皮裘则是黄里透白，它是用的神马的皮毛，皮裘入水不沉，入火不焦。武帝这下子恍然大悟，重重地赏赐了使者，便打发他回去了。那灵胶产自凤麟洲，洲在西方大海，整个洲的地面四四方方，长和宽都是一千五百里，四面环绕着弱水。洲上有很多凤和麟，好几万匹麟聚集在一起。把凤的喙和麟的角放在一起熬煮，就煎成了灵胶，起名叫“集弦胶”，又叫“连金泥”。弓弩断了的弦和折断了的刀剑，都可以用这种胶来粘，粘好后再也不会断裂。

蓝采和

【原文】

蓝采和，不知何许人也。常衣破蓝衫，六銙①黑木腰带，阔三寸余。一脚着靴，一脚跣行。夏则衫内加絮，冬则卧于雪中，气出如蒸。每行歌于城市乞索，持大拍板，长三尺余，常醉踏歌。老少皆随看之。机捷谐谑②，人问，应声答之，笑皆绝倒。似狂非狂，行则振靴唱踏歌：“踏歌蓝采和，世界能几何。红颜一春树，流年一掷梭。古人混混去不返，今人纷纷来更多。朝骑鸾凤到碧落③，暮见苍田生白波。长景明晖在空际，金银宫阙高嵯峨。”歌词极多，率皆仙意，人莫之测。但以钱与之，以长绳穿，拖地行。或散失，亦不回顾。或见贫人，即与之，及与酒家。周游天下，人有为儿童时至及斑白见之，颜状如故。后踏歌于濠梁间酒楼，乘醉，有云鹤笙箫声，忽然轻举于云中，掷下靴衫腰带拍板，冉冉而去。（出《续神仙传》）

【注释】

①銙（kuǎ）：古代附于腰带上的装饰品，用金、银、铁、犀角等制成。

②谐谑：诙谐逗趣，语言滑稽而略带戏弄。

③鸾凤：鸾鸟和凤凰。碧落：天空。

【译文】

蓝采和，也不知他是什么地方的人。这个人常穿一件破蓝衫，腰里系着有六块黑木的腰带，腰带有三寸多宽。他的一只脚穿靴，另一只脚光着。夏天他就在单衫里加上棉絮，冬天他却又躺卧在雪里，而他呼出的气像蒸发出来的雾气。他常常在城里唱歌要饭，手里拿一副三尺多长的大拍板，醉着踏歌。老老少少都跟着他看稀奇。他脑瓜机智，言辞敏捷，谁问他，他都毫不迟疑，应声作答，常常逗得人们大笑。他似狂非狂，一边走一边踢着靴子唱踏歌："踏歌蓝采和，世界能几何。红颜一春树，流年一掷梭。古人混混去不返，今人纷纷来更多。朝骑鸾凤到碧落，暮见苍田生白波。长景明晖在空际，金银宫阙高嵯峨。"歌词很长，大体都是看破红尘的仙家深意，人们猜不出来。有人给他钱，他就用长长的绳子把钱穿起来，拖着它在地上走路。有时候钱散了，丢了，他也不回头。有时看到穷苦的人，他就把钱送给人家，还把钱送给酒家。他周游天下，有的人小时候见过他，到自己老得头发都斑白了，还能见到他，他的面貌身形跟原来一样。后来他在濠梁间的酒楼上踏歌，乘着醉意，空中有云鹤笙箫的声音，他忽然轻轻一抬身，就到了云中，把靴子、衣衫、腰带、拍板都扔下，冉冉升空而去。

颜真卿

【原文】

颜真卿字清臣，琅琊临沂人也，北齐黄门侍郎之推五代孙。幼而勤学，举进士，累登甲科。真卿年十八九时，卧疾百余日，医不能愈。有道士过其家，自称北山君，出丹砂粟许救之，顷刻即愈，谓之曰："子有清简之名①，已志金台，可以度世，上补仙宫，不宜自沉于名宦之海；若不能摆脱尘网，去世之日，可以尔之形炼神阴景，然后得道也。复以丹一粒授之，戒之曰：

“抗节辅主，勤俭致身，百年外，吾期尔于伊洛之间矣。”真卿亦自负才器，将俟大用；而吟阅之暇，常留心仙道。既中科第，四命为监察御史，充河西陇左军城覆屯交兵使。五原有冤狱，久不决。真卿至，辨之。天时方旱，狱决乃雨，郡人呼为御史雨。河东有郑延祚者，母卒二十九年，殡于僧舍堙垣地。真卿劾奏之。兄弟三十年不齿，天下耸动。迁殿中侍御史武部员外。杨国忠怒其不附已，出为平原太守。安禄山逆节颇著，真卿讬以霖雨，修城浚壕，阴料丁壮，实储廪[②]。佯命文士泛舟，饮酒赋诗。禄山密侦之，以为书生，不足虞也。无几，禄山反，河朔尽陷，唯平原城有备焉，乃使司兵参军驰奏。玄宗喜曰：“河北二十四郡，唯真卿一人而已。朕恨未识其形状耳。”禄山既陷洛阳，杀留守李憕，以其首招降河北。真卿恐摇人心，杀其使者，乃谓诸将曰：“我识李憕，此首非真也。”久之为冠饰，以草续支体，棺而葬之。禄山以兵守土门。真卿兄杲卿，为常山太守，共破土门。十七郡同日归顺，推真卿为帅，得兵二十万，横绝燕赵。诏加户部侍郎平原太守。时清河郡客李萼，谒于军前。真卿与之经略，共破禄山党二万余人于堂邑。肃宗幸灵武，诏授工部尚书御史大夫。真卿间道朝于凤翔，拜宪部尚书，寻加御史大夫。弹奏黜陟[③]，朝纲大举。连典蒲州、同州，皆有遗爱。为御史唐实所构，宰臣所忌。贬饶州刺史。复拜升州浙西节度使，徵为刑部尚书。又为李辅国所谮，贬蓬州长史。代宗嗣位，拜利州刺史，入为户部侍郎，荆南节度使，寻除右丞，封鲁郡公。宰相元载，私树朋党，惧朝臣言其长短，奏令百官凡欲论事，皆先白长官，长官白宰相，然后上闻。真卿奏疏极言之乃止。后因摄祭太庙，以祭器不修言于朝。元载以为诽谤时政，贬硖州别驾，复为抚州湖州刺史。元载伏诛，拜刑部尚书。代宗崩，为礼仪使。又以高祖已下七圣，谥号繁多，上议请取初谥为定，为宰相杨炎所忌，不行。改太子少傅，潜夺其权。又改太子太师。时李希烈陷汝州，宰相卢杞，素忌其刚正，将中害之。奏以真卿重德，四方所瞻。使往谕希烈，可不血刃而平大寇矣。上从之。事行，朝野失色。李勉闻之，以为失一国老，贻朝廷羞，密表请留。又遣人逆之于路，不及。既见希烈，方宣诏旨，希烈养子千余人，雪刃争前欲杀之。丛绕诟骂，神色不动。希烈以身蔽之，乃就馆舍。希烈因宴其党，召真卿坐观之。使倡优讟朝政以为戏④。真卿怒曰："相公人臣也，奈何使小辈如此。"遂起。希烈使人问仪制于真卿。答曰："老夫耄矣，曾掌国礼，所记者诸侯朝觐礼耳。"其后，希烈使积薪庭中，以油沃之。令人谓曰："不能屈节，当须自烧。"真卿投身赴火。其逆党救之。真卿乃自作遗表、墓志、祭文，示以必死。贼党使缢之，兴元元年八月三日也。年七十七。朝廷闻之，辍朝五日，谥文忠公。真卿四朝重德，正直敢言，老而弥壮。为卢杞所排，身殁于贼，天下冤之。《别传》云，真卿将缢，解金带以遗使者曰："吾尝修道，以形全为先。吾死之后，但割吾支节血，为吾吭血，以绐之，则吾死无所恨矣。"缢者如其言。既死，复收瘗之⑤。贼平，真卿家迁丧上京。启殡视之，棺朽败而尸形俨然，肌肉如生，手足柔软，髭发青黑，握拳不开，爪透手背。远近惊异焉。行及中路，旅榇渐轻，后达葬所，空棺而已。《开天传信记》详而载焉。《别传》又云，真卿将往蔡

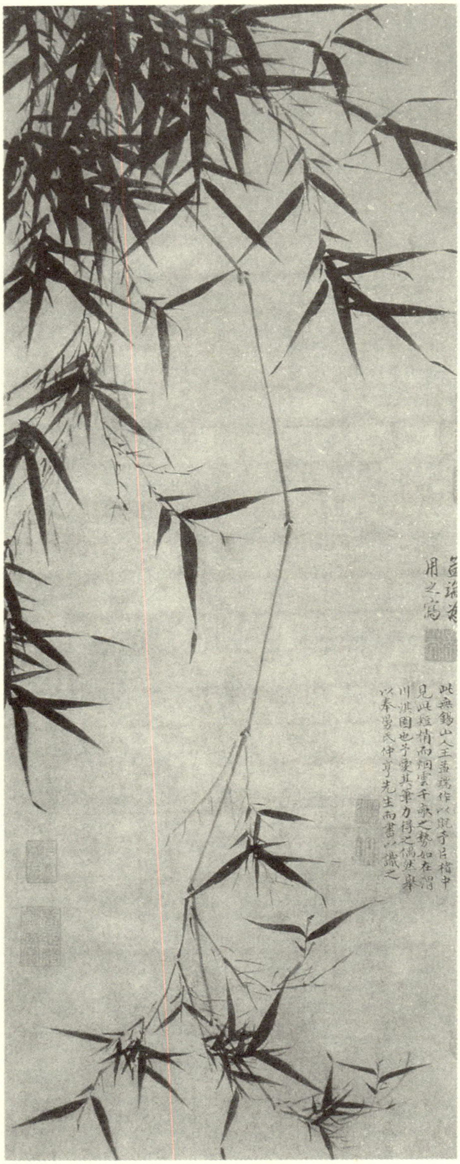

州，谓其子曰："吾与元载俱服上药，彼为酒色所败，故不及吾。此去蔡州，必为逆贼所害，尔后可迎吾丧于华阴，开棺视之，必异于众。"及是开棺，果睹其异。道士邢和璞曰："此谓形仙者也。虽藏于铁石之中，炼形数满，自当擘裂飞去矣。"其后十余年，颜氏之家，自雍遣家仆往郑州，徵庄租，回及洛京，此仆偶到同德寺，见鲁公衣长白衫，张盖，在佛殿上坐。此仆遽欲近前拜之。公遂转身去。仰观佛壁，亦左右随之。终不令仆见其面。乃下佛殿，出寺去。仆亦步随之，径归城东北隅荒菜园中。有两间破屋，门上悬箔子。公便揭箔而入。仆遂隔箔子唱喏。公曰："何人？"仆对以名。公曰："入来。"仆既入拜，辄拟哭。公遽止之。遂略问一二儿侄了。公探怀中，出金十两付仆，以救家费，仍遣速去，"归勿与人说。后家内阙，即再来。"仆还雍，其家大惊。货其金，乃真金也。颜氏子便市鞍马，与向仆疾来省觐，复至前处，但满眼榛芜⑥，一无所有。时人皆称鲁公尸解得道焉。（出《仙传拾遗》及《戎幕闲谭》、《玉堂闲话》）

【注释】

①清简：清正简朴。

②廪（lǐn）：粮仓。

③黜陟（chù zhì）：指人才的进退，官吏的升降。

④讟（dú）朝：攻击朝政。讟，诽谤，憎恶。

⑤瘗（yì）：埋葬。

⑥榛芜：杂草丛生，指荒凉。

【译文】

颜真卿字清臣，是琅琊临沂人。他是北齐时黄门侍郎颜之推的第五代孙子。颜真卿小时候就勤奋好学，长大后考进士，多次登第。他十八九岁时，卧病在床一百多天，医生也治不好。有一个道士路过他家门前，自称是北山君，拿出来几颗米粒大小的丹砂，给他救治，他服下后一下子就好了。道士对他说："你有清正简朴的美名，已经记在黄金台上，在人间救度世人，然后到天上去补阙做仙官。所以你不要沉沦于当一个人间名官。如果你实在不能摆脱尘网，一定要留在尘世，那么去世的那天，你可以用你的形骸炼神阴景，然后也能够得道成仙。”道士又交给他一粒丹药，言辞真切郑重地警告他：“你要保持节操，辅佐君主，勤俭度日，甘于奉献。一百年后，我在伊水和洛水之间等你。”颜真卿对于自己的才气和器量很是自负，一直等着被重用的那一天。不过他读书学习之余，也常常在仙道上面留心用意。考中进士后，他四次被任命为监察御史，充当河西陇左军城覆屯交兵使一职。五原县有一起冤狱，很久都不能判决。颜真卿到后，明辨了这起冤案。当时正值天气大旱，冤狱解决后，老天爷就下起了雨，郡中人都称这雨为御史雨。河东有一个叫郑延祚的人，他母亲死了二十九年了，埋葬在寺庙外面的墙下。颜真卿向皇上劾奏了郑延祚的罪状，郑家兄弟三十年都被世人不齿，天下人都敬重颜真卿。后来他升迁为殿中侍御史武部员外。杨国忠恨他不肯依附自己，就把他派出京城，让他当平原太守去了。安禄山叛唐的野心特别明显，颜真卿就以下雨不断，需要加固城池的名义，修城墙，挖城壕，暗中招兵买马，储备粮草，暗做准备；他自己却做出一副和文士泛舟水上，饮酒赋诗的潇洒散淡的样子。安禄山派人秘密探查他的行踪，觉得他就是一介书生，不值一提。不久，安禄山果然造反，河朔之地都沦陷贼手，只有平原城事先有所准备。颜真卿派司兵参军快马到京城报信，唐玄宗高兴地说：“黄河以北二十四郡，只有颜真卿一人而已！我真恨自己太不了解他了。”安禄山攻下洛阳，杀了留守李憕，拿着他的首级在黄河以北招降其他大唐将领。颜真卿担心这样会动摇军心，就杀了安禄山派来的使者，对将领们说：“我认识李憕，这个首级不是真的。”过了一阵子，他为李憕戴上帽子、饰物，用草做了一个假的身体，装棺把它埋葬了。安禄山派兵守住土门。颜真卿的哥哥颜杲卿是常山太守，他和颜真卿共同攻破了土门，十七个郡又在同一天归顺了大唐，共同推举颜真卿做元帅，收集起了各部军队，得兵二十万人，在燕赵一带纵横抵敌。皇帝下诏，封他为户部侍郎平原太守。当时清河郡的李萼到军前拜谒，颜真卿和他共同谋划，在堂邑打败了安禄山的两万多人。唐肃宗在灵武时，下令授他工部尚书御史大夫之职。颜真卿走小道到了凤翔朝见天子，被拜为宪部尚书，不久又加封御史大夫。颜真卿在皇上面前每每弹劾、禀奏，让不称职的官员降职，让有才干的官员升职，朝纲一下子大振。颜真卿连年治理蒲州和同州，都有仁爱的美名流传于世。后来他被御史唐实陷害，又遭受宰相的猜忌，故被贬为饶州刺史。不久又被任命为升州浙西节度使，征召为刑部尚书。后来又被李辅国诽谤陷害，贬为蓬州长史。唐代宗继位后，他被拜为利州刺史，回京做了户部侍郎、荆南节度使，不久又做了右丞相，封为鲁郡公。宰相元载私底下聚党结朋，又担心朝臣们议论他的不是，就向皇帝奏请：文武百官凡是要向皇上奏报的，都要先向自己的长官汇报，长官再向宰相汇报，然后才能向皇上奏报。颜真卿上疏坚决反对这个奏议，元载只得罢休。后来颜真卿主持祭太庙，在朝堂上说祭器不完整、不齐备，元载说他是诽谤朝政，把他贬为硖州别驾。后来他又做了抚州湖州刺史。元载被诛杀后，颜真卿官拜刑部尚书。代宗驾崩时，颜真卿是礼仪使。又因为唐高祖以下的七位皇帝，谥号很多，他上奏疏议请以初谥的号为准，结果又被宰相杨炎疑忌，他的奏请也没有被采纳。他被改任为太子少傅，暗中被夺了权。后来他又改任为太子太师。当时李希烈攻破了汝州，宰相卢杞本来就忌恨颜真卿的刚直，想趁机陷害他，就上奏说颜真卿德高望重，被全国百姓仰望，让他去说服李希烈，一定能够兵不血刃，平定强敌。皇上准了所请，颜真卿出使，朝野震惊。李勉听说后，觉得这事会让国家失去一位国老，朝廷也会因此蒙羞，就秘密上奏章，请求皇上收回成命。他又派人到路上去截住颜真卿，却没有发现颜真卿的行踪。颜真卿见了李希烈，正在宣读诏书的时候，李希烈的养子等一千多人亮出兵刃，争着上前，要杀了他。他们围着他，骂他，污言秽语不堪听，他却神色不动。李希烈用身体护住他，把他安置到馆舍里。李希烈就着此事的因由宴请同党，让颜真卿坐在那里看着李希烈让倡优攻击朝政，以此做戏。颜真卿愤怒地说："您也是人臣，怎么能让无知小子们这么干！"随即站起。李希烈让人问颜真卿朝廷的礼仪制度，颜真卿回答说："老夫已经老了，虽曾执掌国礼，但是能记得的都是诸侯朝觐的礼仪罢了。"紧接着，李希烈让人在院子堆积柴草，浇透了油，派人对颜真卿说："你不投降，那就自己爬上去烧死自己吧。"颜真卿真就自己跳到火堆里去。那些叛贼把他救了出来。颜真卿就自己写了遗表、墓志、祭文，以示必死的决心，叛贼就把他吊死了。那天是兴元元年八月三日，颜真卿享年七十七岁。朝廷听到这一消息后，罢朝五日，赐他谥号文忠公。颜真卿是四朝元老，德行高尚，名望很重，为人正直，敢于说话，虽然年老，却益发豪气逼人。他因为被卢杞排挤，最终死在叛贼之手，真说得上是天下奇冤。《别传》说，颜真卿就要被吊死的时候，解下金带送给使者说："我曾经修炼过道术，以保全身体为先。我死之后，只需割开我的肢关节放点血，再把我咳的血清理一下，把我葬了，保全我的躯体，我就虽死而无恨了。"缢死他的人就听了他的话，他死后，把他给收殓埋葬了。叛贼被平定后，颜真卿家里的人把他迁葬到上京，打开棺材看时，虽然棺材已经朽烂，但是他的尸体却形状不变，肌肉像活着的人一样，手脚柔软，胡须头发青黑，拳头握着，打不开，手指甲透过了手背。远远近近的人都十分惊异。走到半路，棺木渐渐越来越轻，到了下葬的地方，就只是一口空棺了。《开天传信记》详细地记载了这件事。《别传》又说，颜真卿要到蔡州去，对他儿子说："我和元载都服用过天上的灵药，只不过他的药力已经被酒色破坏，所以他比不上我。我这次去蔡州，一定会被逆贼杀死。你以后记得把我迎回来，埋葬到华阴。到时候你打开棺材看看吧，一定会与众不同。"等到打开棺材，果然目睹了异状。道士邢和璞说："这就是人们说的形体成仙。哪怕是形体藏在铁石之中，但是修炼时日已满，形体也会自然裂开而飞走。"后来过了十多年，颜真卿家从雍州派一个家仆到郑州去收庄田的租子，回来的时候走到洛京，这个仆人偶然间到了同德寺，却看见颜真卿穿着白色的长衫，张着伞盖，在佛殿上端端正正地坐着。这个仆人赶紧就要上前参拜，颜真卿却转身离开了。颜真卿仰着头看佛寺的墙壁，仆人也就或左或右地跟着他，但他却始终不让仆人看到他的脸。过了一会儿，他走下佛殿，出了寺门，离开了。仆人也亦步亦趋地跟着他，一直回到城东北角的被荒弃的菜园子里。菜园里有两间破屋子，门上悬挂着帘子。颜真卿就挑帘进去了。仆人隔着帘子行礼唱喏，颜真卿说："你是谁？"仆人告诉他自己的名字。颜真卿说："进来。"仆人就进去拜见，刚要哭，颜真卿急忙制止了他。颜真卿就大略问了问儿侄们的事情，然后把手伸进怀里，掏出十两黄金交给仆人，来添补家用，仍旧打发他赶紧离开，"回去后不要对别人讲，以后家里过日子有了短缺，就再来。"仆人回到雍州，颜家全家大惊。把那黄金拿去卖，是真的。颜家的子孙就买了鞍马，和那个仆人一起飞驰来探望拜见。又到了以前那个地方，却只剩下满眼的杂草，别的什么也没有。当时人们都说颜真卿尸解，得道成仙了。

女仙

天台二女

【原文】

刘晨、阮肇，入天台采药，远不得返，经十三日饥。遥望山上有桃树子熟，遂跻险援葛至其下，啗[①]数枚，饥止体充。欲下山，以杯取水，见芜菁叶流下，甚鲜妍。复有一杯流下，有胡麻饭焉。乃相谓曰："此近人矣。"遂渡山。出一大溪，溪边有二女子，色甚美，见二人持杯，便笑曰："刘、阮二郎捉向杯来。"刘、阮惊。二女遂忻然如旧相识，曰："来何晚耶？"因邀还家。南东二壁各有绛罗帐，帐角悬铃，上有金银交错。各有数侍婢使令。其馔有胡麻饭、山羊脯、牛肉，甚美。食毕行酒。俄有群女持桃子，笑曰："贺汝婿来。"酒酣作乐。夜后各就一帐宿，婉态殊绝[②]。至十日求还，苦留半年，气候草木，常是春时，百鸟啼鸣，更怀乡。归思甚苦。女遂相送，指示还路。乡邑零落，已十世矣。（出《神仙记》。明抄本作出《搜神记》。）

【注释】

①啗（dàn）：同"啖"。

②婉态：神态美好。

【译文】

刘晨和阮肇进入天台山采药，路远回不了家，已经饿了十三天。远远地望见山上有桃树，树上的桃子熟了，就不顾危险，攀着葛藤，到了桃树底下。他们吃了几个桃子，也不饿了，身体也充实了。他们打算下山，用杯子取水时，看见有芜菁叶顺流而下，很是鲜艳好看。又有一个杯子顺流而下，里面盛着胡麻饭。于是两人互相安慰说："这是离人家近了。"就越过山。眼前出现一条大溪，溪边有两个女子，长得很漂亮。她们看见二人拿着杯子，就笑着说："刘、阮二位郎君把刚才的杯子拿来了啊。"刘晨、阮肇很惊讶。两个女子高兴得好像过去就与他们相识一般，说："怎么来这么晚呢？"就邀请他们跟她们回家。南边东边两壁都张着大红色的罗帐，帐角悬着铃，铃上有金银交错的花纹。他们各自有几个侍婢以供使唤。他们吃的饭有胡麻饭、山羊脯、牛肉，很是美味。吃完饭又喝酒。一会儿有一群女子手里拿着桃子，笑着说："祝贺你们女婿到来呀。"喝到酒兴酣畅，就开始奏起乐来。到了晚上，刘晨与阮肇各到一个女郎的床帐里去睡觉，女郎神态娇婉绝妙。到了第十天，两个人请求回家，又被这两个女子苦留了半年。这里气候也好，草木也好，一直是春天，百鸟啼鸣，更惹得他们心头思乡。他们思归的心情很苦，女郎只好送他们离开，并指给他们回去的道路。他们回乡以后，发现乡邑零落，才知道已经过了十代。

白水素女

【原文】

谢端，晋安侯官人也。少丧父母，无有亲属，为邻人所养。至年十七八，恭谨自守，不履非法，始出作居。未有妻，乡人共悯念之，规为娶妇，未得。端夜卧早起，躬耕力作，不舍昼夜。后于邑下得一大螺，如三升壶。以为异物，取以归，贮瓮中畜之。十数日，端每早至野，还，见其户中有饭饮汤火，如有人为者。端谓是邻人为之惠也。数日如此，端便往谢邻人。邻人皆曰："吾初不为是，何见谢也？"端又以为邻人不喻其意，然数尔不止。后更实问，邻人笑曰："卿以自取妇，密着室中饮爨①，而言吾为人饮耶！"端默然，心疑不知其故。后方以鸡初鸣出去，平早潜归，于篱外窃窥其家，见一少女从瓮中出，至灶下燃火。端便入门，取径造瓮所视螺，但见壳。仍到灶下问之曰："新妇从何所来，而相为炊？"女人惶惑，欲还瓮中，不能得，答曰："我天汉中白水素女也。天帝哀卿少孤，恭慎自守，故使我权相为守舍炊烹。十年之中，使卿居富得妇，自当还去。而卿无故窃相同掩，吾形已见，不宜复留，当相委去。虽尔后自当少差，勤于田作，渔采治生。留此壳去，以贮米谷，常可不乏。"端请留，终不肯。时天忽风雨，翕然而去②。端为立神座，时节祭祀，居常饶足，不致大富耳。于是乡人以女妻端。端后仕至令长云。今道中素女是也。（出《搜神记》）

【注释】

①爨（cuàn）：烧火煮饭。

②翕然（xī rán）：忽然，突然。

【译文】

谢端是晋代侯官县人。他小时候就父母双亡，又没有亲人眷属，于是被邻居抚养。到十七八岁的时候，他为人恭顺，谨慎自律，从来不干非法的事，开始独立生活。他没有妻子，乡里人都怜爱他、惦念他，琢磨着给他娶媳妇，可是一直没有成功。谢端晚睡早起，种田十分卖力。后来，他在城下发现一个大螺，像三升的壶那么大。他觉得稀奇，就把它拿回家，放到瓮里养起来。一连十几天，谢端每天早起到野外种田，回家就看见家中有吃喝汤水，好像有人特地给他做的一样。谢端还当是邻居帮他做的，就去向邻居道谢。邻居们都说："我们当初抚养你也不是为了这个，你又何必感谢呢？"谢端觉得邻居没明白他的意思，可是老是这个样子，也不停止。后来谢端干脆就实话实说地问他们怎么回事，邻居笑着说："你凭本事娶媳妇，把她藏在屋里给你做饭，怎么反而说是我们给你做饭呢！"谢端沉默了下来，心中生起疑问，却找不到原因。后来他在鸡刚叫的时候就出去，天刚亮时就悄悄返回，在篱笆外偷偷地看自己的家里，就见一个少女从瓮中出来，到灶下点火。谢端就进了门，直奔放瓮的地方去看，那个大田螺只剩下壳。他又到灶下问那个女子："你这个新媳妇，是从什么地方来的？又为什么要帮我做饭？"女子张皇恐惧，想要回到瓮里，却没能回去，就回答说："我是天河中的白水素女。天帝可怜你年少孤苦伶仃，又能够恭敬谨慎自持，所以派我暂且给你看家做饭。十年之内，我要使你家道富裕，等你娶上媳妇，然后我才回去。可是你这样无故偷看我，我已经现了形，就不能再留下来了，你必须放我回去。虽然你今后自己过日子，可能不会像我说的那样富裕，但是你耕田劳作不偷懒，又会打渔采药治理家业。我走的时候会留下这个壳，你用它储存米谷，可以一直不缺粮食吃。"谢端请求她留下，她始终不肯。这时，天上忽然刮起风，下起雨，白水素女身形一收就离开了。谢端为她立了神位，逢年过节祭祀她，家里常常不缺米粮，只是称不上大富而已。于是乡里便有人把女儿嫁给谢端。谢端后来做了官，官至县令、郡守。现在道教中的素女就是白水素女。

道术

王先生

【原文】

有王先生者，家于乌江上，隐其迹，由是里人不能辨，或以为妖妄。一日里中火起，延烧庐舍，生即往视之，厉声呼曰："火且止！火且止！"于是火灭，里人始奇之。长庆中，有弘农杨晦之，自长安东游吴楚，行至乌江，闻先生高躅①，就门往谒。先生戴玄绡巾，衣褐衣，隐几而坐，风骨清美。晦之再拜备礼，先生拱揖而已，命晦之坐其侧。其议论玄畅，迥出意表，晦之愈健慕，于是留宿。是日乃八月十二日也。先生召其女七娘者，乃一老妪也，年七十余，发尽白，扶杖而来。先生谓晦之曰："此我女也，惰而不好道，今且老矣。"既而谓七娘曰："汝为吾刻纸状今夕之月，置于室东垣上。"有顷，七娘以纸月施于垣上②，夕有奇光自发，洞照一室，纤毫尽辨，晦之惊叹不测。及晓将去，先生以杖击之毕，俄有尘起，天地尽晦。久之尘敛，视其庭，则悬崖峻险，山谷重叠，前有积石尽目，晦之悸然背汗，毛发竖立。先生曰："陵谷速迁，吾子安所归乎？"晦之益恐，洒泣言曰："诚不知一旦有桑田之变，岂仙都瞬息，而尘世已千岁乎？"先生笑曰："子无惧也，所以为娱耳。"于是持篲扫其庭③，又有尘起，有顷尘敛，门庭如旧。晦之喜，即驰马而去。（出《宣室志》）

一说：唐长庆初，山人杨隐之在郴州，常寻访道者。有唐居士，土人谓百岁人，杨谒之，因留杨宿。及夜，呼其女曰："可将一个弦月子来。"

其女遂帖月于壁上，如片纸耳。唐即起祝之曰："今夕有客，可赐光明。"言讫，室朗若张烛。（出《酉阳杂俎》）

【注释】

①高躅（zhú）：指有崇高品行的人。

②垣上：墙上。

③篲（huì）：扫帚。

【译文】

有一个姓王的先生，他家住在乌江上游，平常会隐藏自己的行踪，因此村里人不能分辨，就有人认为他是妖人。一天村子里起了火，火势蔓延，烧毁房舍，王先生去看火，就厉声喊叫："大火，快停下！大火，快停下！"于是火就灭了，村民们惊奇坏了。长庆年间，有个弘农人，叫杨晦之，从长安向东去游历吴楚，走到乌江，听说王先生是个高人，就去登门拜访。王先生戴着黑色绡巾，穿着褐衣，坐在几案后面，仙风道骨，面目清俊秀美。杨晦之对他拜了两拜，礼节十分周到，先生却只是拱手一揖，然后让晦之坐在他身边。王先生的议论既玄远深奥又明白晓畅，远超出人们的意料之外，晦之对他更加敬慕，于是留住在他那里。这天是八月十二日。王先生把他的女儿七娘叫来，原来是一个老太太，七十多岁，头发全白了，拄着拐杖走过来。王先生对杨晦之说："这是我的女儿，生性懒惰，又不好道法，现在都老了。"接着他对七娘说："你替我用纸剪一个月亮，就像今晚的月亮一样，把它贴到屋里东墙上去。"一会儿七娘就把纸贴到了墙上，到了晚上，就有奇异的光亮从纸月亮上自行发出，照得全屋都清清楚楚的，连细小的毫毛都能看清，晦之连连惊叹，深觉术法真是高深。等到天亮，他要走了，王先生用杖敲了敲，忽然尘土飞扬，天地全黑。过了很久，尘土消失，再看院子里，只见悬崖险峻，山谷重重，放眼面前，都是累累的积石。晦之心惊胆战，满背冷汗，头发直竖。王先生说："高山深谷，变迁何其迅速，试问你如今能回哪里去？"晦之更是吓得不行，掉下眼泪说道：

“我实在不知道一旦之间，会有这样沧海桑田的巨变，难道仙都的一瞬间，

尘世就已经过去千年了吗？”先生笑着说：“你别怕，这是我跟你开玩笑的。”于是拿扫把把院子扫一下，尘土再次飞起，过了一会儿，灰尘消失，眼前门庭和原来并无差别。杨晦之大喜，骑马飞驰而去。

另外有个说法：唐朝长庆初年，在山中隐居修行的杨隐之在郴州，经常寻访得道之人。有个唐居士，当地人都说他有一百岁了，杨隐之去拜访他，他就留杨隐之过夜。到夜里，他把女儿叫出来对她说：“你去拿一个弦月子来。”他的女儿就把月亮贴在墙上，好像一片纸似的。唐居士起身向月祷告说：“今晚有客人，请赐给光明。”话说完，室内就明亮起来，就像点着蜡烛一样。

异人

幸灵

【原文】

晋幸灵者，豫章建昌人也，立性少言。与人群居，被人侵辱，而无愠色，邑里皆号为痴，父兄亦以为痴。常使守稻，有牛食稻，灵见而不驱，待牛去，乃整理其残乱者。父见而怒之，灵曰："夫万物生天地之间，各得其意，牛方食禾，奈何驱之？"父愈怒曰："即如汝言，复用理坏者何为？"灵曰："此稻又得终其性矣。"时顺阳樊长宾为建昌令，发百姓作官船，令人作楫一双。灵作讫而未输，俄而被人窃①。窃者心痛欲死，灵曰："尔无窃吾楫子乎？"窃者不应，须臾甚痛。灵曰："尔不以情告我者死。"窃者急，乃首应。灵于是以水饮之，病乃愈。船成，以数十人引一艘，不动。灵助之，船乃行。从此人皆畏之，或称其神。有龚仲儒女，病积年，气息才属，灵以水噀之，应时大愈。又吕猗母黄氏，痿痺②一十余年，灵去黄氏数尺而坐，瞑目寂然，有顷，谓猗曰："扶夫人起。"猗曰："得疾累年，不可卒起。"灵曰："试扶起。"于是两人扶以立，又令去扶人，即能自行，乃留水一器而饮之。高悝家内有鬼怪言语，器物自行，大以巫祝厌之，而不能绝。灵至门，见符甚多，曰："以邪救邪，岂得已乎？"并使焚之，其鬼怪遂绝。从尔已后，百姓奔赴如云。灵救愈者，多不敢（明抄本敢作受）报谢。立性至柔，见人即先拜，辄自称名。凡草木之夭伤于山林者必起埋（明抄本起埋作理起）之，器物倾覆于途路者必举正之。（出《豫章记》）

【注释】

①俄而：不久，一会儿。

②庳（bì）：矮小。

【译文】

晋代有个人叫幸灵，是豫章建昌县人，生来不爱说话，和大家在一起时，被人伤害羞辱，他也不生气。村里人都叫他傻子，父亲和哥哥也觉得他傻。家里人常常让他看守稻田，有牛吃稻子，他看见了也不赶牛，等牛走了，他才去整理被践踏的稻子。父亲见了很生气，幸灵说："万物生长于天地之间，各有各的生理，牛刚才吃庄稼，（那是它的天性，）凭什么去赶它？"父亲更生气了："就算你说的对，那你又去整理被踏坏的稻子干什么？"幸灵说："也应该成全这稻子的物性呀。"当时，顺阳人樊长宾是建昌县令，他征发百姓造官船，命令每人做一双船桨。幸灵做完了，还没交上去的时候，就被人偷了。结果偷他船桨的人心痛得要死，幸灵问："你偷没偷我的桨？"偷的人不说话，一会儿工夫痛得更厉害了。幸灵说："你不把实情告诉我，会死。"偷的人急了，只好点头承认。幸灵就拿水来给他喝，他的病就好了。船造成后，几十个人拉一艘，船不动；幸灵伸手相助，船才能往前走。从此人们都敬畏他，有人把他称作神仙。有一个叫龚仲儒的人，他的女儿病了多年，奄奄一息，幸灵拿水一喷，她马上就大好了。又有吕猗的母亲黄氏，瘫痪了十多年，幸灵在离黄氏几尺远的地方坐着，闭着眼，也不说话。过了一会儿，对吕猗说："把夫人扶起来。"吕猗说："母亲得病多年，不能让她这么猛地起来。"幸灵说："试着扶起来看看。"于是两个人就扶着她站起来，幸灵又让扶着她的人撤手，黄氏就能自己走路了，幸灵又留下一杯水让她喝。高悝家里有鬼怪说话，器物能够自己走路，哪怕是用巫术拼命镇压，仍旧灵异不断。幸灵来到他门前，看见有许多符，说："以邪救邪，怎么能断绝邪异呢。"叫他把符统统烧了，家里的鬼怪就此绝迹。从那以后，百姓们都跑来找他，就像云涌一般前赴后继。经幸灵疗救治愈的人，多数都不敢报答致谢。幸灵生性特别柔和，见到人就先行礼，动不动就先报上自己的名字。凡有草木在山林里夭损受伤的，他一定要把它们扶起来或埋好。有器物在路上翻倒了，他也一定会去扶正。

治针道士

【原文】

德宗时，有朝士坠马伤足，国医为针腿，去针，有气如烟出，夕渐困惫，将至不救，国医惶惧。有道士诣门云："某合治得。"视针处，责国医曰："公何容易，死生之穴，乃在分毫，人血脉相通如江河，针灸在思其要津。公亦好手，但误中孔穴。"乃令舁①床就前，于左腿气满处下针曰："此针下，彼针跳出，当至于檐板。"言讫，遂针入寸余，旧穴针拂然跃至檐板，气出之所，泯然而合，疾者当时平愈。朝士与国医拜谢。以金帛赠遗②，道士不受，啜茶一瓯而去，竟不知所之矣。（出《逸史》）

【注释】

①舁（yú）：共同用手抬。

②遗（wèi）：赠与；送给。

【译文】

德宗在位的时候，有个朝廷官员从马上跌下来伤了脚，国医为他针灸治腿，拔针以后，就有气体像烟一样往外冒。到了晚上，他渐渐觉得特别困乏疲惫，眼看就要没气了。国医吓得够呛。有一个道士进门说："我恰好能治。"他看了看扎针的地方，责备国医说："您把这事看得太容易了，死穴与活穴的差别就在分毫之间，人的血脉相连通，如同江河相连通一样，针灸要仔细准确地辨认它的要害部位。您也是针灸好手，但是扎错了穴位。"于是叫人把病床抬到跟前，在病人左腿气体胀满的地方下针说道："这一针下去，那根针就会跳出来，能跳到天棚板。"说完，针已下去一寸多，旧穴位的那根针果然一下子跳到天棚板，出气的那个地方自然合上，患者当时就好了。这个朝廷官员和国医向道士拜谢。患者赠给他金帛，道士不收，喝了一杯茶就走了，竟是不知道他到底去了哪里。

逆旅客

【原文】

大梁逆旅[①]中有客，不知所从来。恒[②]卖皂荚百茎于市，其荚丰大，有异于常。日获百钱，辄饮而去。有好事者知其非常人，乃与同店而宿。及夜，穴[③]壁窥之。方见锄治床前数尺之地甚熟，既而出皂荚实数枚种之。少顷即生，时窥之，转复滋长，向曙则已垂实矣。即自采掇，伐去其树，锉而焚之。及明携之而去。自是遂出，莫知所之。（出《稽神录》）

【注释】

①逆旅：客舍、旅店。

②恒：常常。

③穴：此处是动词，凿一个小穴。

【译文】

大梁有一家客店，里面住着一个客人，不知道他从什么地方来的。他天天在市场上卖一百茎皂荚，他的皂荚丰满肥大，跟平常的皂荚不一样。他一天卖一百个钱，都买了酒，喝完就走。有个好事的人，知道他不是一般人，就与他住在同一家客店。到了夜晚，在墙上掏了个小洞偷看。只见他用锄头整治床前几尺见方的土地，把土地整治得肥熟了，就拿出几颗皂荚种子种下去。一会儿就长了出来。他时时观察着幼苗，见它们滋长得很快，天要亮时就已经结满了垂垂的果实。客人就亲自动手采摘收拾，把皂荚树伐倒，劈碎烧掉。到天亮就带上皂荚出门，从此就离开了，没有人知道他去了哪里。

异僧

玄览

【原文】

唐大历末，禅师玄览住荆州陟屺①寺。道高有风韵，人不可得而亲。张璪常画古松于斋壁，符载赞之。卫象诗之，亦一时三绝也。悉加垩焉。人问其故，曰："无事疥吾壁也。"僧那即其甥，为寺之患，发瓦探鷇，坏墙熏鼠。览未尝责之。有弟子义诠，布衣一食。览亦不称之。或有怪之，乃题诗于竹上曰："欲知吾道廓，不与物情违。大海从鱼跃，长空任鸟飞。"忽一夕，有一梵僧，排户而进曰："和尚速作道场。"览言："有为之事，吾未常作。"僧熟视而出，反手阖户，门扃②如旧。览笑谓左右曰："吾将归矣。"遂遽浴讫，隐几而化③。（出《酉阳杂俎》）

【注释】

①陟屺（zhì qǐ）：此处指寺名。

②扃（jiōng）：从外面关闭门户用的门闩、门环等。借指门扇。

③化：（僧道）死。

【译文】

唐朝大历末年，禅师玄览住在荆州的陟屺寺。他的道法高，人有风韵，人们无法跟他亲近。张埆在斋墙的壁上画上古松，符载撰写赞文，卫象题写诗句，这是当时的三绝，都是赞颂他的。玄览却把这些东西用垩土统统涂掉了。别人问他为什么，他说："无缘无故的，让我的墙上生了疥疮。"

僧那是他的外甥，是寺庙里的一个祸害，揭瓦掏雀，刨墙熏鼠。玄览从来没有责备过他。有个弟子叫义诠，穿的是布衣，一天只吃一顿饭，玄览对他也从不称赞。有人觉得他怪，他就在竹子上题诗："欲知吾道廓，不与物情违。大海纵鱼跃，长空任鸟飞。"一天晚上，忽然有一个梵僧推门进屋说："和尚，速速去做道场。"玄览说："凡属有所作为的事，我就没做过。"这位僧人好好地打量他一番就出去了，反手带上房门，门内的插关跟原来插好的一样。玄览笑着对身边的人说："我要归天了。"就起身快快地沐浴完毕，倚着几案化去了。

释道钦

【原文】

释道钦住陉山。有问道者，率尔而对，皆造宗极。刘忠州晏常乞心偈，令执炉而听，再三称"诸恶莫作。众善奉行。"晏曰："此三尺童子皆知之。"钦曰："三尺童子皆知之，百岁老人行不得。"至今以为名理。又梁元帝杂传云，晋惠末，洛中沙门耆域①，盍②得道者。长安人与域食于长安寺，流沙人与域食于石人前，数万里同日而见。沙门竺法行尝稽首③乞言，域升高座曰："守口摄意，心莫犯戒。"竺语曰："得道者当授所未听，今有八岁沙弥，亦以诵之。"域笑曰："八岁而至百岁诵不能行。"嗟乎！人皆敬得道者，不知行即自得。（出《酉阳杂俎》）

【注释】

①耆域：天竺人，佛门高僧。

②盍（gài）：古同"盖"。

③稽首：指古代跪拜礼。

【译文】

道钦和尚住在陉山，有人向他问道，他回答得特别快，说的话都能够达到佛宗极致。忠州郡守刘晏常向他求乞心偈，道钦让他拿着香炉，用心地听，再三向他宣讲"诸恶莫作，众善奉行。"刘晏说："这是三尺高的小孩子都知道的。”道钦说：“三尺童子都知道，百岁老人做不到。”这句话到现在都被人奉为至理名言。又据《梁元帝杂传》记载，晋惠帝末年，洛阳有个和尚叫耆域，是个得道的人。长安人与耆域在长安寺里一起吃饭，流沙人却与耆域一起在石人面前吃饭，相隔数万里，在同一天却在两个地方出现。僧人竺法行曾经向他稽首，请他开示，耆域登上法坛说道：“守住嘴，收摄意，心不要犯戒。”竺法行说：“得道的人应当教给别人没有听到过的话，如今八岁的小沙弥也能说出你说的这些。”耆域笑道：“八岁就能说，到一百岁也做不到。”唉！世间人都敬佩得道的人，却不知道只要你去行动，自己也能得道。

神鼎

【原文】

唐神鼎师不肯剃头，食酱一郚[1]。每巡门乞物，得粗布破衣亦著，得细锦罗绮亦著。于利真师座前听，问真师曰：“万物定否？”真曰：“定。”鼎曰：“阇梨[2]言若定，何因高岸为谷，深谷为陵；有死即生，有生即死；万

物相纠，六道轮回；何得为定耶？”真曰：“万物不定。”鼎曰：“若不定，何不唤天为地，唤地为天；唤月为星，唤星为月；何得为不定？”真无以应之。时张文成见之，谓曰：“观法师即是菩萨行人也。”鼎曰：“菩萨得之不喜，失之不悲；打之不怒，骂之不嗔；此乃菩萨行也。鼎今乞得即喜，不得即悲；打之即怒，骂之即嗔；以此论之，去菩萨远矣。”（出《朝野佥载》）

【注释】

①豇（dòu）：此处指豆，即古代一种木制的盛食物的器具。

②阇梨（shé）：意为高僧，也泛指僧人、和尚。

【译文】

唐代神鼎法师，不肯剃头，能吃一斗酱。每当沿门乞讨，讨来粗布破衣，也穿在身上；讨来绫罗锦缎，也穿在身上。在利真法师的座前听讲时，他问利真法师：“世间万物有没有定数？”利真说：“有。”神鼎说：“禅师说有定数，那么为什么高岸能变成深谷，深谷能变成山岭？有的死了又生，有的生了又死；万物互相纠合，六道亦有轮回，怎么能说是有定数呢？”利真说：“万物不定。”神鼎说：“如果是不定，为什么不把天叫作地，把地叫作天；把月亮叫作星星，把星星叫作月亮；怎么能说是不定呢？”利真无话可答。当时张文成看到神鼎，对他说：“我看法师的行为，就跟菩萨一样。”神鼎说：“菩萨得到什么也不欢喜，失掉什么也不悲哀；打他他也不怒，骂他他也不恼；这才是菩萨行。神鼎我如今乞讨来了东西就高兴，乞讨不到时就悲伤；打我我会发怒，骂我我会恼恨；这么看来，我离菩萨远着呢。”

兴元上座

【原文】

兴元县西墅有兰若，上座僧常饮酒食肉，群辈皆效焉。一旦多作大饼，招群徒众，入尸陁林[1]。以饼裹腐尸肉而食，数啖不已。众僧掩鼻而走。上座曰：“汝等能食此肉，方可食诸肉。”自此缁徒[2]因成精进也。（出《云溪友议》）

【注释】

①尸陁林：也作“尸陀林”，梵语的译音。弃尸之处；僧人墓地。

②缁徒：僧侣。

【译文】

兴元县西郊有座寺庙，上座僧人常常喝酒吃肉，一群僧人都跟他学。有一天早上，寺庙里做了许多大饼，上座僧人招呼这群徒众走进了尸陀林。他用大饼包着腐尸的肉吃起来，吃了好几块都不停。众位僧人们捂着鼻子逃了。上座僧说：“你们能吃此肉，才能吃别的肉。”从此以后，僧人的修行更精进了。

释证

李舟

【原文】

唐虔州刺史李舟与妹书曰："释迦生中国，设教如周孔[1]；周孔生西方，设教如释迦。天堂无则已[2]，有则君子登；地狱无则已；有则小人入。"识者以为知言。（出《国史补》）

【注释】

①周孔：中国古代两位圣人周公和孔子的合称。周公，西周时期卓越的政治家、军事家、思想家、教育家，儒学先驱，被后世尊为"元圣"。孔子，春秋时期卓越的思想家、教育家，儒家学派的创始人，被后世尊为"至圣"。"周孔之教"在唐代以后成为儒学教育的别称，周公与孔子被合称为"周孔"。

②已：罢了，算了。

【译文】

唐虔州刺史李舟在给妹妹的信中说："释迦牟尼生于中土的话，他设教就会像周公和孔子一样；如果周公和孔子生在西方，也会设教像释迦牟尼一样。天堂没有也就算了，有也是君子去登；地狱没有也就算了，有也是小人去下。"有见识的人觉得这是有智慧的话。

报应征应

孙叔敖

【原文】

楚孙叔敖为儿[1]，出游还，忧而不食。母问其故，泣曰："见两头蛇，恐死。"母曰："今蛇安在？"曰："敖闻见两头蛇者死，恐后人又见，杀而埋之矣。"母曰："无忧矣！闻有阴德，天报之福。"（出《贾子》）

【注释】

①儿：小孩儿。

【译文】

楚国的孙叔敖还是小孩儿的时候，出去游玩后回家，很忧伤而不吃饭。母亲问他原因，他哭着说："我看见了两个头的蛇，恐怕要死了。"母亲说："现在蛇在哪儿？"孙叔敖说："我听说看见两头蛇的人会死，怕后面的人看见，就杀了它把它埋了。"母亲说："不要忧虑！我听说有阴德的人，一定会有善报的。"

江陵士大夫

【原文】

江陵陷时，有关内人梁元晖，俘获一士大夫，姓刘。此人先遭侯景丧乱[①]，失其家口，唯余小男，始数岁，躬[②]自担负，又值雪泥，不能前进。梁元晖监领入关，逼令弃儿。刘甚爱惜，以死为请。遂强夺取，掷之雪中，杖棰[③]交下，驱蹙[④]使去。刘乃步步回顾，号叫断绝，辛苦顿踣，加以悲伤，数日而死。死后，元晖日见刘伸手索儿，因此得病。虽复悔谢[⑤]，来殊不已，元晖载病到家而卒。（出《还冤记》）

【注释】

①侯景丧乱：即侯景之乱，又称太清之难，是指中国南北朝时期南朝梁将领侯景发动的武装叛乱事件。

②躬：亲自。

③棰（chuí）：短木棍。

④驱蹙（cù）：驱赶促迫。

⑤谢：谢罪。

【译文】

江陵沦陷的时候，有一个关内人叫梁元晖，抓住了一个士大夫，姓刘。这个人先遭受了侯景丧乱，失去了家里的人，只剩下一个小男孩，才几岁。他亲自背着孩子行走，正赶上大雪，满地泥泞，不能前进。梁元晖负责押着他们入关，逼他扔了孩子。这个姓刘的人非常疼爱孩子，请求杀了自己，放过孩子。梁元晖强行夺下孩子，扔到雪里，又棍棒交加，赶着刘姓士大夫，迫使他离开。姓刘的人一步一回头，又哭又叫，差点断气，行路辛苦，困顿欲死，再加上悲伤，过了几天，就真的死了。死后，梁元晖天天看见他伸手要儿子，因此得了病。虽然梁元晖多次忏悔谢罪，这个姓刘的士大夫还是不停地来，元晖带病到家就死了。

师夜光

【原文】

唐师夜光者，蓟门人。少聪敏好学，雅尚浮屠①氏，遂为僧，居于本郡。仅十年，尽通内典之奥。又有沙门惠达者，家甚富，有金钱巨万，贪夜光之学，因与为友。是时玄宗皇帝好神仙释氏，穷索名僧方士，而夜光迫于贫，不得西去，心常怏怏。惠达知之，因以钱七十万资其行，且谓夜光曰："师之学艺材用，愚窃以为无出于右者，圣上拔天下英俊，吾子必将首出群辈，沐浴恩渥。自此托迹缁徒，为明天子臣，可翘足而待也。然当是时，必有拥篲②子门，幸无忘半面之旧。"夜光谢曰："幸师厚贶③我得遂西上，倘为君之五品，则以报师之惠矣。"夜光至长安，因赂九仙公主左右，得召见温泉。命内臣选硕学僧十辈，与方士议论，夜光在选，演畅玄奥，发挥疑义，群僧无敢比者。上奇其辩，诏赐银印朱绶，拜四门博士，日侍左右，赐甲第，洎金钱缯綵以千数，时号幸臣。惠达遂自蓟门入长安访之，夜光闻惠达至，以为收债于己，甚不怿④。惠达悟其旨，因告去。既以北归月余，夜光虑其再来，即密书与蓟门帅张廷珪："近者惠达师至辇下，诬毁公缮完兵革，将为逆谋，人亦颇有知者。以公之忠，天下莫不闻之，积毁销金，不可不戒。"廷珪惊怒，即召惠达鞭杀之。后数日，夜光忽见惠达来庭中，骂夜光曰："我以七十万钱资汝西上，奈何遽相诬谤，使我冤死，何负我之深也！"言讫，遂跃而上，珪拽夜光，久之乃亡所见，师氏家僮咸见之。其后数日，夜光卒。(出《宣室志》)

【注释】

①浮屠：也作"浮图"。梵语音译词。意为佛陀。

②拥篲：也作"拥彗"。执帚。帚用以扫除清道，古人迎候宾客，常拥篲以示敬意。

③贶（kuàng）：赠送。

④怿（yì）：欢喜。

【译文】

唐朝有个僧师，叫夜光，是蓟门人。他少年时聪敏好学，崇尚佛教，就当了和尚，住在本郡。仅用十年时间，他就完全理解了佛家经典的奥妙。还有一个出家人叫惠达，家里很富有，有金钱巨万。他很佩服夜光的学问，就和夜光交上了朋友。当时玄宗皇帝崇尚神仙佛家，在全国到处寻求名僧道士。然而夜光迫于贫穷，不能西去长安，心中常常怏怏不乐。惠达知道后，就拿出七十万钱资助他去长安，并且对夜光说："师父你的学艺和才能，我认为没有人能再高过你的了。圣上选拔天下英才，先生你一定会在众人里出类拔萃，受到天恩宠幸，从此就会以僧人的身份，做皇帝身边的大臣。这是跷着脚随随便便就能得到的结果。然而到了那个时候，必定有宾客盈门，希望你不要忘了我们还有半面之交。"夜光拜谢说："多亏师父您的厚赠，我才能够西去长安。假使我能当上五品官，我就能报答我师对我的恩惠了。"夜光到了长安，贿赂了九仙公主左右侍奉的人，于是得到在温泉被召见的机会。玄宗命内臣选拔十名博学的僧人同方士议论，夜光也被选中了。他的演讲流畅玄奥，解疑释难的同时又能够有所发挥，别的僧人都不敢和他较量。皇上惊奇于他的辩才，下诏赐给他银印和朱绶，拜他为四门博士，每天都随侍在皇帝身边。皇上又赐他甲第，赏他金钱缯综数以千计，当时的人们把他叫作幸臣。惠达就从蓟门入长安去探访他，夜光听说惠达来了，以为是来找自己要债，很不高兴。惠达明白后，就告辞回去了。惠达回到蓟门一个多月，夜光担心他还会再来，就写了一封密信，送给蓟门帅张廷珪："近来惠达师到皇帝这里，诬陷诽谤说您现在在修缮完备兵器军服，将要谋逆。这事儿很多人都知道了。您这样的忠心，天下谁人不知，只是烈火熔金，积毁销骨，不能不做防备啊。"廷珪看完信又惊又怒，立刻把惠达捉来活活鞭打致死。过了几天，夜光忽然看见惠达来到庭院，骂夜光说："我拿七十万钱资助你西上，你为什么这么快就诬陷诽谤我，让我冤死，你怎么能背弃我到这个地步！"说完就跳上来扯拽夜光，过了很久才消失不见。师夜光的家僮都看见了。这以后仅几天的时间，夜光就死了。

绿翘

【原文】

唐西京咸宜观女道士鱼玄机，字幼微，长安里家女也。色既倾国，思乃入神，喜读书属文，尤致意于一吟一咏。破瓜之岁[①]，志慕清虚。咸通初，遂从冠帔于咸宜，而风月赏玩之佳句，往往播于士林。然蕙兰弱质，不能自持，复为豪侠所调，乃从游处焉。于是风流之士，争修饰以求狎。或载酒诣之者，必鸣琴赋诗，间以谑浪[②]，懵学辈自视缺然。其诗有"绮陌春望远，瑶徽秋兴多"；又"殷勤不得语，红泪一双流"；又"焚香登玉坛，端简礼金阙"；又"云情自郁争同梦，仙貌长芳又胜花"。此数联为绝矣。一女僮曰绿翘，亦明慧有色。忽一日，机为邻院所邀，将行，诫翘曰："无出，若有客，但云在某处。"机为女伴所留，迨暮方归院。绿翘迎门曰："适某客来，知炼师不在，不舍辔而去矣。"客乃机素相暱[③]者，意翘与之私。及夜，张灯扃[④]户，乃命翘入卧内讯之。翘曰："自执巾盥数年，实自检御，不令有似是之过，致忤尊意。且某客至款扉，翘隔阖报云：'炼师不在。'客无言策马而去。若云情爱，不蓄于胸襟有年矣，幸炼师无疑。"机愈怒，裸而笞百数，但言无之。既委顿，请杯水酹[⑤]地曰："炼师欲求三清长生之道，而未能忘解珮荐枕之欢，反以沈猜，厚诬贞正，翘今必毙于毒手矣，无天则无所诉，若有，谁能抑我强魂？誓不蠢蠢于冥冥之中，纵尔淫佚[⑥]。"言讫，绝于地。机恐，乃坎后庭瘗[⑦]之，自谓人无知者，时咸通戊子春正月也。有问翘者，则曰："春雨霁逃矣。"客有宴于机室者，因溲于后庭，当瘗上，见青蝇数十集于地，驱去复来，详视之，如有血痕且腥。客既出，窃语其仆。仆归，复语其兄。其兄为府街卒，尝求金于机，机不顾，卒深衔之。闻此，遽至观门觇伺[⑧]，见偶语者，乃讶不睹缘翘之出入。

街卒复呼数卒，携锸具，突入玄机院发之，而缘翘貌如生。卒遂录玄机京兆，府吏诘之辞伏，而朝士多为言者。府乃表列上，至秋竟戮之。在狱中亦有诗曰："易求无价宝，难得有心郎。明月照幽隙，清风开短襟。"此其美者也。（出《三水小牍》）

【注释】

①破瓜之岁：即破瓜之年，意思是瓜字可以分割成两个八字，两个八加起来是十六，所以旧诗文称女子十六岁时为"破瓜之年"。

②谑浪：戏谑放荡。

③暱："昵"的异字体。亲近，亲昵。

④扃（jiōng）：关门。

⑤酹（lèi）：把酒水浇在地上，表示祭奠。

⑥淫佚：纵欲放荡。

⑦瘗（yì）：埋葬；埋藏。

⑧觇（chān）伺：窥察侦伺。

【译文】

唐朝西京咸宜观女道士叫鱼玄机，字幼微，是长安城里巷人家的女子。她的容颜倾国倾城，人们对她神魂颠倒。她喜欢读书写文章，尤其喜欢吟诗咏句。十六岁那年，她一心向往清虚境界，就在咸通初年，在咸宜观里做了一个女道士。她临风赏月时写下的佳句，常常被文人墨客广泛传播。然而她自己如香蕙兰草，不能很好把持自我，常被一些豪侠所诱，和他们一起游玩。于是一些秉性风流的人，都争着打扮得漂漂亮亮的，想着能够一亲香泽。有的人拿着酒来拜访她，也必定弹琴赋诗，间以嘲谑玩笑，让那些没有才学的人都感觉惭愧，觉得不如她很多。她的诗句有"绮陌春望远，瑶徽秋兴多"；还有"殷勤不得语，红泪一双流"；有"焚香登玉坛，端简礼金阙"；还有"云情自郁争同梦，仙貌长芳又胜花"。这几个联句都非常绝妙。她有一个女僮，名叫绿翘，也性情聪慧，生得美丽。忽然有一天，鱼玄机被邻院邀请去做客，要走的时候，她告诫绿翘说："你别出去，如果有客人来，就说我到邻居家里了。"鱼玄机被女性友人留下，一直到晚上才回去。绿翘迎上前去，对她说："刚才有某某客人来过，知道您不在，连马都没下就走了。"来的客人是玄机一向最亲近的，玄机怀疑绿翘和他有私情。到了夜里，点灯关门，她命绿翘进了卧室，就开始讯问她。绿翘说："我给您拿手巾，端水也有几年，一直老老实实，自我检点约束，不让自己犯下您觉得我会犯下的那种过错，以免违忤您的意思。而且这个客人到了门外，绿翘我只是隔着门扇告诉他说：'炼师不在。'客人连话都没回答一句，就直接策马离开了。若说起情情爱爱的事，我心里就没有想过，请师父您别怀疑我啊。"玄机越发的愤怒起来，脱了绿翘的衣服，用鞭子棍棒打了她上百下，绿翘只咬紧牙关，说没有这回事。绿翘已经站不起来，就请求玄机给自己一杯水，然后她将水浇在地上说："师父你想求三清长生之道，却忘不了男女枕席之欢，反而要以你无中生有的沉重猜疑，拼命诬陷我这个守贞持正的人。绿翘我今天一定会在你的毒手之下丧命于此，如果没有苍天，那我无话可说；如果有，谁能拦住我冤死受屈的魂魄？我发誓绝不在冥冥之中做一个蠢鬼，放纵你在人间淫乐。"说完，就倒地断了气。鱼玄机吓坏了，就在后院挖了个坑，偷偷埋了她，自认为神不知鬼不觉。当时是咸通戊子春正月。有人问起绿翘这个人，玄机就说："春雨过后她就逃走了。"有一次，有客人在玄机的屋里摆宴，客人要到后庭解手，走到埋绿翘的地方时，看见有几十只大青蝇聚在地面上，把它们赶走，它们一会儿又飞了回来。他仔细地观察地面，发现有血痕，而且有血腥的味道。客人回来后悄悄地跟他的仆人说了，仆人回到家里，又将这件事告诉了他的哥哥。他的哥哥在官府里当一个小卒，曾经向玄机借过钱，玄机没搭理他，这个小卒心里恨透了鱼玄机。听到这件事，他马上到咸宜观门口偷偷观察。偶尔见有人说话，却很奇怪地没有看见过绿翘出入。这个小卒就叫来几个小卒，拿着挖土的工具，突然闯入玄机院内，挖出尸体，绿翘的尸体容貌如生。随后玄机被带到了京兆府，府吏审问鱼玄机口供，玄机都招认了。在朝的士大夫有不少人替她求情，府官只好把此案上奏给皇帝，到了秋天终于还是把她杀了。玄机在狱中也写了诗："易求无价宝，难得有心郎。明月照幽隙，清风开短襟。"这是她的诗里面，写得最优美的了。

唐肃宗

【原文】

肃宗在东都，为李林甫所构[①]，势几危者数矣，无何，鬓发斑白。常早朝，上见之，愀然[②]曰："汝疾归院，吾当幸汝。"及上至，顾见宫中庭宇不洒埽[③]，乐器屏帏，尘埃积其间，左右使令，无有女妓。上为动容，顾谓力士曰："太子居如此，将军盍[④]使我闻乎？"力士奏曰："臣尝欲上言，太子不许。云：'无以动上念。'"上即诏力士，下京兆尹，亟选人家子女颀长洁白者五人，将以赐太子。力士趋去，复还奏曰："臣他日尝宣旨京兆，阅致子女。人间嚣嚣，而朝廷好言事者，得以为口实。臣以为掖庭令，故衣冠[⑤]以事没入其家者，宜可备选。"上大悦，使力士诏掖庭令，按籍阅视，得三人，乃以赐太子，而章敬吴皇后在选中。顷之，后侍寝，厌[⑥]不寤，吟呼若有痛，气不属者。肃宗呼之不解，窃自计曰："上赐我，卒无状不寤，上安知非吾护视不谨耶？"遽秉烛视之，良久乃寤。肃宗问之，后手掩其左胁曰："妾向梦中，有神人长丈余，介金甲而操剑，顾谓妾曰：'帝命吾与汝为子。'自左胁剑决而入，痛殆不可忍，及今尚未之已也。"肃宗检之于烛下，则若有綖[⑦]而赤者存焉，遽以状闻，遂生代宗，代宗之载生三日也，上幸东宫，赐之金盆，命以浴。吴皇后年弱，皇孙龙体未舒，负妪惶惑，乃以宫中诸王子，同日诞而体貌丰硕者以进。上视之不乐，曰："此儿非吾儿也。"负妪叩头具服。上睨曰："非尔所知，取吾儿来！"于是以太子进见。上大喜，置诸掌内，向日视之，笑曰："此儿福禄远过甚父。"上还宫，尽留内乐，谓力士曰："比一殿有三天子，乐乎哉！可与太子饮乎。"（出《柳氏史》）

【注释】

①构：构陷，诬陷。

②愀然：忧愁貌。

③洒埽：洒水扫地。

④盍（hé）：文言副词。何不；为什么。

⑤衣冠：缙绅、名门世族。

⑥厌：同“餍”，梦餍。

⑦綖（xiàn）：古同“线”。

【译文】

肃宗在东都的时候，被李林甫构陷，形势好多次都相当危险，他没多久就愁得两鬓斑白。上早朝时，皇上看见了，心里忧愁，对他说：“你有病，回去养着吧。回头我去看你。”等皇上到了肃宗的宫院，看见宫中庭院不洒扫，乐器、屏风、帏帐上积着尘土，左右使唤的人连一个女子也没有。皇上非常生气，回头问高力士：“太子住的地方这个样子，将军你怎么都不跟我说？”高力士回答说：“臣曾经想要禀告皇上，可是太子不许。他说：‘不要惊动皇上，让皇上挂念。’”皇上就给高力士下诏，让他通知京兆尹，赶紧挑选百姓家长得高高白

白的女子五个人，把她们赐给太子。高力士马上就要去办这件事了，又返回来禀告皇上：“我过去曾经到京兆尹宣旨，挑选标致的女子，却惹得民间议论纷纷，让朝廷中那些说三道四的人抓住了把柄，落了他们的口实。臣以为不如就在宫嫔居住的庭院中，选些过去做官人家，后来被抄家，从而入宫做宫婢的女子，把她们当做备选。”皇上很高兴，就派高力士告诉掖庭令，按人口簿子挑选出三个人，把她们赐给太子，结果章敬吴皇后就在这次被选中。过后，皇后侍寝，被魇住，醒不过来，梦里呻吟痛呼，呼吸困难。肃宗叫她也叫不醒，私底下盘算：“皇上把她赐给了我，可是她这样无状，又睡不醒。皇上怎么知道不是我看护得不谨慎的原因呢？”于是赶紧拿蜡烛去看她。过了好久她才醒过来。肃宗问她怎么了，她用手捂着左胁说：“我刚才在梦里，有个神人，有一丈多高，穿着金甲拿着宝剑，看着我，对我说：‘天帝命令我做你的儿子。’就把宝剑从我的左胁刺进去，我痛得实在不能忍受。到现在还疼呢。”肃宗借着烛光检查她的左胁，看到好像有一根红线还在呢。急忙把这件事儿上奏皇上。后来吴皇后就生下了代宗。代宗出生的第三天，皇上驾幸东宫，赐给他金盆，让他沐浴。吴皇后身体正弱，皇孙龙体也没有舒展开，负责侍奉的老妪惶恐，就把宫中各位王子以及和代宗同一天出生的，身体样貌丰满肥硕的抱来献给皇上。皇上一看，不高兴了，说：“这个小孩不是我的孙子。”老妪叩头谢罪，心下拜服。皇上斜眼看她：“这不是你能知道的，把我的孙子抱来！”于是把太子抱来给皇上。皇上一看大喜，托在手上，对着太阳端详他，笑着说：“这个孩子的福禄远远超过了他的父亲。”皇上回到宫里，把内乐都留了下来，对高力士说：“这个殿里有三个天子，太高兴了！可以跟太子喝酒了。”

定数感应

南徐士人

【原文】

宋少帝时，南徐有一士子，从华山往云阳。见客舍中有一女子，年可十八九。悦之无因，遂成心疾。母问其故，具以启母。母往至华山云阳，寻见女子，具说之。女闻感之，因脱蔽膝①，令母密藏于席下，卧之当愈。数日果瘥②。忽举席，见蔽膝，持而泣之，气欲绝，谓母曰："葬时从华山过。"母从其意。比至女门，牛打不行，且待须臾。女妆点沐浴竟而出，歌曰："华山畿，君既为侬死，独活为谁施。君若见怜时，棺木为侬开。"言讫，棺木开，女遂透棺中。因合葬，呼曰神士冢。（出《系蒙》）

【注释】

①蔽膝：古代中原地区一种男女皆用的服饰。属于古代下体之衣，遮盖大腿至膝部，是古代遮羞物的遗制。

②瘥：读作 chài 或 cuó，读 chài 时本意指病愈；读 cuó 时指疾病。

【译文】

南朝宋少帝时，南徐有一个士子，从华山去云阳。他在旅店中看到一个女子，年龄大约十八九岁。男子爱悦这个女子，却没有办法和她交往，相思成疾。母亲问他缘故，他把实话原原本本地说了。他的母亲去往华山云阳，找到了那个女子，把实情告诉了她。女子听了很感动，把自己的蔽膝脱下来，让男子的母亲偷偷地放在男子睡觉的席子底下，男子躺在上面，病就能好。过了几天，男子的病果然好了。一次，他忽然掀开席子，看见了蔽膝，捧着它哭得差点气绝，对母亲说："埋葬我的时候，要从华山经过。"母亲答应了他。等到了女子的门前，拉车的牛怎么打都不肯走，一定要待一会儿。女子竟然沐浴梳妆完毕走了出来，唱道："华山畿，君既为侬死，独活为谁施。君若见怜时，棺木为侬开。"唱完，棺材开了，女子就跳进棺材。于是二人合葬，人们称它"神士冢"。

天后

【原文】

唐太宗之代，有秘记云："唐三代之后，即女主武王代有天下。"太宗密召李淳风①以询其事，淳风对曰："臣据玄象推算，其兆已成。然其人已生在陛下宫内，从今不逾②四十年，当有天下，诛杀唐氏子孙，殆将歼尽。"帝曰："求而杀之如何？"淳风曰："天之所命，不可废也。王者不死，虽求恐不可得。且据占已长成，复在宫内，已是陛下眷属，更四十年，又当衰老。老则仁慈，其余陛下子孙，或不甚损。今若杀之，即当复生，更四十年，亦堪御③天下矣。少壮严毒④，杀之为血仇，即陛下子孙无遗类矣。"（出《谈宾录》，明抄本作出《朝野佥载》）

【注释】

①李淳风：唐代著名天文学家、数学家、道士。

②逾：超过。

③御：统御，统治。

④严毒：严酷毒辣。

【译文】

唐太宗时代，有一本《秘记》上记载："唐朝三代以后，就会有一个姓武的女主，代替李家拥有天下。"唐太宗秘密召来李淳风，问他这件事，李淳风说："臣根据玄象推测，这种征兆已经形成。然而这个女人已经在陛下的宫里，从现在起不超过四十年，应当取得天下，诛杀大唐皇帝的子孙，几乎杀光。”太宗皇帝说：“把她找出来，杀了她吧？”李淳风说：“这是天命安排，不能废止。皇帝的子孙就算不死，也未必能争到皇位。况且根据占卜，她已经长大成人，如今就在宫里，已经是陛下的眷属了，再过四十年，她会衰老。老了会变得仁慈，陛下的别的子孙，或许不会损伤得太厉害。现在如果杀了她，她就会复生，再过四十年，也一样会统治天下，那时候她既年轻又严厉狠毒，现在杀了她结下的血仇，到时候会让她把陛下的子孙杀光，一个不留。”

名贤

严安之

【原文】

玄宗御勤政楼，大酺[1]，纵士庶观看。百戏[2]竞作，人物填咽[3]，金吾卫士白棒雨下，不能制止。上患之，谓高力士曰："吾以海内丰稔，四方无事，故盛为宴，欲与百姓同欢。不知下人喧乱如此。汝有何方止之？"力士奏曰："臣不能也。陛下试召严安之，处分打场。以臣所见，必有可观也。"上从之。安之至，则周行广场。以手板画地，示众人，约曰："踰[4]此者死。"以是终五日酺宴。咸指其画曰："严公界"，无一人敢犯者。（出《开天传信记》）

【注释】

①酺（pú）：聚饮。特指命令所许可的大聚饮。

②百戏：中国古代汉族民间表演艺术的泛称，"百戏"一词产生于汉代。《汉文帝纂要》载："百戏起于秦汉曼衍之戏，技后乃有高絙、吞刀、履火、寻橦等也。"可见百戏是对汉族民间诸技的称呼，尤以杂技为主。

③填咽：堵塞，拥挤。

④踰（yú）：从院墙爬过去。

【译文】

玄宗皇帝在勤政楼大摆酒宴，允许百姓和士人观看。当时各种剧目同时上演，人群把道路和广场拥堵得满满当当。金吾卫士棒如雨下，都不能制止人群骚动。玄宗忧虑地对高力士说："我因为全国各地丰收，四方又太平无事，所以摆下酒宴，想和百姓同欢。没想到下面的人喧闹混乱到这个样子，你有什么办法能够制止？”高力士说：“臣也没有办法。皇帝试着把严安之召来试试，他处理这种事情和场面很有一套。依臣所见，一定会很值得一观。”皇帝听了他的建议。严安之来了，围着广场走了一圈，用上朝时的手板在地上画了一条线，让众人看，约定说：“超过这条线的人一律处死！”于是才能够平平安安地摆了五天酒宴。百姓都指着那条线说：“严公界”，没有一个敢冒犯它的人。

李廙

【原文】

尚书左丞李廙①，有清德。其妹刘晏妻也。晏方秉权，尝造②廙。延至寝室，见其帘甚弊，乃令潜度广狭，以竹织成，不加缘饰，将以赠廙。三携至门，不敢发言而去。（出《国史补》）

【注释】

①廙（yì）：人名。

②造：前往，到，拜访。

【译文】

尚书左丞李廙，有清正廉洁的品德。他的妹妹是刘晏的妻子。刘晏刚刚掌权，曾经去拜访李廙。李廙请他到寝室，他看到李廙寝室的门帘甚是破旧，就悄悄叫人量了尺寸，用竹子织了一个门帘，也没有在边缘上加什么装饰，打算把它送给李廙。他多次带着门帘来到李廙的门口，都没敢说这件事，只好离开了。

讽谏

晏子

【原文】

齐景公时，有一人犯众怒，令支解[①]，曰："有敢救者诛。"晏子遂左手提犯者头，右手执刀，仰问曰："自古圣主明君，支解人从何而始？"公遽[②]曰："舍之，寡人过也。"（出《独异志》）

【注释】

①支解：古代碎裂肢体的一种酷刑。

②遽（jù）：马上，立刻。

【译文】

齐景公的时候，有一个人犯了众怒，齐景公命人把他肢解，说："有敢替他求情的人，杀。"晏子就左手拎着犯人的头，右手拿着刀，仰头问齐景公："自古以来的圣主明君，肢解人从哪儿开始？"齐景公立刻说："放了他吧，是寡人的错。"

简雍

【原文】

蜀简雍，少与先主有旧，随从周旋[①]，为昭德将军。时天旱禁酒，酿者刑。吏于人家索得酿具，论者欲令与造酒者同罚。雍从先主游观，见一男子路中行，告先主曰："彼人欲淫，何以不缚？"先主曰："卿何以知之？"雍对曰："彼有婬[②]具，与欲酿何殊？"先主大笑，而原舍酿者罪。（出《启颜录》）

【注释】

①周旋：交际应酬；打交道。

②媱（yáo）：嬉戏，玩乐。

【译文】

西蜀的简雍，年轻时就和先主刘备有交情，一直跟随着先主，当上了昭德将军。当时，天气大旱，先主禁酒，酿酒的人要被判刑。有一个官吏从人家里搜出酿酒的工具，审理这个案子的人打算把他和造酒的人一同处罚。简雍跟着先主去道观游玩，看到一个男子在路上行走，简雍跟先主告状说："那人想要犯淫罪，怎么不把他绑起来？"先主说："你怎么知道的？"简雍回答："他有用以淫乱的器官，与想要酿酒的人有哪儿不一样？"先主大笑，就免除了家里有酿酒工具的人的刑罚。

斛斯丰乐

【原文】

北齐高祖尝宴群臣。酒酣，各令歌乐。武卫斛斯丰乐歌曰："朝亦饮酒醉，暮亦饮酒醉。日日饮酒醉，国计无取次。"上曰："丰乐不谄[1]，是好人也。"（出《谈薮》）

【注释】

①谄：指谴责、疑惑、隐瞒。

【译文】

北齐的高祖皇帝曾经设酒宴招待群臣。喝酒正酣，高祖叫大家各自歌唱玩乐。武卫斛斯丰乐唱道："早晨也喝酒喝到醉，晚上也喝酒喝到醉，天天都喝酒喝到醉，国家大事没的商议。"高祖说："丰乐有话不瞒着，是个好人。"

廉俭

陆绩

【原文】

吴陆绩为郁林郡守，罢秩[1]，泛海[2]而归。不载宝货，舟轻，用巨石重之。人号“郁林石”。（出《传载》）

【注释】

①罢秩：指罢官。

②泛海：走海路，在海上坐船。

【译文】

吴国的陆绩为郁林太守，被罢官后，坐船渡海回家。没有载着财宝，船太轻，就用大石头压船。人们把这块石头叫作“郁林石”。

齐明帝

【原文】

齐明帝尝饮食，捉竹箸，谓卫尉应昭光曰：“卿解我用竹箸意否？”答曰：“昔夏禹衣恶[1]，往诰流言。象箸豢腴[2]，先哲垂诫。今睿情冲素，还风反古[3]。太平之迹，唯竹箸而已。”（出《谈薮》）

【注释】

①衣恶：穿得差。

②豢腴：指珍肴美馔。

③还风反古：发扬古代遗风。反，同“返”。

【译文】

齐明帝一次吃饭时，手里拿着竹筷子，对卫尉应昭光说："爱卿，你明白我用竹筷子的意思吗？"应昭光回答说："当初夏禹的衣服不好，人们流言纷纷。他说，用象牙筷子，吃珍肴美馔，会使生活腐化。这是先贤圣哲对后人的告诫。如今皇帝您情怀简淡，发扬古代遗风。这太平盛世的迹象，就体现在竹筷子上。"

崔光

【原文】

后魏自太和迁都之后，国家殷富，库藏盈溢，钱绢露积于廊庑①间，不可校数②。太后赐百官负绢，任意自量，朝臣莫不称力而去。唯章武王融与陈留侯李崇负绢过任，蹶倒伤踝。太后即不与之，令其空出。时人笑焉。侍中崔光止取两匹。太后问曰："侍中何少？"对曰："臣有两手，唯堪两匹，所获多矣。"朝贵服其清廉。（出《洛阳伽蓝记》）

【注释】

①廊庑：堂前的廊屋。

②校数：数计。

【译文】

北魏自从在太和年间迁都以后，国家丰盛富足，国库里的东西多得溢出来，钱和绢匹露天地堆积在走廊和房屋之间，多得都数不清楚。太后让文武百官背绢回家，任凭他们自己拿。官员们都合着自己的力气背绢离开，只有章武王融与陈留侯李崇背的绢布太多，摔倒伤了脚踝。太后就不给他们绢了，让他们空手出去，当时的人都笑话他们。侍中崔光只拿了两匹绢，太后问他："侍中你怎么拿这样少？"崔光回答说："我有两只手，只够拿两匹，这已经够多了。"朝臣勋贵都佩服他清廉。

卢怀慎

【原文】

唐卢怀慎，清慎贞素，不营资产。器用屋室，皆极俭陋。既贵，妻孥[1]不免饥寒。而于故人亲戚，散施甚厚。为黄门侍郎，在东都掌选事，奉身之具，才一布囊耳。后为黄门监，兼吏部尚书。卧病既久，宋璟、卢从愿常相与访焉。怀慎卧于弊箦[2]单席，门无帘箔，每风雨至，则以席蔽焉。常器重璟及从愿，见之甚喜，留连永日，命设食。有蒸豆两瓯，菜数茎而已。此外翛然无办。因持二人手谓曰："二公当出入为藩辅[3]，圣上求理甚切，然享国岁久，近者稍倦于勤，当有小人乘此而进。君其志之。"不数日而终。疾既笃，因手疏荐宋景、卢从愿、李杰、李朝隐。上览其表，益加悼惜。既殁，家无留储，唯苍头[4]自鬻，以给丧事。上因校猎于城南，望墟落间，环堵[5]卑陋，其家若有所营，因驰使问焉。还白：怀慎大祥，方设斋会。上因为罢猎。悯其贫匮，即以缣帛[6]赠之。（出《明皇杂录》）

又云：卢怀慎无疾暴卒。夫人崔氏，止其儿女号哭。曰："公命未尽，我得知之。公清俭而洁廉，蹇进而谦退。四方赂遗，毫发不留。与张说同时为相，今纳货山积，其人尚在。而奢俭之报，岂虚也哉。"及宵分，公复生。左右以夫人之言启陈。怀慎曰："理固不同。冥司有三十炉。日夕为说鼓铸横财。我无一焉，恶可并哉！"言讫复绝。（出《独异志》）

【注释】

①妻孥（qī nú）：指妻子和儿女。

②箦（zé）：床席。

③藩辅：此处比喻卫国的重臣。

④苍头：指奴仆。

⑤环堵：四周环着每面一方丈的土墙。形容狭小、简陋的居室。

⑥缣帛：古代一种质地细薄的丝织品。

【译文】

唐朝的卢怀慎，为人清廉，行事谨慎，不置办资产。他家的生活用品和住宅都非常简陋。他身份虽高，妻子儿女仍然不免挨饿受冻。但是他对朋友亲戚却非常大方，发散给他们很多财物。他任黄门侍郎，在东都负责选拔官吏，随身行李只是一个布袋子。后来他担任黄门监，兼吏部尚书。病卧在床很久，宋璟和卢从愿经常去探望他。卢怀慎躺在破破的单床席上，门上连个帘子也没有，遇到刮风下雨，就用席子遮挡一下。卢怀慎平常很器重宋璟和卢从愿，看到他们来了，心里很高兴，留他们呆了一整天，并让人准备饭菜。只有两瓦盆蒸豆和几根青菜，此外什么也没有。他握着两个人的手说："你们两个人一定会做高官，治理国家，圣上寻求人才和治理国家的心情很急切。但是统治的时间长了，皇帝身边的大臣就会有所懈怠，这时就会有小人乘机接近皇帝，你们要记住啊。"没几天，卢怀慎去世。他病危的时候，曾经亲手写了一个奏疏，向皇帝推荐宋璟、卢从愿、李杰和李朝隐。皇帝看了他的奏表，越发哀悼惋惜。他死去后，家里没有积蓄，只有一个老仆自己做了一

锅粥，给办理丧事的人吃。皇帝到城南打猎，望见村子里有一处破旧的房屋，这家人似乎正在办什么仪式，就派人骑马去询问。那人回来说："那里在举行怀念卢怀慎的祭礼，正在吃斋饭。"皇帝因此停止了打猎，怜悯他贫穷，送他家一些缣帛。

另一种说法是：卢怀慎无病突然死去，夫人崔氏不让儿女哭泣，说："你们的父亲没死，我知道。卢公清正廉洁，不争名利，为人谦让。各地赠送的东西，他一点也不肯留下。他和张说同时当宰相，如今张说收受的东西堆积得像山一样，他还活着。而奢侈和勤俭的报应怎么会是假的？"到了夜间，卢怀慎又活了。左右的人把夫人的话告诉了他。卢怀慎说："道理不一样，阴间冥司有三十座火炉，白天黑夜不间断地为张说拉着风箱铸造他收敛的横财。而没有一座是为我准备的，我的罪过已经免了。"说完又气绝身亡。

郑余庆

【原文】

郑余庆，清俭有重德。一日，忽召亲朋官数人会食，众皆惊。朝僚以故相望重，皆凌晨诣[①]之。至日高，余庆方出。闲话移时，诸人皆嚣然。余庆呼左右曰："处分厨家，烂蒸去毛，莫拗折项。"诸人相顾，以为必蒸鹅鸭之类。逡巡，舁[②]台盘出，酱醋亦极香新。良久就餐，每人前下粟米饭一碗，蒸胡芦一枚。相国餐美，诸人强进而罢。（出《卢氏杂说》）

【注释】

①诣（yì）：到某人所在的地方；到某个地方去看人（多用于所尊敬的人）。

②舁（yú）：共同用手抬。

【译文】

郑余庆，清廉俭朴，品德高尚。有一次，他忽然请亲朋和官员数人一起吃饭，大家都很惊讶。朝堂同僚因为他的威望很高，很尊敬他，一大早就都到了。等到太阳很高了，郑余庆才出来。说了很长时间闲话，大家都沉不住气，开始喧嚣。郑余庆就叫来仆人，说："去告诉厨师，要蒸烂去毛，别折断了脖子。"大家互相看看，觉得一定是蒸鹅鸭之类的菜。一会儿，仆人抬着台盘出来，摆好，酱和醋都极香极鲜。好一阵子才等到开饭，每个人面前一碗粟米饭，一枚蒸葫芦。宰相吃得很香，大家只好勉强吃了下去。

郑浣

【原文】

郑浣以俭素自居。尹①河南日，有从父②昆弟③之孙自覃怀来谒者，力农自赡，未尝干谒④。拜揖甚野，束带亦古。浣子之弟仆御，皆笑其疏质，而浣独怜之。问其所欲。则曰："某为本邑，以民侍之久矣，思得承乏一尉，乃锦游乡里也。"浣然之。而浣之清誉重德，为时所归，或书于郡守，犹臂之使指也。郑孙将去前一日，召甥侄与之会食。有蒸饼，郑孙去其皮而后食之，浣大嗟怒。谓曰："皮之与中，何以异也？仆尝病浇态⑤讹俗⑥，骄侈自奉，思得以还淳反朴，敦厚风俗。是犹怜子力田弊衣，必能知艰于稼穑，奈何嚣浮甚于五侯家绮纨乳臭儿耶？"因引手请所弃者。郑孙错愕失据，器而奉之。浣尽食之，遂揖归宾闼⑦，赠五缣而遣之。（出《阙史》）

【注释】

①尹（yǐn）：治理。

②从父：作为亲属称谓，指称祖父的亲兄弟的儿子。

③昆弟：同昆仲，指兄和弟。

④干谒：指为某种目的而求见。干：求取，追求。

⑤浇态：浮薄的世态与风气。

⑥讹俗：荒谬的习俗。

⑦宾闼：客舍。

【译文】

郑澣很重视勤俭朴素。他出任河南尹的这天，有叔父家里的兄弟的孙子从覃怀来拜谒他。这个人在家乡务农为生，没有拜见过官员，举动很是粗鄙，衣裳样式也陈旧。郑澣的儿子和仆人都嘲笑他粗俗，只有郑澣怜爱他，问他有什么愿望。他说："我一直在家乡当小老百姓，如今想着如果能够当一个县尉，就能够穿上漂亮衣裳，在乡里到处走动了。"郑澣答应了他的要求。郑澣做官，是很重视清廉的名声和德行的，他为了办成这件事，给郡守写了一封信，这对于他就像胳膊带动手指一样运用自如，不费什么力气。就在他的孙子要去任职的前一天，郑澣把他找来，和外甥及侄子等家里人一起吃了顿饭。饭桌上有蒸饼，这个孙子吃的时候将饼皮扔掉，只吃里面的瓤，郑澣气坏了，大叹一口气，说："饼皮和饼瓤有什么区别？我对这种病态恶俗、骄傲奢侈的生活作风向来是特别厌恶的，就想着怎么才能让人们重新变得淳朴起来，让风俗变得敦厚起来。我怜惜你出田下力，又穿着破旧的衣裳，想来是知道种田劳作的不易的，没想到你竟然比那些王侯家的穿绮罗衣裳的小子们更加喧嚣浮华。"于是他就伸手让这个人把扔掉的饼皮捡起来。这个孙子吓得够呛，将饼皮捡起来双手递给郑澣，郑澣接过来全都吃了。然后把他送回客房，送给他一些布匹，把他打发了回去。

吝啬

汉世老人

【原文】

汉世有人，年老无子，家富，性俭啬。恶衣蔬食，侵晨①而起，侵夜②而息，营理产业，聚敛无厌，而不敢自用。或人从之求丐者，不得已而入内，取钱十，自堂而出，随步辄减。比至于外，才余半在。闭目以授乞者。寻复嘱云："我倾家赡君，慎勿他说，复相效而来。"老人俄死，田宅没官，货财充于内帑③矣。（出《笑林》）

【注释】

①侵晨：黎明。

②侵夜：入夜，夜晚。

③内帑：国库。

【译文】

汉朝有个人，上了年纪，没有儿子。家里非常有钱，但是他生性俭朴吝啬。穿破衣裳，吃简单的食物。每天天不亮就起来，快到半夜才睡觉，细心经营产业，积聚钱财从没有满足的时候，却舍不得给自己花用。如果有人向他乞讨，他实在推辞不过，便只好进去，拿出十个钱来，从堂屋里出来，一边往外走，一边减少钱数，等他走到外边，只剩一半了。他闭着眼睛递给乞丐，还反复叮嘱："我把家里所有的钱都拿来给了你啊，你可千万不要对别人说，免得他们都跟你学，来跟我要钱。"老头不久死掉了，他的田地房屋被官府没收，钱则上缴了国库。

李崇

【原文】

后魏高阳王雍，性奢豪，嗜食味，厚自奉养，一食必以数百万钱为限，海陆珍羞，方丈于前。陈留侯李崇谓人曰："高阳一食，敌我千日。"崇为尚书令仪同三司①，亦富倾天下。僮仆千人，而性多俭吝，恶衣粗食，食常无肉，止有韭茹韭菹②。崇家客李元祐语人云："李令公一食十八种。"人问其故。元祐曰："二韭十八。"闻者大笑。（出《洛阳伽蓝记》）

【注释】

①仪同三司：官名。始于东汉。本意指非三公（太尉、司徒、司空）而给予与三公同等的待遇。

②韭菹（jiǔ zū）：以醯酱腌渍的韭菜。

【译文】

后魏高阳王雍，生性奢侈，非常喜欢美食，对自己的衣食供养特别奢华。他一顿饭一定要花费数百万钱，将山珍海味罗列在面前。陈留侯李崇对人说："高阳王雍吃一顿饭，花的钱顶我一千天的花费。"李崇的官职是尚书令仪同三司，富甲天下，家里僮仆一千人，但是他生性俭朴吝啬，穿粗布衣裳，吃粗劣的饭菜。他吃饭一般不吃肉，只有炒韭菜和腌韭菜。李崇家的食客李元祐对别人说："李令公一顿饭要吃十八种菜。"人们问这是什么说法，李元祐说："二韭十八。"听的人都大笑起来。

韦庄

【原文】

韦庄颇读书，数米而炊，称薪而爨[1]。炙少一脔[2]而觉之。一子八岁而卒，妻敛以时服。庄剥取，以故席裹尸。殡讫，擎其席而归。其忆念也，呜咽不自胜，唯悭吝[3]耳。（出《朝野佥载》）

【注释】

①爨（cuàn）：烧火煮饭。

②脔（luán）：切成小片的肉。

③悭吝（qiān lìn）：吝啬；小气。

【译文】

韦庄读书很多，数米做饭，称柴烧火。烤熟的肉少一片他都能发觉。他有一个儿子，八岁的时候死了，妻子用孩子平时穿的衣服收殓他，韦庄却将衣服剥了下来，用一领旧席子裹尸。埋完儿子，他又把席子拿回家。他想念儿子的时候痛哭不止，就是太吝啬了。

知人

刘奇

【原文】

唐证圣中，刘奇为侍郎，注张文成、司马锽为御史。二人因申屠玚以谢。奇正色曰："举贤无私，何见①谢？"（出《谭宾录》）

【注释】

①见：助词，用在动词前面表示被动或对我怎么样。例如，见告。见教。见谅（原谅我）。见笑（被讥笑）。

【译文】

唐朝的证圣年间，刘奇担任侍郎，推荐张文成和司马锽为御史。两个人拜托申屠锡去致谢，刘奇正色说道："举荐贤能又不是出于私心，干什么要谢我？"

姚元崇

【原文】

姚元崇与张说同为宰辅①，颇怀疑阻，屡以事相侵，张衔②之颇切。姚既病，诫诸子曰："张丞相与吾不叶③，衅隙甚深。然其人少怀奢侈，尤好服玩。吾身殁之后，以吾尝同僚，当来吊。汝其盛陈吾平生服玩，宝带重器，罗列于帐前。若不顾，汝速计家事，举族无类矣。目此，吾属无所虞。便当录其玩用，致于张公，仍以神道碑为请。既获其文，登时便写进，仍先砻石④以待之，便令镌刻。张丞相事迟于我，数日之后，必当悔。若却征碑文，以刊削为辞，当引使视其镌刻，仍告以闻上讫。”姚既殁，张果至，目其玩服三四。姚氏诸孤悉如教诫。不数日文成，叙述该详，时为极笔。其略曰：“八柱承天，高明之位列；四时成岁，亭毒之功存。”后数日，果使使取文本，以为词未周密，欲重加删改。姚氏诸子乃引使者示其碑，乃告以奏御。使者复命，悔恨拊膺⑤曰：“死姚崇犹能算生张说。吾今日方知才之不及也远矣。”（出《明皇杂录》）

【注释】

①宰辅：指辅政的大臣。一般指宰相。

②衔：怀在心里：衔恨。

③叶（xié）：和洽。

④砻石：墓碑。砻，同“垄”。此处作动词用，做好墓碑。

⑤拊膺：指捶胸。表示哀痛或悲愤。

【译文】

姚元崇和张说同时为宰相，各自心里怀有很深的疑忌矛盾，彼此屡次搞事互相伤害。张说对于姚元崇尤其痛恨。姚元崇病重，告诫他的儿子们：“张丞相与我不和，矛盾很深。然而这个人从小就生活奢侈，尤其喜欢好的服饰和玩赏的东西。我死以后，因为我们曾经共事，他一定会来吊唁。你们一定要多拿一些我平生喜欢的服饰玩器、宝贵的玉带和重要的器物，把它们都摆在帐前。如果他看都不看，你们就赶紧安排家里的事情，因为全家人都会受到他的坑害。如果他看这些东西，咱们家就没事了。你们就把他喜欢的东西都送给他，并且请他撰写我墓碑的碑文。得了他写的碑文后，马上呈报皇帝，并且事先准备好石料，圣命一准，马上镌刻。张丞相见事比我要慢，过几天后，他一定会后悔。如果他想要回碑文，借口说要重新修改，你们就让他看这些刻好的碑文，告诉他，皇上那里已经知道了。”姚元崇死后，张说果然来了，看那些宝器三四回。姚元崇的儿子们完全按父亲嘱咐的做了。没几天，张说送来了他亲自写好的碑文，把姚元崇的生平叙述得很详细，在当时是写得非常好的文章。大略的意思是："姚元崇像撑天的八根柱子之一，他应该位列在高超明智的贤人之中；虽然岁月照常流逝，但他的教化政绩永存。"后来过了几天，张说果然又派使者来索要碑文，说是词句不周密，想要重新加以删改。姚元崇的儿子们就带着使者去看已经刻好的石碑，并告诉他已经上报给了皇帝。使者回去复命，张说悔恨地拍着胸，说："死了的姚元崇还能算计活着的张说，我到今天才知道，我的本事远不如他呀。"

韩愈

【原文】

李贺以歌诗谒吏部韩愈。时为国子博士[①]分司，时送客出归，极困。门人呈卷，解带旋读之。首篇《雁门太守行》云："黑云压城城欲摧，甲光向日金鳞开。"却插带，急命邀之。（出《云溪友议》，明抄本作出《幽闲鼓吹》）

【注释】

①国子博士：学官名。唐代国子监国子学置五员，正五品上。

【译文】

李贺用自己的诗歌谒见吏部侍郎韩愈。当时韩愈分管国子博士，将客人送走以后非常困倦。看门的人送来了李贺的诗歌，韩愈一边解带一边阅读。第一首诗《雁门太守行》写道："黑云压城城欲摧，甲光向日金鳞开。"韩愈急忙又把带子系上，赶紧命人把李贺请来。

精察

裴休

【原文】

裴休尚古好奇，掌纶诰[1]日，有亲表调授邑宰[2]于曲阜者。土人垦田，得古器曰盎，腹容三斗，浅项痹足，规口矩耳，朴素古丑，将蠹土壤者。既洗涤之后，磨垄之，隐隐有古篆九字带盎之腰。曲阜令不能辩。兖州有书生姓鲁，能八体书字者，召致于邑，出盎示之，曰：此大篆也。非今之所行者，虽某颇尝学之。是九字曰：齐桓公会于葵丘岁铸。邑宰大奇其说。及以篆验，则字势存焉。及辇致河东公之门，公以为麟经[3]时物，得以言古矣，宝之犹钟玦郜鼎[4]也。视草之暇，辄引亲友之分深者观之。

以是京华声为至宝。公后以小宗伯[5]掌贡举，生徒有以盎宝为请者。裴公一日设食，会门弟子，出器于庭，则离立环观，迭词以质。独刘舍人蜕以为非当时之物，近世矫作也。公不悦曰："果有说乎？"紫微曰："某幼专丘明之书，具载小白桓公九合诸侯，取威定霸，葵丘之会第八盟。又按礼经，诸侯五月而葬，同盟至，既葬，然后反虞，虞然后卒哭，卒哭然后定谥。则葵丘之役，实在生前，不得以谥称。此乃近世之矫作也"。裴公恍然而悟，命击碎，然后举爵尽饮而罢。（出《唐阙史》）

【注释】

①纶诰：皇帝的诏令文告。

②邑宰：县邑之长，即县令。

③麟经：为《春秋经》的别称。

④郜鼎：春秋郜国造的宗庙祭器，以为国宝。

⑤小宗伯：《周礼》谓春官以大宗伯为长官，卿一人；小宗伯为其佐官，中大夫二人。国有大礼则辅佐大宗伯，小礼则为专掌礼仪之官。

【译文】

裴休崇尚古董，喜爱珍玩。他掌管皇帝的诏书的时候，一个表亲调任曲阜邑宰。当地农民耕地时挖出一件古器，名字叫作“盎”。盎大约能容三斗，短脖鸟足，圆口方耳，朴素古旧而丑陋。洗干净后，磨擦干净，隐隐有九个古篆字环绕在盎的腰部。曲阜的县令也不认识。兖州有个书生姓鲁，能写八种字体。将这个书生找到县上，拿出盎让他辨认。他说：“这是大篆，不是现在使用的字体，不过我曾经好好地学过。这九个字写的是：‘齐桓公会于葵丘岁铸。’”邑宰对他说的话特别惊奇，等把篆体字的书籍拿来一对照检验，觉得字迹的笔画确实相似。邑宰就用车把盎送到河东裴休的家里。裴休认为是春秋时代的器物，可以凭着它来抒发思古之幽情，特别珍爱，就像对待国宝一样。在修改皇帝的诏书的闲暇时间，他动不动就带情分深厚的亲朋好友一起欣赏。

从此这个盎被京华的人们称为至宝。后来他以礼部侍郎的身份主管科举考试，学生中有人请求观赏他收藏的盎。有一天他摆酒宴，请来学生弟子聚会，将盎拿出来摆在院内，大家都围成一圈，保持距离，一起鉴赏。唯独中书舍人刘蜕认为这不是春秋时的器物，而是近代伪造的赝品。裴休不高兴地说：“你这样判断有什么根据？”刘蜕说：“我从前专门学习过左丘明的著作，上面记载齐桓公小白九次召集各路诸侯，树立威信，定下霸主之位。葵丘这次聚会是第八次结盟。又据《礼经》记载，诸侯五月安葬桓公小白，结成同盟的各路诸侯到了之后，就开始埋葬小白，然后拜祭，拜祭以后是早晨和晚上哭丧，哭丧以后确定追封谥号。然而葵丘聚会确确实实是齐桓公小白生前的事情，那时他还活着，不能以谥号相称，所以这是一件近代伪造的赝品。”裴休恍然大悟，命人把盏打碎，然后举起酒杯一饮而尽。

崔碣

【原文】

崔碣任河南尹，惩奸剪暴，为天下吏师。先是有估客王可久者，膏腴之室。岁鬻茗于江湖间，常获丰利而归。是年，又笈贿适楚，始返楫于彭门，值庞勋作乱，阱于寇域，逾期不归。有妻美少，且无伯仲息裔之属。妻常善价募人，访于贼境之四裔，竟无究其迹者。或曰：已戕于盗，帑其货矣。洛城有杨乾夫者善卜称。妻晨持一缣，决疑于彼。杨生素熟其事，且利其财，思以计中之。乃为端蓍[①]虔祝，六位既兆，则曰：所忧岂非伉俪[②]耶？是人绝气久矣。象见坟墓矣。遇劫杀与身并矣。妻号啕将去，即又勉之曰：“阳乌已晚，幸择良晨，清旭更问，当为再祝”。妻诚信之。他日，复往算，宛得前卦。乃曰：“神也异也，无复望也。”仍言号恸非所以成礼者，第择日举哀，绘佛饭僧，以资冥福。妻且悲且愧，以为诚言，无巨细事，一以托之。杨生主办，雅竭其志。则又谓曰：“妇人茕独，而衷财贿，寇盗方炽，身之灾也，宜割爱以谋安适。”妻初不纳，夕则飞砾以惧之，昼则声寇以危之，次则役媒以饵之。妻多杨之义，遂许嫁焉。杨生既遂志，乃籍所有，雄据厚产。又逾月，皆货旧业，挈妻卜居乐渠之北。明年，徐州平，天下洗兵，诏大憝就擒外，胁从其间者，宥而不问，给篆为信，纵归田里。可久髡[③]裸而返，瘠瘁疥秽，丐食于路。至则访其庐舍，已易主矣。曲讯妻室，不知其所。展转饥寒，循路哀叫。渐有人知者，因指其新居。见妻及杨，肆目门首，欲为揖认，则诃杖诟辱，仅以身免。妻愕眙[④]以异，复制于杨。可久不堪其冤，诉于公府。及法司按劾，杨生贿赂已行，取证于妻，遂诬其妄。时属尹正长厚不能辨奸，以诬人之罪加之。痛绳其背，肩扶出疆。可久冤楚相萦，殆将溘尽，命丝未绝，洛尹改更，则衔血赍冤于新政，亦不能辨。前所鞫吏，得以肆其毒于簧言。且曰：以狱讼旧政者，汉律在焉。则又裂膂[5]，配邑之遐者，隶执重役。可久双眦流血，两目枯焉。时博陵公伊人燕居，备聆始卒。天启良便，再领三川。狱吏屏息，覆盆举矣。揽辔观风之三日，潜命就役所，出可久以至。乃敕吏掩乾夫一家，兼素鞠胥，同梏其颈。且命可久暗籍家之服玩，物所存尚夥[6]，而鞠吏贿赂，丑迹昭焉。既捶其胁，复血其背，然后擢发折足，同瘗一坎。收录家产，手授可久。时离毕作冷，衣云复郁。断狱之日，阳轮洞开，通逵相庆，有出涕者。沉冤积愤，大亨畅于是日。古之循吏[7]，孰能拟诸。（《出唐阙史》）

【注释】

①蓍（shī）：蓍草。我国古代用它的茎占卜。

②伉俪（kàng lì）：夫妻。

③髡（kūn）：古代剃去男子头发的一种刑罚。

④愕眙（è chì）：惊视。

⑤膂（lǚ）：古同“膐”，脊梁骨。

⑥夥（huǒ）：多。

⑦循吏：奉公守法的官吏，好官。

【译文】

崔碣担任河南尹，惩治坏人，剪除恶霸，是天下官吏的榜样。先前有个贩卖货物的商人，叫王可久，家庭富裕。每年在各地贩卖茶叶，常常赚很多钱回家。这一年，他又带了很多茶叶到楚地，乘船到了彭门，正赶上庞勋叛乱，被阻在贼兵控制的地区，超过了预定的日子也不能回家。他的妻子年轻貌美，而且没有兄弟子女。她几次花钱雇人到贼兵占领的地区四处寻访，都找不到王可久的踪迹。有的人说：她丈夫已经被强盗杀死，钱和货都被抢走了。洛城有个叫杨乾夫的人，善卜卦。王可久的妻子早晨拿一匹细缣去找杨乾夫，请他推算丈夫的情况。杨乾夫对王可久家里的情况一向清楚，并且眼红王可久的钱财，就想着借此机会算计她。他拿出蓍草虔诚占卜，结果出来后，对她说：“你担忧的是你的丈夫吗？这个人已经死了很久。卦象已经显示出他的坟墓。遇到强盗杀了他。”王可久的妻子号啕大哭着要离开，他又劝她说：“太阳已经升得很高了，幸亏选择了早晨的好时辰来算卦。改日早晨你再来，我再为你重新算一遍。”王妻对他很是信任，又找了个日子过去算卦，仍然和上一次的卦象一样。杨乾夫就说：“真是神异啊，看来没希望了。”并且告诉王可久的妻子说，只是这样号啕痛哭不成礼仪。应该找个日子办丧事，请和尚做法事，给你丈夫在阴间祈福。王妻悲伤又惭愧，认为杨乾夫的话十分真诚，就把大小事情全部托付给他。杨乾夫认真操办丧事，竭尽全力使王妻满意。然后他又对王可久的妻子说：“你一个妇人家，独自生活，又守着这么大的家业，如今强盗正闹得凶，容易给自己招灾。你最好忘掉亡夫，早点嫁人，安生过日子。”王妻起初不肯，杨乾夫就晚上扔石头吓她，白天说有强盗威胁她，再则请媒人去诱惑她。王妻感激杨乾夫的仁义，就嫁给了他。杨乾夫实现了自己的心愿，霸占了王可久的全部家产。又过了一个月，他又重操旧业，带着妻子搬到乐渠北边居住。第二年，徐

州的战乱平息，天下太平，皇帝下诏，只把发动战乱的贼兵头领抓住治罪，其余的胁从者不加追究，并且发给证明，释放回家。王可久头发也剃光了，一无长物，往家里走。瘦骨嶙峋，憔悴疲惫，身上长满了疥疮，又脏又臭，一路要饭。到了家里，却发现房屋已经易主。他拐着弯地询问妻子的下落，人们都不知道。他辗转奔波，又冷又饿，顺着路走，一边走一边哀叫。渐渐的有人知情，就告诉他妻子和杨氏的新居。他见了妻子和杨乾夫，站在门口，眼光直勾勾地，想要和妻子相认，杨乾夫却打他、骂他、污辱他。他狼狈逃跑，勉强捡回一条命。妻子非常惊愕，制止了杨乾夫的行为。王可久无法忍受冤屈，去官府告状。等到官府开始审理案情，杨乾夫已经送上了贿赂。办案官员去他妻子那里取了证据，然后诬蔑王可久胡说八道。当时河南尹正长厚不能辨别奸恶，给王可久加上诬陷良人的罪名，打了他一顿。他被背上绑紧的绳索勒得痛楚难当，被人搭着肩扔了出去。他冤屈缠身，简直难以支持。他命不该绝，换了洛尹。王可久又嘴里流血，前去新官面前伸冤，仍旧不能辨白冤枉。以前办案的官员对他百般污蔑，告诉他说："诬告前任官员，按照汉朝延续下来的法律，要打断脊梁骨，发配远地，罚作苦役。"王可久两眼流血，哭得快要瞎了。这时博陵公崔碣退朝闲居在家，对王可久的冤情听了个明明白白。正好天启良便，他再次担任了河南尹。狱吏吓得大气不敢出，王可久的冤案再次提举查办。崔碣调查了解了三天，秘密到监狱里把王可久提出来。然后派人突然逮捕杨乾夫全家，连同原来审理案件的官吏一起，戴上枷锁，关进监狱。并且暗中命令王可久清点家产，贵重器物还剩下不少。原来审理案件的官员的丑恶罪行也大白天下。崔碣命令打他们的两肋，又把他们的后背打得流血，然后揪着头发把腿打断，全都埋在一个坑里面。又没收他们的家产，亲手还给王可久。当时天气很冷，阴云覆盖。重新判决的这一天，突然太阳出来，人们满街欢庆。有的人激动地落了泪。沉积的冤情和愤怒，都在这一天得到了澄清和发泄。古代那些奉公守法的官吏，有谁能比得上博陵公崔碣！

俊辩

荀慈明

【原文】

荀慈明与汝南袁少朗相见，问颍川士，慈明先及诸兄。少朗叹之曰：“但可私亲而已。”慈明答曰：“足下相难，依据何经？”少朗曰：“方问国士，始及诸兄，是以尤之。”慈明曰：“昔祁奚①内举不失其子，外举不失其仇，以为至公；公旦周文王之子，诗不论尧、舜之德，而颂文、武者何？先亲之义也。春秋之义，内中国而外诸夏，且不能爱其亲而爱他人者，不当以是勃德②乎？”（出《世说》）

【注释】

①祁奚：春秋时晋国人，忠公体国，急公好义。他曾推荐自己的杀父仇人解狐替代自己的职位。

②勃德：悖德，违反道德。

【译文】

荀慈明与汝南的袁少朗相见，袁少朗问颍川的名士有谁，慈明先提到自己的诸位弟兄。袁少朗叹息说：“你只会照顾自己的亲人而已。”荀慈明回答说：“先生您这么指责我，依据什么经典？”袁少朗说：“我正要问你谁是国士，你却先提到自己的弟兄，所以我对你不满。”荀慈明说：“过去祁奚推荐继承自己职位的人，对内不回避自己的儿子，对外不漏掉自己的仇人，人们都认为他是最公平公正的。周公旦是周文王的儿子，他的诗歌不歌颂尧舜，反歌颂文王武王，这是为什么呢？先照顾推举自己的亲人，这也是春秋以来的道义。先统治平定中心，然后再去治理各个诸侯国。不能爱自己的亲人，而只爱别人，不也是违背道德的吗？"

周颙

【原文】

汝南周颙隐居钟山，长斋蔬食。王俭谓之曰："卿在山中，何所啗①食？"答曰："赤米白盐，绿葵紫蓼。"又曰："菜何者最美？"颙曰："春初早韭，秋暮晚菘②。"颙历中书侍郎。（出《谈薮》）

【注释】

①啗：同"啖"。

②菘：古时对白菜类蔬菜的通称。

【译文】

汝南的周颙隐居在钟山，吃长斋和蔬菜。王俭问他："你在山里，都吃什么呀？"周颙回答说："红米白盐，绿葵紫蓼。"王俭又问："什么菜最美味呢？"周颙回答："初春的早韭，暮秋的晚菘。"周颙曾经担任过中书侍郎。

薛道衡

【原文】

隋吏部侍郎薛道衡尝游钟山开善寺，谓小僧曰："金刚何为努目？菩萨何为低眉？"小僧答曰："金刚努目，所以降伏四魔，菩萨低眉，所以慈悲六道。"道衡怃然①不能对。（出《谈薮》）

【注释】

①怃然：此处指惊愕貌。

【译文】

隋朝的吏部侍郎薛道衡曾经游览钟山开善寺，问小和尚："金刚的眼睛为什么瞪得要突出来？菩萨为什么垂首垂眉？”小和尚回答：“金刚怒目，是为了降服四方妖魔；菩萨低眉，是慈悲六道众生。”薛道衡惊奇地说不出话来。

韩愈

【原文】

李河南素替杜公兼。时韩吏部愈为河南令，除职方员外，归朝，问前后之政如何，对曰：将兼来比素[①]。（出传载）

【注释】

①将兼来比素：此处化用的《乐府诗集》中《上山采蘼芜》的一句诗：“将缣来比素。”原诗如下：上山采蘼芜，下山逢故夫。长跪问故夫：“新人复何如？”“新人虽言好，未百若故人姝。颜色类相似，手爪不相如。新人从门入，故人从合去。新人工织缣，故人工织素。织缣日一匹，织素五丈余，将缣来比度素，新人不如故。”

【译文】

河南李素代替杜公兼，这时吏部的韩愈由河南令改任职方员外。他回到朝中，人们问他前后官员治政如何，韩愈回答说：“将兼来比素。”

柳公权

【原文】

柳公权，武宗朝在内庭。上尝怒一宫嫔久之，既而复召。谓公权曰：“朕怪此人，然若得学士一篇，当释然也。”目御前蜀笺数十幅授之。公权略不[①]伫思[②]，而成一绝曰：“不分前时忤主恩，已甘寂寞守长门。今朝却得君王顾，重入椒房拭泪痕。”上大悦，锡锦彩二百匹，令宫人上前拜谢之。（出《摭言》）

【注释】

①略不：一点也不。

②伫思：停下来思考。

【译文】

唐朝的柳公权，在武宗皇帝时，是内庭官员。皇帝曾经对一个宫嫔长久不满，皇帝将她叫来后，对柳公权说："我怨怪这个人，不过如果得到你的一篇作品，我就心情好，不再怪罪她了。"说完将御案上的几十张蜀笺都给了他。柳公权不加思索，立即写成一首绝句："不分前时忤主恩，已甘寂寞守长门。今朝却得君王顾，重入椒房拭泪痕。"皇帝大喜，赏赐给他二百匹锦缎，令女官上前向他拜谢。

萧遥欣

【原文】

南齐曲江公萧遥欣少有神采干局[①]。为童子时，有一小儿左右弹飞鸟，未尝不应弦而下。遥欣谓之曰：凡戏多端，何急弹此？鸟自云中翔，何关人事？小儿感之，终身不复捉弹。尔时年十一。士庶多竞此戏，遥欣一说，旬月播之，远近闻者，不复为之。（出《谈薮》）

【注释】

①干局：谓办事的才干器局。

【译文】

南齐曲江公萧遥欣从小就有神采，办事也干练有能力。他还是小孩儿时，看见有一个小孩儿在附近用弹弓射飞鸟，没有不应声而落的。萧遥欣对他说："游戏有许多玩法，为什么非要把飞鸟打下来。鸟儿在云中飞翔，碍着人的什么事了？"小孩儿受了触动，终身不再拿弹弓。当时萧遥欣才十一岁。当地的民众都愿意打鸟取乐，萧遥欣的话，不到一个月就传播开来，远近听说的人们，都不再打鸟了。

幼敏

王勃

【原文】

王勃字子安，六岁能属文。清才浚发①，构思无滞。年十三，省其父至江西。会府帅宴于滕王阁。时帅府有婿善为文章，帅欲夸之宾友，乃宿构滕王阁序，俟②宾合而出之，为若即席而就者。既会，帅果授笺诸客，诸客辞。次至勃，勃辄受。帅既拂其意，怒其不让，乃使人伺其下笔。初报曰："豫章故郡，洪都新府。"帅曰："此亦老生常谈耳。"次曰："星分翼轸，地接衡庐。"帅沈吟③移晷④。又曰："落霞与孤鹜齐飞，秋水共长天一色。"帅曰："斯不朽矣。"（出《摭言》）

【注释】

①浚发：一指迅速开发，一谓很快显现出来，一指从深处发出。

②俟（sì）：等待。

③沈吟：沉吟。

④移晷（guǐ）：日影移动；犹言经过了一段时间。

【译文】

王勃，字子安，六岁能写文章。他文才清俊，文思敏捷，构思巧妙。他十三岁那年，去江西看望父亲。当时正赶上府帅在滕王阁举行宴会。当时府帅有一个女婿文章写得很好，府帅想要在宾客面前夸耀他。他叫女婿提前花了一晚上构思了"滕王阁序"，等到宾客聚会时当众写出来，看起来就像是当场作出的样子。到了宴会上，府帅果然分发纸张给各位宾客，大家都推辞。轮到王勃，王勃却干脆地接了。府帅见王勃违背了他的意思，心里对王勃毫不谦让的态度很生气，就叫人看他怎么下笔。一开始，人报告给他，王勃写的是："豫章故郡，洪都新府。"府帅说："这也不过是老生常谈。"接着报告给他，王勃接下来写的是"星分翼轸，地接衡庐。"府帅沉思良久。又来人告诉他说，王勃写了："落霞与孤鹜齐飞，秋水共长天一色。"府帅说："这是不朽的名作了。"

器量

娄师德

【原文】

纳言娄师德，郑州人，为兵部尚书，使并州，接境诸县令随之。日高至驿，恐人烦扰驿家，令就厅同食。尚书饭白而细，诸人饭黑而粗。呼驿长责之曰："汝何为两种待客？"驿将恐，对曰："邂逅浙米不得，死罪。"尚书曰："卒客无卒主人，亦复何损。"遂换取粗饭食之。检校营田，往梁州，先有乡人姓娄者为屯官，犯赃，都督许钦明欲决杀令众。乡人谒尚书，欲救之。尚书曰："犯国法，师德当家儿子。亦不能舍，何况渠[①]。"明日宴会，都督与尚书："犯国法俱坐。"尚书曰："闻有一人犯国法，云是师德乡里，师德实不识，但与其父为小儿时共牧牛耳，都督莫以师德宽国家法。"都督遽令脱枷至。尚书切责之曰："汝辞父娘，求觅官职，不能谨洁，知复奈何。"将一碟堆饼与之曰："噇[②]却，作个饱死鬼去！"都督从此舍之。后为纳言平章事。父检校屯田，行有日矣，谘执事早出，娄先足疾，待马未来，于光政门外横木上坐。须臾，有一县令，不知其纳言也，因诉身名，遂与之并坐。令有一丁，远觇[③]之，走告曰："纳言也。"令大惊，起曰："死罪。"纳言曰："人有不相识，法有何死罪。"令因诉云：有左嶷，以其年老眼暗奏解，某夜书表状亦得，眼实不暗。纳言曰："道是夜书表状，何故白日里不识宰相。"令大惭曰："愿纳言莫说向宰相。"纳言南无佛不说。公左右皆笑。

使至灵州，果驿上食讫，索马，判官谘，意家浆水亦索不得，全不祇承。纳言曰："师德已上马，与公料理。"往呼驿长责曰："判官与纳言何别？不与供给？索杖来。"驿长惶怖拜伏。纳言曰："我欲打汝一顿，大使打驿将，细碎事，徒涴[4]却名声。若向你州县道，你即不存生命，且放却。"驿将跪拜流汗，狼狈而走。娄目送之，谓判官曰："与公踬顿[5]之矣。"众皆怪叹。其行事皆此类。浮休子曰：司马徽、刘宽，无以加也。（出《朝野佥载》）

李昭德为内史，师德为纳言，相随入朝。娄体肥行缓，李屡顾待，不即至。乃发怒曰：可耐杀人田舍汉。娄闻之，乃笑曰："师德不是田舍汉。更阿谁是？"师德弟拜代州刺使，将行，谓之曰："吾以不才，位居宰相。汝今又得州牧，叨遽过分，人所嫉也，将何以全先人发肤？"弟长跪曰："自今后，虽有人唾某面上，某亦不敢言，但拭之而已，以此自勉，庶不为兄忧。"师德曰："此适为我忧也。夫人唾汝者，发怒也。汝今拭之，是恶其唾。恶而拭，是逆人怒也。唾不拭，将自干，何如？"弟笑而受之。武后年，竟保宠禄。（出《国史异纂》）

【注释】

①渠：第三人称代词，他。

②噇（chuáng）：无节制地狂吃狂喝。

③觇（chān）：窥视；观测。

④涴（wò）：污，弄脏。

⑤踬（zhì）顿：挫辱。

【译文】

唐纳言娄师德，是郑州人。他担任兵部尚书时，出使并州。入境后，各处县令都迎接随行。中午到了驿站，恐怕人多打扰驿家，就让大家在一个大厅吃饭。尚书吃的精细的白米饭，而别人吃的饭又黑又粗。娄师德就把驿长叫来，责问他："你为什么用两种米来待客？"驿长惶恐地说："一时搞不到浙地出产的细米，我该死。”娄师德说：“这不好，客人不应分等级。”便换了粗饭一起吃。到梁州去考查屯田，原先有一个和他同乡的人，也姓娄，在那里作屯田官，犯了贪赃的罪。都督许钦明准备杀他以儆效尤。那个人来拜见娄师德，请他救救自己。娄师德说：“犯了国法，就是我娄师德的亲儿子，也不能放过，更何况是你？”第二天宴会上，都督对娄尚书说：“犯了国法都要受到惩处。”娄师德说：“我听说有一个人犯了国法，说是我的同乡，我确实不认识他。但是，我和他父亲小时候一起放过牛。请都督不要因为我放宽了国家的法度。”许钦明立即让人给那个人去了刑具，带到大厅。娄师德严厉斥责他说：“你辞别父母，求得一个官职。但是又不能手脚干净，明知道会是什么下场，又能有什么办法。”于是拿了一盘饼给他，说：“去吃，吃了做个饱死鬼！”于是许钦明开释了那个人。娄师德后来升为纳言平章政事。又一次巡察屯田。已经定了出行的日子，那些部下都早早地启程了。数师德先前脚有毛病，马还没来，就在光政门外的大木头上坐着等。不一会儿，有一个县令不认识他，自我介绍之后，和他并肩坐在一起。县令的手下有一个人远远地瞧见了，赶紧跑过来告诉县令：“这是纳言啊。”县令大惊，赶紧起身告罪，口称“死罪”。纳言说：“人有互相不认识的情况，法律上哪有这种死罪的。”县令说：“有一个叫左嶷的人，因为他的岁数大了，眼神不好，请求解职。其实这个人的辞职书就是晚上写的，眼神也没什么不好的。”娄师德说：“明明白白儿地晚上写奏状，怎么大白天不认识宰相。”县令很惭愧，说：“希望纳言千万别给我宣传。”娄师德说，阿弥陀佛，我不说。他左右的部下们都笑了。

一行人出使到了灵州，在驿站吃完了饭，娄师德让人牵来马。他的判官（副手）说：“您吃过了饭，我们连水也没喝上呢，根本没人答理我们。”娄师德说：“我就不下马了，这件事我来处理。”就过去叫来驿长，责问他：“判官同纳言有什么分别，你竟敢不做供给？拿板子来。”驿长吓坏了，拜伏在地。娄师德说：“我要打你一顿，大使打一个小小的驿长，这么点小事，白白丢了名声。如果我告诉你的上司，你的命就没了。我暂且放过你吧。”驿长叩头流汗，狼狈地跑了。娄师德望着他的背影，跟判官说：“我替你先生出气了。”大家都叹息。娄师德做事大体上都是这个样子。浮休子说，司马徽、刘宽也不如他。

李昭德为内史，娄师德为纳言，两个人做伴上朝。娄师德胖，走得慢。李昭德老是停下来等他，他还是赶不上来。李昭德就生气了，说：“你这个该死的庄稼汉。”娄师德听了也不发火，笑道：“我可不就是个庄稼汉吗，我要不是庄稼汉，谁还能是庄稼汉？”娄师德的弟弟被任命为代州刺史。要上任了，娄师德说：“我没什么才能，但是做到宰相。现在你又去做一州长官。这种恩宠尊荣确实有点过分，人家会嫉妒我们。你觉得应该怎样做才能保全性命？”他的弟弟跪下说：“从今以后，哪怕有人把口水吐到我脸上，我也不敢说什么话，只把口水擦去就是了。我以此来自勉，绝对不让哥哥你替我担心。”娄师德说：“这恰恰是我最担心的。人家拿口水唾你，是人家发怒了。你把口水擦了，说明你讨厌人家唾你。讨厌然后擦掉，会使人家更生气。不擦自干。怎么样？”他弟弟笑着接受这个说法。武则天当政时，娄师德一直保持荣宠禄位。

李勣

【原文】

唐英公李勣为司空，知政事。有一番官者参选被放，来辞英公。公曰：“明朝早，向朝堂见我来。”及期而至，郎中并在傍。番官至辞，英公嚬眉[①]谓之曰：“汝长生不知事尚书侍郎，我老翁不识字，无可教汝，何由可得留，深负愧汝，努力好去。”侍郎等慌惧，遽问其姓名，令南院看榜，须臾引入，注与吏部令史。英公时为宰相，有乡人尝过宅，为设食，客人裂却饼缘。英公曰：“君大年少，此饼，犁地两遍熟，檕[②]下种锄埘，收割打扬讫，硙[③]罗作面，然后为饼。少年裂却缘，是何道？此处犹可，若对至尊前，公做如此事，参差砍却你头。”客大惭悚。浮休子曰：宇文朝，华州刺史王罴，有客裂饼缘者，罴曰：此饼大用功力，然后入口。公裂之，只是未饥，且擎却。客愕然。又台使致罴食饭，使人割瓜皮大厚，投地。罴就地拾起，以食之，使人极悚息。今轻薄少年裂饼缘，割瓜侵瓤，以为达官儿郎，通人之所不为也。（出《朝野佥载》）

【注释】

①嚬（pín）眉：皱眉头。表示忧愁或不快。嚬，同“颦”。

②槩（jì）：桔槔上的横木，一端系重物，一端系水桶，可以上下，亦可以转动，用以取物。

③硙（wèi）：方言，指石磨。

【译文】

唐代英国公李勣做司空，行使丞相职责。有一外族官员被罢免了京官外放。他去辞别李勣。李勣说：“明天早晨，你到朝房来见我。”第二天他如期到了朝房，英公手下的人都在一旁。那个番官来辞行。李勣皱眉对他说：“你平时不知道好好侍奉尚书侍郎吗？我老汉不认字，没什么可教你的，也没有什么办法能留下你，实在是对不起你，你好好地去吧。”侍郎等人听了惶恐害怕，马上问这个人叫什么名字，并领这个人到南院去看榜，很快又领回来，重新办理手续，让他到吏部去做令使。李勣做宰相时，有同乡人曾经来串门，李勣留他吃饭。这个人把饼掰开，把饼边扯掉。李勣说：“你啊，太年轻了。这个饼要犁地两遍，下种莳弄，收割打场后，再用磨来磨，用罗来罗，然后才能成为面粉，面粉才能做成饼。年轻人把饼边扔了，是什么道理？你在我这里这样还可以。如果在皇帝面前，你这么干，说不定要砍你的头。”那个人又惭愧又害怕。浮休子说：宇文（化及）朝华州刺使王罴，有一个客人也把饼边扔掉，王罴说，这张饼费了多大的力气，然后才能吃到口里。你把饼边扯下来，是你不饿，你给我擎着。那个人十分吃惊。又一次，部下侍候王罴吃饭，那个人削瓜的时候，把瓜皮削得太厚，扔到地上。王罴就从地上拾起来吃了，那个人吓得都不敢出气。如今一些没品行的年轻人丢饼边、切瓜皮把瓜瓤也切掉，以为这样就是公子哥的模样，实在是普通本分人所不做的。

李日知

【原文】

唐刑部尚书李日知自为畿赤[①]，不曾行杖罚，其事克济。及为刑部尚书，有令使受敕三日，忘不行者，尚书索杖剥衣，唤令使总集，欲决之。责曰："我欲笞汝一顿，恐天下人称你云，撩得李日知嗔，吃李日知杖，你亦不是人，妻子亦不礼汝。"遂放之，自是令史无敢犯者。设有稽失[②]，众共责之。（出《朝野佥载》）

【注释】

①畿（jī）赤：唐代京城所治之县为赤县，京之旁邑为畿县，合称"畿赤"。

②稽失：延误；贻误。

【译文】

唐代刑部尚书李日知做地方官时，没有对人行过杖刑，做事特别克制。等他做了刑部尚书后，有一个令使接受任务三天了，竟然忘了，没有执行。李日知叫人拿来板子，剥了他的衣服，把所有的令使都喊来集合，准备打他板子。责备他说："我本要打你一顿板子，又怕天下人说你有能耐，能撩得李日知发火，吃李日知的板子，人家就不拿你当人了，你老婆孩子也就不礼敬你了。"就饶过了他。从此，令史们没人敢犯这个毛病。如果谁有了过失，大家就一起责备他。

卢承庆

【原文】

卢尚书承庆，总章初考内外官。有一官督运，遭风失米。卢考之曰："监运失粮，考中下。"其人容止[①]自若，无一言而退。卢重其雅量[②]，改注

曰："非力所及，考中中。"既无喜容，亦无愧词。又改曰："宠辱不惊，可中上。"（出《国史异纂》）

【注释】

①容止：指（人）仪容举止。

②雅量：指宽宏的气量。

【译文】

卢承庆做尚书，总管朝中和地方上官吏的初评。有一位官员负责漕运，遇到大风，翻了船，损失了米。卢承庆在评语上写："监运失粮，考中下。"那个人神态自若，一句话也没说就退下了。卢承庆看重他的雅量，改评语为："不是人力所能及，考中中。"那个人既没有高兴的神色，也没有表达惭愧的话。卢承庆又改评语为："宠辱不惊，可以考中上。"

郭子仪

【原文】

郭子仪为中书令，观容使鱼朝恩请游章敬寺，子仪许之。丞相意其不相得，使吏讽，请君无往。邠吏自中书驰告郭公，军容将不利于公，亦告诸将。须臾，朝恩使至，子仪将行，士衷甲[①]请从者三百人。子仪怒曰："我大臣也，彼非有密旨，安敢害我！若天子之命，尔曹[②]胡为？！"独与童仆十数人赴之。朝恩候之，惊曰：何车骑之省也？子仪以所闻对。且曰："恐劳恩虑耳。"朝恩抚胸捧手，呜咽挥涕曰："非公长者，得无疑乎？"（出《谭宾录》）

子仪有功高不赏之惧，中贵人害其功，遂使盗于华州，掘公之先人坟墓。公裨将李怀光等怒，欲求物捕其赏。及公入奏，对扬[③]之日，但号泣自罪。因奏曰："臣领师徒，出外征伐，动经岁年，害人之兄，杀人之父多矣。其有节夫义士，刃臣于腹中者众。今构隳辱，宜当其辜。但臣为国之心，虽死无悔。"由是中外翕然莫测。公子弘广常于亲仁里大启其弟，里巷负贩之人，上至公子簪缨之士，出入不问。或云：王夫人赵氏爱女，方妆梳对镜，往往公麾下将吏出镇去，及郎吏，皆被召，令汲水持帨[④]，视之不异仆隶。他日，子弟焦列启陈，公三不应。于是继之以泣曰："大人功业已成，而不自崇重，以贵以贱，皆游卧内，某等以为虽伊霍不当如此也。"公笑而谓曰："尔曹固非所料。且吾官马粟者五百匹，官饩者一千人，进无所往，退无所据，向使崇垣扃户，不通内外，一怨将起，构以不臣，其有贪功害能徒，成就其事，则九族齑粉，噬脐[⑤]莫追。今荡荡无间，四门洞开，虽谗毁是兴，无所加也，吾是以尔。"诸子皆伏。永泰元年，仆固怀恩卒，诸蕃犯京畿，子仪统众御之。至泾阳，而虏已合。子仪率甲士二千出入。虏见而问曰："此何人也？"报曰："郭令公。"回纥曰："令公在乎？怀恩谓吾，天可汗已弃四海，令公殂谢，中国无主，故某来。今令公在，天可汗在乎？"子仪报曰：皇帝万寿无疆。回纥皆曰："怀恩欺我。"子仪使谕之。回纥曰："令公若在，安得见之？"子仪出。诸将皆曰："戎狄不可信也，请无往。"子仪曰："虏有数十倍之众，今力不敌，奈何？但至诚感神，况虏乎？"诸将请选铁骑五百为从，子仪曰："此适足为害也。"及传呼曰：令公来！初疑。皆持兵注目以待之。子仪乃数十骑徐出，免胄劳之曰："安乎？久同忠义，何至于是。"回纥皆舍兵降马曰："是吾父也。"子仪长六尺余，貌秀杰。于灵武加平章事，封汾阳王，加中书令。图形凌烟阁，加号尚父，配飨代守庙庭。有子八人，婿七人，皆重官。子暖，尚升平公主。诸孙数十人。每诸生问安，颔之而已。事上诚尽，临下宽厚。每降城下邑，所至之处必得志。前后连罹幸臣程无振、鱼朝恩等，谮毁百端。时方握强兵，或临戎敌，诏命征之，未尝以危亡回顾。亦遇天幸，竟免患难。田承嗣方跋扈，狠傲无礼，子仪尝遣使至魏州，承嗣辄望拜，指其膝谓使者曰："此膝不屈于人若干岁矣，今为公拜。"麾下老将若李怀光辈数十人，皆王侯重贵，子仪麾指进退如仆隶焉。始光弼齐名。虽威略不见，而宽厚得人过之。岁入官俸二十四万，私利不预焉。其宅在亲仁里，居其地四分之一，通求巷，家人三千，相出入者，不知其居。代宗不名，呼为大臣。天下以其身存亡为安危者殆二十年。校中书令考二十四年。权倾天下而朝不忌，功盖一代而主不疑，侈穷人欲而君子不罪。富贵寿考⑥，繁衍安泰，终始人伦之盛无缺焉。卒年八十五。（出《谭宾录》）

【注释】

①衷甲：在衣服里面穿铠甲。

②尔曹：你们。

③对扬：臣下对君上进言。

④帨（shuì）：古时的佩巾，像现在的手绢儿。

⑤噬脐：指因遭受极大损失而后悔不及。

⑥寿考：高寿。

【译文】

郭子仪担任中书令，观军容使鱼朝恩请他同游章敬寺，郭子仪答应了他。宰相考虑到郭子仪和鱼朝恩之间不和睦，让部下劝告郭子仪，请他别去。郭子仪的部属也跑到他那里去，说军容使鱼朝恩将对你不利，并且把这话告诉了将领们。没一会儿，鱼朝恩派的人来了，郭子仪刚要走，部下有三百人在衣服里穿上铠甲，请求同去。郭子仪生气地说：“我是国家大臣，他如果没有天子的密诏，怎么敢害我！如果是天子的命令，你们想胡来吗？！”就只带十几个仆人去赴约。鱼朝恩正等着他，惊讶地问：“你怎么带这么几个人？”郭子仪把他听到的话告诉鱼朝恩。并说：“想这么多，我还嫌费心呢。”鱼朝恩抚着胸口，捧着手，呜咽流泪说：“要不是您是长者，肯定会怀疑我啊。”

郭子仪常常忧惧，立的功劳太大，皇帝都没办法再加以封赏。宦官中的当权者也嫉恨他的功劳，就派人偷偷到华州挖了他的祖坟。郭子仪的部将李怀光等人愤怒地要搜查物证，按物证抓人。郭子仪上朝面君，流泪长哭，自称有罪。他向皇帝奏说：“臣指挥部队，外出征伐，时常成年累月地打仗。害了人家的兄长，杀了人家的父亲，这样的事情太多了。肯定有很多节夫义士想要把刀捅进臣的肚子里。今天我受到的污辱，正是由于他们的无辜。但是，臣报效国家的赤胆忠心，就是死了也不后悔。”于是，朝中内外都猜不透郭子仪这个人。他的儿子郭弘广在长安亲仁里大造府第，里巷中的小贩，上至公子贵族，出出入入不会受到诘问。有人说，郭子仪的夫人王氏和他的爱女，对镜梳妆时，往往就有郭公麾下的将官官吏来辞行；有时，也有属员被召来汇报工作，郭子仪便让她们打水或拿擦脸巾，看待她们和仆人奴隶没有什么不同。过后，他的孩子们给他提意见，郭子仪总是不回答。于是，他们哭着说：“大人功业已经成就，却不尊重自己，无论贵贱，都能够从卧室中走进走出。我们想，即便是伊尹、霍光那样的人，也不该这样做。”郭子仪笑着对他们说：“你们都没想明白怎么回事。咱们家吃官粮的马就有五百匹，吃官饭的有一千人。现在已经进没有地方走，退又没有地方可以守。假如筑起高墙，锁起门户，内外不通，一旦有人怨恨，诬告我造反，再有贪功的人和嫉害贤能的人出来作

证，咱们九族都会被碾成齑粉，就是咬着肚脐眼儿后悔都来不及了。现在咱们家到处都板板荡荡，四门大开，就算有谗言和诽谤兴起，又能给我加什么罪名？这才是我这么干的原因。”他的孩子们都理解了。永泰元年，仆固怀恩死了，各蕃联合，进犯京畿。郭子仪率兵抵御。到了泾阳，外族军队已经合军。郭子仪只率了两千甲士，外族头领见了就问：“这是谁？”部下说：“他是郭令公。”回纥头领说：“怎么郭令公还在？仆固怀恩告诉我，大唐皇帝死了，郭令公也死了，中原大地无主，所以我才来的。现在郭令公在，大唐皇帝在不在呢？”郭子仪差人告诉他，说皇帝万寿无疆。回纥人都说：“仆固怀恩骗我们。”郭子仪使人传话，回纥人问：“郭令公真在的话，能见见吗？”郭子仪就要出来，将领们说，戎狄人不可信，请您不要去。郭子仪说：“他们有几十倍于我们的军队，真打起来，咱们干不过，怎么办？至诚可以感动神仙，何况是他们？”将领们要选五百精锐骑兵跟着他，郭子仪说：“这倒会找麻烦。”就令人传呼说：“令公来了！”异族头领们开始还挺怀疑，都拿着兵器严阵以待。郭子仪只率几十骑人马慢慢出阵，摘下头盔，跟他们打招呼：“你们可好？很久以来咱们都同怀忠义，现在怎么到了这个地步。”回纥兵都下马致敬，说：“这是我们的父辈啊。”郭子仪身长六尺多，相貌俊秀灵杰。唐肃宗在灵武封他为天下兵马副元帅，加平章政事，又封为汾阳王，又加中书令（中书省长官）。后来把他的像画在凌烟阁上。德宗时又加号为尚父。他去世后，配享代宗庙庭。他有八个儿子、七个女婿，都做到高官。他的儿子郭暖，娶代宗的女儿升平公主。他有几十个孙辈。每次这些人给他问安，他只是点点头。郭子仪对皇帝忠心至极，对下级十分宽厚。每次攻城略地，所到之处必定获胜。幸臣程元振、鱼朝恩等人多次诋毁他。他当时手握重兵，或者正在和敌人交战，皇帝要召见他，他从来不为自己的危亡挂心。也是老天眷顾，使他竟然能够身免于难。田承嗣跋扈狠毒，傲慢无礼，郭子仪曾经派使者到魏州，田承嗣去拜望，指着自己的膝盖，对使者说：“我这膝盖有好多年不跪拜人了，现在我为郭公下拜。"郭子仪部下的老将如李怀光等数十人，都是封了王侯，身份贵重，郭子仪指挥他们得心应手，如同对待自己的仆从。起初他和李光弼齐名，虽然威武不如李光弼，但是在宽厚待人方面，比李光弼强。每年他家的俸银有二十四万两，其他的收入不包括在内。郭子仪的宅子在亲仁里，占整个亲仁里的四分之一。亲仁里四通八达，郭子仪家仆人三千。从巷子里出出入入的人，甚至分不出哪一家是郭子仪的府第。唐代宗连他的名字都不叫，直接叫他大臣。天下安危靠他支撑有二十年之久。他做中书令二十四年，权倾天下而朝廷不猜忌他；功高盖主而皇帝不疑心他；他过着奢侈的生活，有德行的君子却不怪罪他。他一生富贵长寿，子孙安康，享受了天伦之乐，没有缺憾。去世那年八十五岁。

陆象先

【原文】

唐陆兖公象先为同州刺史，有家僮遇参军不下马，参军欲贾其事，鞭背见血，曰："卑吏犯公，请去①。"兖公从容谓之曰："奴见官人不下马，打也得，不打也得。官人打了，去也得，不去也得。"参军不测而退。（出《国史补》）

【注释】

①去：离开。

【译文】

唐朝陆兖公做同州刺史。他的家僮在路上遇到了参军，没有下马，参军想把这事张扬出去，用鞭子抽得家僮背上出血，而后说："卑职冒犯了刺使，我想走了，请您允许。"陆兖公从容地说："奴才见了参军不下马，打也行，不打也行。参军打了他，走也行，不走也行。"参军摸不透他什么意思，自行退去。

元载

【原文】

鱼朝恩于国子监高坐讲易，尽言鼎卦①，以挫元载、王缙。是日，百官皆在，缙不堪其辱，载怡然。朝恩退曰："怒者常情，笑者不可测也。"（出《国史补》）

【注释】

①鼎（dǐng）卦：《易经》六十四卦的第五十卦，含义是稳定图变。

【译文】

宦官鱼朝恩在国子监上高高地坐着讲《易经》，洋洋洒洒地大谈八卦，想要以此压制元载和王缙。当时，百官都在场，王缙受不住他的污辱，元载却怡然自得。鱼朝恩退下来后说："王缙发怒是人之常情，而元载微笑才是深不可测。"

贡举

陈子昂

【原文】

陈子昂，蜀射洪人，十年居京师，不为人知。时东市有卖胡琴者，其价百万。日有豪贵传视，无辨者。子昂突出于众，谓左右，可辇千缗[1]市之。众咸惊问曰："何用之？"答曰："余善此乐"。或有好事者曰："可得一闻乎？"答曰："余居宣阳里，"指其第处，"并具有酒，明日专候。不唯众君子荣顾，且各宜邀召闻名者齐赴，乃幸遇也。"来晨，集者凡百余人，皆当时重誉之士。子昂大张宴席，具珍羞。食毕，起捧胡琴，当前语曰："蜀人陈子昂有文百轴，驰走京毂[2]，碌碌尘土，不为人所知。此乐贱工之役，岂愚留心哉！"遂举而弃之。舁[3]文轴两案，遍赠会者。会既散，一日之内，声华溢都。时武攸宜为建安王，辟为记室。后拜拾遗。归觐，为段简所害。（出《独异志》）

【注释】

①缗（mín）：成串的铜钱，每串一千文。

②京毂（gǔ）：京都，京华。

③舁（yú）：共同用手抬。

【译文】

陈子昂是四川射洪县人。他在京城住了十年，也没有什么名气。当时东市上有一个卖胡琴的人，要价一百万。每天都有十分有钱的人去看，却没人明白它的价值。陈子昂突然从人群里走出来，跟身边的人们说，我可以用一千缗来交换。大家都惊了，问他："这玩意儿有什么用？"陈子昂回答说："我会弹这个乐器。"有好事的人问："我们能听听吗？"陈子昂说："我住在宜阳里，"指给他们自己住房的方向，"而且我还准备了酒，明天专候诸位。不仅各位可以来，还可以邀请知名人士一起来赴会，这就是我的荣幸了。"第二天早晨，来了一百多人，都是当时有名望的人。陈子昂大摆宴席，全都是珍馐美味，等他们吃过饭，他站起身，捧出胡琴，对客人们说："四川人陈子昂有文章百轴，在京城东奔西走，却始终声名不显。这件乐器不过是一个平常的手艺活，怎么值得我放在心上？"就把胡琴举起来摔了，然后把他写好的文轴抬出来，摆了两案子，分别赠送给客人。会散以后，一天之内，名满京都。当时武攸宜被封为建安王，请他作记室，后来他官拜拾遗，回家省亲，被段简害死。

杨暄

【原文】

杨国忠之子暄，举明经，礼部侍郎达奚珣考之，不及格，将黜落[①]，惧国忠而未敢定。时驾在华清宫，珣子抚为会昌尉。珣遽召使，以书报抚，令候国忠，具言其状。抚既至国忠私第，五鼓初起，列火满门，将欲趋朝，轩盖如市，国忠方乘马。抚因趋入，谒于烛下。国忠谓其子必在选中，抚盖微笑，意色甚欢。抚乃白曰：奉大人命，相君之子试不中，然不敢黜退。国忠却立大呼曰："我儿何虑不富贵，岂籍一名，为鼠辈所卖！"即不顾，乘马而去。抚惶骇，遽奔告于珣曰：国忠恃势倨贵，使人之惨舒[②]，出于咄嗟[③]，奈何以校其曲直？因致暄于上第。既为户部侍郎，珣才自礼部侍郎转吏部侍郎，与同列。暄话于所亲，尚叹己之淹徊，而谓珣迁改疾速。（出《明皇杂录》）

【注释】

①黜落：除名、落榜。

②惨舒：指忧乐、宽严、盛衰等。

③咄嗟（duō jiē）：霎时，呵叱；吆喝。

【译文】

杨国忠的儿子杨暄，参加明经的科举，由礼部侍郎达奚珣考他，不及格。达奚珣要宣布他落榜，又惧怕杨国忠的势力，不敢决定。当时唐玄宗的圣驾在华清池。达奚珣的儿子达抚做会昌县尉。达奚珣让他赶紧回来，写了一封信，交给他，让他去等杨国忠，把事儿给他说清楚。达抚到了杨家宅邸前面，天刚交五更，就满门都亮起了烛光、火把，杨国忠要去上早朝，冠盖、仪卫如云。杨国忠正要上马，达抚颠颠地跑过去，在烛光下下拜参谒。杨国忠觉得他的儿子一定能考中，手抚华盖微笑，神色很高兴。达抚就禀告说："奉我父亲的命令，宰相大人您的儿子没有考中。但是，又不敢宣布落第。"杨国忠猛然直起身子大叫："我儿子还愁不富贵吗？在乎一个区区进士？为你们这群鼠辈出卖！"头也不回，骑马走了。达抚吓得够呛，赶紧回去跟父亲说，杨国忠依仗势要，他想让谁倒霉，不过一句话的事。为什么要在他跟前说什么是非曲直呢？达奚珣没有办法，只好把杨暄取在前几名。杨暄后来做到户部侍郎，达奚珣才由礼部侍郎转为吏部侍部，和他同列。杨暄还在亲近的人跟前叹息自己升官太慢，反说达奚珣改迁太快。

宋济

【原文】

唐德宗微行，一日夏中至西明寺。时宋济在僧院过夏。上忽入济院，方在窗下，犊鼻[①]葛巾抄书。上曰："茶请一碗。"济曰："鼎水中煎，此有茶味，请自泼之。"上又问曰："作何事业？"兼问姓行。济云："姓宋第五，应进士举。"又曰："所业何？"曰："作诗。"又曰："闻今上好作诗。何如？"宋济云："圣意不测……"语未竟，忽从辇递到。曰官家[②]、官家。济惶惧待罪。上曰："宋五大坦率。"后礼部放榜，上命内臣看有济名。使回奏无名，上曰："宋五又坦率也。"或有客讥宋济曰："白袍子何纷纷？"济

曰："为朱袍、紫袍纷纷耳。"（出《国史补》）

【注释】

①犊鼻：犊鼻裈，省作"犊鼻""犊裩"。意为短裤。

②官家：臣下对皇帝的尊称。

【译文】

唐德宗私服出访。夏日的一天到了西明寺。当时宋济在西明寺过夏，皇上忽然进来了。当时宋济正在窗户底下穿着短裤，戴着葛布头巾抄书。德宗说："请给我一碗茶水喝。"宋济说："壶里有开水，这杯里的茶水是旧的，请你自己泼了。"德宗又问："你在干什么？"又问他姓名，在家里排行第几。宋济说："姓宋，排行老五，正在读书准备考进士。"德宗又问："你擅长什么？"宋济答："作诗。"德宗又问："听说现在的皇上也喜欢作诗，他的诗怎么样？"宋济说："皇上的诗意不好猜测……"没等话说完，忽然皇上的车驾来了，人们呼喊官家、官家。宋济吓得够呛，赶紧请罪。德宗说："宋老五真坦率。"后来礼部放榜，德宗让侍臣去看有没有宋济的名字。侍臣回来说没有他的名字。德宗说："宋老五又坦率了。"有人讥笑宋济："你这白袍子的平头百姓忙碌啥？"宋济说："为了当官，穿红袍、紫袍忙碌纷纷呗。"

王璘

【原文】

长沙日试万言，王璘词学寓赡，非积学所致。崔詹事廉问，持表荐之于朝。先是试之于使院，璘请书吏十人，皆给几砚。璘衫[1]絺[2]扪腹，往来口授，十吏笔不停辍。首题黄河赋，三十字数刻而成。又鸟散余花落诗三十首，援毫而就。时忽风雨暴至，数幅为回飚所卷，泥滓沾渍，不胜舒卷。璘曰："勿取，但将纸来。"复纵笔一挥，斯须复十余篇矣。时未停午，已积七千余言。崔公语试官曰："万言不在试限，但请召来饮酒。"黄河赋复有僻字百余，请璘对众朗宣，旁若无人。至京，时路岩方当轴，遣一介召之。璘意在沽激，曰："请俟见帝。"岩闻之。大怒，亟命奏废万言科。

璘杖策而归，放旷于杯酒间，虽屠沽③无间然矣。（出《摭言》）

【注释】

①袗（zhěn）：单衣。

②絺（chī）：细葛布做的衣服。

③屠沽：屠宰牲畜和买卖酒浆。

【译文】

长沙人王璘日书万言，文词好，寓意丰富，不是天长日久地做学问到不了这个地步。詹事崔廉问写奏表在朝廷上举荐他。先在使院考他，王璘请十名书吏备好笔墨纸砚。他穿着葛布做的单衣，抚着肚皮，往来踱步口授，十个人笔不停挥。首题《黄河赋》，三十字数刻钟就写成了。又写了三十首《鸟散余花落》诗，都是提笔而就。当时忽然刮风下雨，好几首写成的诗卷被狂风卷起落到地上，泥污得舒展不开。王璘说："不用拾了，只要拿纸来就行。"又提笔一书，很快就又写了十余篇。没到中午，已经写了七千多字。崔廉问对试官说："万言不在考试限度之内，只请他来喝酒。"《黄河赋》有生僻字一百多个，崔廉问请王璘当众朗读，王璘读得旁若无人。到了京城，当时路岩主考，差一个仆人召见他。王璘本意想要在路岩面前表现，说："等我拜见了皇帝再说。"路岩听了，大怒，立即奏请取消万言科。王璘大受打击，拄着杖回去，从此放浪形骸，借酒浇愁，跟杀猪卖酒的人一样了。

铨选

斜封官

【原文】

唐景龙年中，斜封[1]得官者二百人，从屠贩而践高位。景云践祚，尚书宋璟、御史大夫毕构，奏停斜封入官。璟、构出后，见鬼人彭卿受斜封人贿赂，奏云：见孝和怒曰，我与人官，何因夺却？于是斜封皆复旧职。伪周革命之际，十道使人，天下选残明经进士及下村教童蒙博士，皆被搜扬。不曾试练，并与美职。尘黩[2]士人之品，诱悦愚夫之心。庸才者得官以为荣，有才得官以为辱。昔赵王伦之篡也，天下孝廉秀才茂异，并不简试。雷同与官，市道屠沽，亡命不轨，皆封侯略尽。太府之铜不供铸印，至有白版侯者。朝会之服，貂者大半。故谣云：貂不足，狗尾续。小人多幸，君子耻之。无道之朝，一何连类也，惜哉！（出《朝野佥载》）

【注释】

①斜封：唐中宗时期，安乐公主、长宁公主及韦皇后的妹妹郕国夫人、上官婕妤等人大肆受贿，为人谋官。不问身份，只要向她们送上三十万钱，就能得到由皇帝亲笔敕书任命的官位。由于这种敕书是斜封着交付中书省的，所以这类官员被人们蔑称为“斜封官”。

②尘黩：玷污。

【译文】

唐景龙年间，斜封官二百人，一些屠夫贩卒居然登上高位。睿宗李旦继承了皇位后，尚书宋璟、御史大夫毕构，上奏停止了斜封官。宋璟、毕构被罢出宫后，宫中专司驱鬼占卜之术的见鬼人彭卿受斜封官的贿赂，上奏说："我见到了死去的孝和皇帝发怒说：'我给人封的官，你们为什么都给罢了？'"于是斜封官又都官复原职。武后则天篡权的时候，全国各地都需要人才，天下的那些并不入选的明经进士和在村子里教开蒙儿童糊口的先生，都被搜罗使用。使读书人的品格受到污染，使愚夫笨人感到高兴。庸才以得官为荣，有才以得官为辱。晋朝的司马伦篡位时，天下孝廉、秀才有的好有的不好，并不经考试，一样封官。杀猪卖酒的人和亡命不法之徒，都被封了侯。太府里的铜都不够铸印用，以至于有些人只能用白板代印。到大朝会时，戴貂饰的只有一大半。所以有民谣说："貂不足，狗尾续。"小人多幸运，君子多耻辱。无道的朝廷，怎么连做派都一样。令人痛惜啊！

杨国忠

【原文】

天宝十载十一月，杨国忠为右相，兼吏部尚书，奏请两京选人，铨[①]日便定留放，无少长各于宅中引注[②]。虢国姊妹垂帘观之。或有老病丑陋者，皆指名以笑。虽士大夫亦遭诉耻。故事，兵吏部注官讫，于门下过侍中给事中，省不过者谓退量。国忠注官，呼左相陈希烈于坐隅，给事中行列于前曰：'既对注拟，即是过门下了。'希烈等腹诽而已。侍郎韦见素、张倚皆衣紫，与本曹郎官，藩屏外排比案牍，趋走语事。乃谓帘中杨氏曰："两个紫袍主事何如？"杨乃大噱[③]。选人郑愬附会其旨，与二十余人率钱于勤政楼设斋，兼为国忠立碑于尚书省南。所注吏部三铨[④]选人，专务鞅掌，不能躬亲，皆委典及令史孔目官为之。国忠但押一字，犹不可遍。（出《唐续会要》）

【注释】

①铨（quán）：指选用官吏。

②引注：注录官籍。

③大噱（jué）：大笑。

④三铨：唐文官选用、考绩由吏部主管，武官由兵部主管，分由二部尚书、侍郎主持。尚书一人为尚书铨，掌五品至七品选，侍郎二人，分为东铨与西铨，掌八品、九品选，合为三铨。中唐后，全由侍郎主持，尚书仅在文书上署名。

【译文】

唐玄宗天宝十年十一月，杨国忠为右相兼吏部尚书，他上奏玄宗，请求在西京长安、东京洛阳选人授官。铨选那天，就决定留在朝中任官，还是外放地方。那天，不论年龄大小，都在杨国忠的私人宅邸里注册登记。虢国夫人姊妹在屋里放下帘子看这些人。里面有年老、有病、丑陋者，她们都指名道姓笑话他们。即使是士大夫也免不了遭受她们的耻笑取乐。依照惯例，兵部、吏部注册完毕，要呈送给门下省。要在门下省的侍中、给事中这些长官这里考核一番，考核认为不合格，退回，叫退量。杨国忠注官的时候，把左丞相陈希烈叫过来，坐在角落里，给事中出了行列到前边说："既然已经授职任官，就是已经经过门下省了。"陈希烈等人只敢腹诽。门下侍中韦见素、张倚都穿紫衣和本衙署郎中等官员，在藩屏外排开桌案，要说事儿的时候，都小步快跑。对帘中的杨氏说："两个紫袍主事怎么样？"杨国忠哈哈大笑。被选官郑愻阿谀奉承杨国忠，和二十多人拿着钱在勤政楼设宴，并且在尚书省南边给杨国忠立碑。杨国忠主管吏部三铨，不能亲自过手，就委派典史和令史、孔目官等做这些事。杨国忠只是签字画押，还不一定都签。

职官

同州御史

【原文】

王某云：往岁任官同州，见御史出案，回止州驿，经宿不发。忽索杂案，又取印历，锁驿门甚急，一州大扰。有老吏窃哂，乃因庖人以通宪胥①，许以百缣为赠。明日未明，御史已启驿门，尽还案牍，乘马而去。(出《国史补》)

【注释】

①宪胥：朝廷派出的官吏，此处指监察御史。

【译文】

一个姓王的人说：过去他在同州任官，看见监察御史出京巡按，回来住到同州驿馆。过了一整宿也不出发，突然向州衙署索要各式各样的案卷，又要印鉴和记事簿，锁驿门的姿态非常急切，搞得整个州都不安宁。有一个老吏偷偷发笑，他借着厨子的关系和官员通融好了，答应给他送一百匹缣。第二天天没亮，御史就开了驿门，把案卷印历归还，骑马走了。

权幸

李林甫

【原文】

张九龄在相位，有謇谔匪躬[1]之诚。玄宗既在位年深，稍怠庶政。每见帝，无不极言得失。李林甫时方同列，闻帝意，阴欲中[2]之。时欲加朔方节度使牛仙客实封，九龄因称其不可。甚不叶[3]帝意。他日，林甫请见，屡陈九龄颇怀诽谤。于时方秋，帝命高力士持白羽扇以赐，将寄意焉。九龄惶恐，因作赋以献；又为归燕诗以贻林甫，其诗曰：海燕何微眇，乘春亦暂来。岂知泥滓贱，只见玉堂开。绣户时双入，华轩日几回。无心与物竞，鹰隼莫相猜。林甫览之，知其必退，恚怒稍解。九龄洎[4]裴耀卿罢免之日，自中书至月华门，将就班列，二人鞠躬卑逊，林甫处其中，抑扬自得。观者窃谓一雕挟两兔。俄而诏张裴为左右仆射[5]，罢知政事。林甫视其诏，大怒曰："犹为左右丞相邪？"二人趋就本班，林甫目送之。公卿已下视之，不觉股栗。（出《明皇杂录》）

【注释】

①謇谔匪躬：指为君国而忠直谏诤。也作"蹇谔匪躬"。

②中：中伤。

③叶（xié）：和洽。

④洎：到，及。

⑤仆射（pú yè）：仆是"主管"的意思，古代重武，主射者掌事，故诸

官之长称仆射。唐朝时期的仆射是三省中尚书省的长官，为唐朝时期的宰相之一。

【译文】

张九龄任宰相时，非常正直，有为君为国直言谏诤的诚心。唐玄宗在位时间长了，对于朝政就显得有些懒怠了。张九龄每次见到皇帝，都极力地讲说朝政得失。李林甫当时刚和张九龄同列。他揣摩皇帝的意思，暗地里要中伤张九龄。当时皇帝要对朔方节度使牛仙客进行实封，张九龄说不行，这种态度特别不合皇帝心意。另一天，李林甫请见皇帝，大大地说了一番张九龄的坏话。当时正是秋天，皇帝命高力士赐给张九龄白羽扇，这里面寄寓了皇帝的意思。张九龄十分恐慌，作了一篇赋献给皇帝；又给李林甫写了一首归燕诗。这首诗的内容是："海燕何微眇，乘春亦暂来。岂知泥滓贱，只见玉堂开。绣户时双入，华轩日几回。无心与物竞，鹰隼莫相猜。"李林甫一看，知道张九龄必退，愤怒才稍微缓解。张九龄到了裴耀卿被罢免那天，从中书省到月华门，站在班列之中，他们二人鞠躬时非常谦逊卑微，李林甫也在其中，傲慢自得。旁观者偷偷议论说："这是一雕挟两兔。"一会儿皇帝下诏，命张九龄、裴耀卿为左右仆射，罢掉了宰相之职。李林甫看了诏书，大怒说："这还不是左右丞相吗？"张、裴二人急步回到班列，李林甫目送他们，公卿以下的诸官看到李林甫这副凶相，不觉腿都哆嗦。

鱼朝恩

【原文】

鱼朝恩专权使气，公卿不敢仰视。宰臣或决政事，不预谋者，则睚眦曰："天下之事，岂不由我乎？"于是帝恶之。而朝恩幼子令徽，年十四五，始给事于内殿。帝以朝恩故，遂特赐绿①。未浃旬月，同列黄门②位居令徽上者，因叙立于殿前，恐其后至，遂争路以进。无何，误触令徽臂。乃驰归，告朝恩，以班次居下，为同列所欺。朝恩怒，翌日，于帝前奏曰："臣幼男令徽，位居众僚之下，愿陛下特赐金章，以超其等。"不言其绯而便求紫。帝犹未语，而朝恩已令所司，捧紫衣而至。令徽即谢于殿前。帝虽知不可，强谓朝恩曰："卿男著章服③，大宜称也。"鱼氏在朝动无畏惮，他皆仿此。其同列黄门，寻逐于岭表。及朝恩被杀，天下无不快焉。（出《杜阳杂编》）

【注释】

①绿：官服分颜色从唐朝开始：三品以上紫袍，佩金鱼袋；五品以上绯袍，佩银鱼袋；六品以下绿袍，无鱼袋。

②黄门：太监。

③章服：古代的礼服。上有日、月、星辰、龙、蟒、鸟、兽等图文作为等级标志，按品递降，有十二章、九章、七章、五章、三章之别。

【译文】

鱼朝恩非常专权任性，公卿都不敢抬头看他。宰相大臣有时候决定政事，有不事先和他讲的，他就眼睛瞪得要脱眶，说："天下之事，怎么不由我？”因此皇帝很厌恶他。鱼朝恩的幼子鱼令徽，才十四五岁，开始时在内殿当差。皇帝因为鱼朝恩的缘故，特赐他穿绿衣。不到半月，有一次和鱼令徽同列的黄门侍郎，而职位比鱼令徽高，大家要排好次序立在殿前，鱼令徽怕落在后面，往前挤，不知是谁误碰了一下鱼令徽的臂膀。他快快地跑回去告诉鱼朝恩说，因为他的班次在后，被同列的人欺负。鱼朝恩大怒，第二天，在皇帝面前上奏说：“臣的小儿子令徽，职位在同僚之下，希望陛下特赐给他金腰带，让他超过别人。”不说让他着绯色服制，直接求皇帝赐给他紫衣。皇帝还没说话，鱼朝恩就已经让管此事的人捧来了紫衣。鱼令徽立刻在殿前谢恩。皇帝虽然知道这事儿不能这么办，却勉强对鱼朝恩说：“爱卿的儿子这么穿，太合适了。”鱼朝恩在朝中肆无忌惮，别人都跟着他学。那些同列黄门的人，不久都被放逐岭南。到鱼朝恩被杀时，天下人无不称快。

将帅

郭齐宗

【原文】

高宗问："兵书所云，天阵、地阵、人阵，各何谓也？"员半千越次对曰："臣睹载籍，此事多矣。或谓天阵，星宿孤虚[1]也；地阵，山川向背[2]也；人阵，编伍弥缝也。"郭齐宗对曰："以臣愚见则不然。夫师出以义，有若时雨，得天阵也；兵在足食足兵，且耕且战，得地之利，此地阵也；卒乘轻利，将帅和睦，此人阵也。若用兵，使三者去一，其何以战？"高宗嗟赏之，擢[3]拜左卫胄曹也。（出《卢氏杂说》）

【注释】

①孤虚：古代方术用语。即计日时，以十天干顺次与十二地支相配为一旬，所余的两地支称为"孤"，与孤相对者为"虚"。古时常用以推算吉凶祸福及事之成败。

②向背：正面和背面；这边和那边。

③擢（zhuó）：提拔。

【译文】

唐高宗问群臣："兵书上说的天阵、地阵、人阵，分别是什么意思？"员半千超越次序，向上奏对："臣看典籍上记载，这方面事有很多。有的人说天阵，指通过星宿来推算吉凶祸福及事情的成败；地阵，指通过明白和顺应山川向背，来摆出阵列；人阵，指考察军伍布置是否严丝合缝，密不透风。”郭齐宗回答说：“以臣的愚见，不是这样的。出师要正义，像天上降下的及时雨，这是得了天阵；队伍要有足够的粮食和兵器，能耕能战，得了地势之利，这是地阵；士卒看轻物质利益，将帅相处和睦，这就是人阵。若是用兵，假如三者缺一，怎么能作战呢？”高宗听后很有感触，奖赏了他，提升他为左卫胄曹。

豪侠

贾人妻

【原文】

唐余干县厨王立调选，佣居大宁里。文书有误，为主司驳放[1]。资财荡尽，仆马丧失，穷悴颇甚，每丐食于佛祠。徒行晚归，偶与美妇人同路。或前或后依随。因诚意与言，气甚相得。立因邀至其居，情款甚洽。翌日谓立曰："公之生涯，何其困哉！妾居崇仁里，资用稍备。倘能从居乎？"立既悦其人，又幸其给，即曰："仆之厄塞，阽[2]于沟渎，如此勤勤，所不敢望焉，子又何以营生？"对曰："妾素贾人[3]之妻也。夫亡十年，旗亭之内，尚有旧业。朝肆暮家，日赢钱三百，则可支矣。公授官之期尚未，出游之资且无，脱不见鄙，但同处以须冬集可矣。"立遂就焉。阅其家，丰俭得所。至于扃锁之具，悉以付立。每出，则必先营办立之一日馔焉，及归，则又携米肉钱帛以付立。日未尝缺。立悯其勤劳，因令佣买仆隶。妇托以他事拒之，立不之强也。周岁，产一子，唯日中再归为乳耳。凡与立居二载，忽一日夜归，意态惶惶，谓立曰："妾有冤仇，痛缠肌骨，为日深矣。伺便复仇，今乃得志。便须离京，公其努力。此居处，五百缗自置，契书在屏风中。室内资储，一以相奉。婴儿不能将去，亦公之子也，公其念之。"言讫，收泪而别。立不可留止，则视其所携皮囊，乃人首耳。立甚惊愕。其人笑曰："无多疑虑，事不相萦。"遂挈囊逾垣而去，身如飞鸟。立开门出送，则已不及矣。方徘徊于庭，遽闻却至。立迎门接俟，则曰：更乳婴儿，以豁离恨，就抚子。俄而复去，挥手而已。立回灯褰[4]帐，小儿身首已离矣。立惶骇，达旦不寐。则以财帛买仆乘，游抵近邑，以伺其事。久之，竟无所闻。其年立得官，即货鬻[5]所居归任。尔后终莫知其音问也。（出《集异记》）

【注释】

①驳放：谓科举时期否定已发榜公布的中试者而贬黜之。

②阽（diàn）：临近边缘。

③贾（gǔ）人：商人。

④褰（qiān）：撩起；揭起（衣服、帐子等）。

⑤鬻：卖。

【译文】

唐朝时，余干县尉王立调选，租房住在大宁里。因为文书出错，被上司解职。他的钱用光了，仆人和马匹都没了，穷困潦倒，经常去佛祠讨饭吃。他徒步过去，早出晚归，偶然和一个漂亮女人同路。那女人或前或后地跟着他。两个人说话开诚布公，意气很是相投。王立就邀请妇人到他的住处，二人深情款款，深情蜜意。第二天，妇人对王立说："你的生活现在太难了！我住在崇仁里，花费不缺。你要不要和我去那里住？"王立本来就很喜欢这个女人，又觉得很幸运，就说："我现在正倒霉，差不多要倒毙街头，你如此待我，真让我喜出望外。你现在是做什么营生的呢？"妇人回答说："我是一个商人的妻子，丈夫死了十年，街上还有正在营业的店铺。我白天开店，晚上回家，每天能收入三百文，足够花销的了。你还不到授官的日子，又没钱出去游历，如果不嫌弃我的话，我们就住一起吧。"王立立马答应。看她的家庭，丰俭合适。她把家里的钥匙都交给了王立，每天出去，一定会先准备好一天的饭食，回来时，又会带回米、肉、钱和布匹交给王立。天天如此。王立怜惜妇人劳累，让她雇仆人，或者买奴隶使唤，妇人总是找理由拒绝，王立也不强求。一年后，生了一个儿子，每天中午回来喂一次奶。就这样，和王立一起生活了二年，忽然一天晚上回来，妇人神情惶恐不安。她对王立说："我有冤仇，刻骨铭心已经好长时间。一直想报仇，如今总算如愿。我就要离开京城了，希望你继续努力，好好过日子。这处房子是我花五百缗自己买的，契书在屏风里。室内存的东西全都送给你。孩子我带不走，他也是你的儿子，希望你好好照顾他。"说完，擦干了眼泪就要走，王立留不住，看她随身带的皮囊里面，装着一个人头。王立十分惊愕，妇人笑着说："别多心，这事和你没什么相干。"立即拿着皮囊越墙而去，就像一只飞鸟。王立开门出去送行，妇人早已走远，赶不上了。王立在院中徘徊，忽然又听到女人回来了。他门口迎接，妇人说："再喂孩子一次奶吧，排解一下离恨。"她就抱起孩子爱抚。不一会儿又走了，只是挥了挥手。王立掌灯回到室内，掀开帐子，孩子已经身首分离。王立十分恐惧，睁眼到天明。变卖了财产，买了马和奴仆，到附近县内去住，等着看这件事的进展。过了很长时间，也没听到什么风声。这年，王立得了官，就卖了住房去赴任了。以后始终没能收到她的音信。

文才技艺

裴度

【原文】

唐宪宗以玉带赐裴度，临薨[①]却进。门人作表，皆不如意。公令子弟执笔，口占曰："内府之珍，先朝所赐。既不敢将归地下，又不合留在人间。"闻者叹其简切而不乱。（出《因话录》）

【注释】

①薨（hōng）：古代称诸侯或有爵位的大官死去，也可以用于皇帝的高等级妃嫔和所生育的皇子公主，或者封王的贵族。

【译文】

唐宪宗曾把一条玉带赐给裴度。裴度临死前，想把玉带再献给皇上。他的门人给皇上写奏表，都不如意。他叫他的弟子执笔，他口授："内府之珍，先朝所赐。既不敢将归地下，又不合留在人间。"听到的人都叹服他的文词简洁、贴切而不乱。

温庭筠

【原文】

唐温庭筠字飞卿，旧名岐。与李商隐齐名，时号温李。才思艳丽，工于小赋。每入试，押官韵作赋。凡八叉手而八韵成。多为邻铺假手，号曰救数人也。而士行有缺，搢绅[①]薄之。李义山谓曰："近得一联句云，'远比赵公，三十六年宰辅'，未得偶句。"温曰："何不云，'近同部令，二十四考中书’。”宣宗尝试诗，上句有“金步摇”，未能对，遣求进士对之。庭筠乃以“玉条脱”续也。宣宗赏焉。又药有名“白头翁”，温以“苍耳子”对。他皆此类也。宣帝爱唱菩萨蛮词，丞相令狐绹假其修撰，密进之，戒令勿他泄，而遽言于人，由是疏之。温亦有言云：“中书内坐将军。”讥相国无学也。宣皇好微行，遇于逆旅[②]，温不识龙颜，傲然而诘之曰：“公非长史司马之流耶？”帝曰：“非也。”又白：“得非大参簿尉之类耶？”帝曰：“非也。”谪为坊城尉。其制词曰：“孔门以德行为先，文章为末。尔既德行无取，文章何以补焉。徒负不羁之才，罕有适时之用。”竟流落而死也。豳国公杜悰自西川除淮海，庭筠诣韦曲林氏林亭，留诗云：“卓氏炉前金线柳，隋家堤畔锦帆风。贪为两地行霖雨，不见池莲照水红。”豳公闻之，遗绢千匹。吴兴沈徽云：“温曾于江淮为亲槚楚，由是改名庭筠。又每岁举场，多为举人假手。”侍郎沈询之举，别施铺席，授庭筠，不与诸公邻比。翌日，于帘前请庭筠曰：“向来策名者，皆是文赋托于学士。某今岁场中，并无假托，学士勉旃[③]。”因遣之，由是不得意也。（出《北梦琐言》）

【注释】

①搢绅：有官职的或做过官的人。一般都称之为缙绅。

②逆旅：客舍、旅店。

③勉旃（zhān）：努力。旃，语助，之焉的合音字。

【译文】

唐时，温庭筠字飞卿，旧名岐。他和李商隐齐名，被当时的人称为“温李”。他才思艳丽，擅长写小赋。每次考试，按规定的韵脚作赋，只要叉八次手就能作成八韵。他经常为邻座的考生代写，外号叫“救数人”。由于他为士的言行有缺失，被缙绅鄙薄。李义山对他说：“我近来作了一联：‘远比赵公，三十六军宰辅’，还没有得到下联。”温庭筠说：“怎么不对‘近同郭令，二十四考中书’？”唐宣宗曾试着写诗，上句有“金步摇”，不能对出下句。派人向进士们征求下句，温庭筠就以“玉条脱”对上了。宣宗很赞赏他。又有一种药，名“白头翁”，温庭筠以“苍耳子”作对。这样类似的情况很多。宣宗爱唱《菩萨蛮》词，丞相令狐绹叫温庭筠代他撰词，秘密进献皇上，严辞警告他不要泄露，温庭筠却转头就把这件事跟人说了，因此令狐绹就疏远了他。温庭筠也说过：“中书省内坐将军。”讥讽宰相们没有学问。宣宗喜欢微服出行，有一次在客店遇上了温庭筠。温不认识皇帝，傲慢地诘问皇帝说：“您莫非是长史司马之流吗？”皇帝说：“不是。”温又问：“那你莫非是大参簿尉之类的官？”皇帝说：“不是。”因为这事，温庭筠被贬为坊城尉。皇帝在诏书中说：“读书人应以德行为先，文章为末，你既然品德方面不可取，文章再好也弥补不了。白白拥有不羁之才，却没有合适的机会能用。”最后温庭筠竟然流落而死。豳国公杜悰从西川调到淮海，温庭筠到了韦曲的林亭，在上面留了一首诗：“卓氏炉

前金线柳，隋家堤畔锦帆风。贪为两地行霖雨，不见池莲照水红。”豳公听说后，赏给他绢布一千匹。吴兴的沈徽说：“温庭筠曾在江淮一带当过老师，因此改名庭筠。每年科举考试时，他常为人代作文章。”侍郎沈询主持考试，另外设了一个座位，让温庭筠坐，不让他和其他考生挨着。第二天，在帘前请来温庭筠，说：“以前那些应举考试的人，都是把作文赋诗托给你代作，如今我的这个考场上，没有人托你，你自我勉励吧。”然后把温庭筠打发走了。温庭筠因此更加不得意。

太真妃

【原文】

太真妃多曲艺，最善击磬。拊搏[①]之音，玲玲然多新声，虽太常梨园之能人，莫能加也。玄宗令采蓝田绿玉琢为磬，尚方造簨簴[②]流苏之属，皆以金钿珠翠珍怪之物杂饰之。又铸金为二狮子，拿攫腾奋之状，各重二百余斤，以为趺[③]。其他彩绘缛丽，制作精妙，一时无比也。及上幸蜀回京师，乐器多亡失，独玉磬偶在。上顾之凄然，不忍置于前，促令载送太常寺。至今藏于太乐署正声库者是也。（出《开元住信记》）

【注释】

①拊搏（fǔ bó）：古代的一种打击乐器，此处意为敲击乐器。

②簨簴（sǔn jù）：即簨虡，古代悬挂钟磬的架子。横杆叫簨，直柱叫虡。

③趺（fū）：碑下的石座。

【译文】

太真妃杨玉环会多种乐曲技艺，最擅长击磬。敲击的声音玲玲的，多是新曲。哪怕太常寺、梨园的乐工也比不过她。唐玄宗让人采来蓝田绿玉琢成玉磬，尚方的官员负责打造了挂磬的架子，还做了流苏之类，都用金钿珠翠等奇珍异宝错杂镶嵌装饰。又让人铸造两只铜狮，作抓取跳跃的形状，各重二百多斤，做为底座。其他地方彩绘也绚烂华丽，制作精巧奇妙，无与伦比。等唐玄宗自蜀地返回京师，宫内的乐器大多遗失，唯有玉磬还在。玄宗望着石磬，神色凄然，不忍心让它在自己眼前，催人将它送到太常寺。至今它还收藏在太乐署正声库里。

古文

【原文】

按古文者，黄帝史苍颉[①]所造也。颉首有四目，通于神明。仰观奎星圜曲之势，俯察龟文鸟迹之象，博采众美，合而为字，是曰古文。《孝经》援《神契》云："奎主文章，苍颉仿象是也。"（出《书断》）

【注释】

①苍颉：原始象形文字的创造者。

【译文】

按：上古文字，是黄帝的史官苍颉创造的。苍颉脑袋上长着四只眼睛，能和神明沟通交流。他抬头能够看到奎星环曲的走势，俯身能够辨察龟甲上的纹理和鸟的足迹的征象。他博采世上众多美好的图形，把它们合在一起，创造出文字，这就是人们说的上古文字。《孝经》援引《神契》上的记载说："奎星掌管文字辞章，苍颉模仿各种图像。"

唐太宗

【原文】

唐太宗贞观十四年，自真草书屏风，以示群臣。笔力遒劲，为一时之绝。尝谓朝臣曰："书学小道，初非急务。时或留心，犹胜弃日。凡诸艺业，未有学而不得者也，病在心力懈怠，不能专精耳。"又云："吾临古人之书，殊不学其形势，惟在骨力。及得骨力，而形势自生耳。"尝召三品已上，赐宴于玄武门。帝操笔作飞白书，众臣乘酒，就太宗手中相竞。散骑常侍刘洎，登御床引手，然后得之。其不得者，咸称洎登床，罪当死，请付法。太宗笑曰："昔闻婕妤辞辇[①]，今见常侍登床。"（出《尚书故实》）

【注释】

①婕妤：婕妤是宫中嫔妃的等级称号，由汉武帝设立，为皇后以下最高位。汉成帝为了能够时刻与班婕妤形影不离，特别命人制作了一辆较大的辇车。可班婕妤却对成帝说："圣贤之君，都是大臣在旁边陪同，亡国之君才与嬖幸的妃子一起就坐。如果今天要我与你同车进出，岂不和亡国之君一样了吗？"

【译文】

唐太宗李世民贞观十四年，自己用真草书写屏风，拿来给群臣看。笔力遒劲，是当时一绝。唐太宗曾对大臣说："书法是小学问，初学时不能急于求成。如果能够时时留心，胜过三天打鱼，两天晒网。各行各艺，没有用心学却学不会的，问题就出在心力懈怠，不能专心求索。"唐太宗又说："我临摹古人的书法，绝不特意去学每个字的形体结构，只是摸透它的笔力风骨。笔力风骨学到了，形体结构自然就有了。"唐太宗曾经召集三品以上的臣属们，在玄武门赐宴。太宗执笔作飞白书，大臣们乘着酒兴，纷纷争着从太宗手中拿过笔来书写。散骑常侍刘洎，爬上皇帝的御床，伸手从太宗手中夺过笔来。那没有抢到笔的大臣们都说刘洎爬上龙床，其罪当死，请法办他。唐太宗笑着说："过去我听说婕妤不愿和皇帝同辇，如今我见到常侍登床。"

黄筌

【原文】

昔吴道子所画一钟馗，衣蓝衫，鞹[①]一足，眇[②]一目，腰一笏，巾裹而蓬发垂鬓。左手捉一鬼，以右手第二指剜鬼眼睛。笔迹遒劲，实有唐之神妙。收得者将献伪蜀主，甚爱重之。常悬于内寝。一日，召黄筌令看之。筌一见，称其绝妙。谢恩讫。昶谓曰："此钟馗若拇指掐鬼眼睛，则更校有力。试为我改之。"筌请归私第。数日看之不足。别绢[③]绢素，画一钟馗，以拇指掐鬼眼睛。并吴本一时进纳。昶问曰："比令卿改之，何为别画？"筌曰："吴道子所画钟馗，一身之力，气色眼貌，俱在第二指，不在拇指。

所以不敢辄改。筌今所画，虽不及古人，一身之力，意思并在拇指。”昶甚悦，赏筌之能。遂以彩缎银器，旌其别识。（出《野人闲话》）

【注释】

①鞹（kuò）：同“鞟”，去毛的兽皮，这里是动词。

②眇（miǎo）：原指一只眼睛瞎，后来也指两只眼睛瞎。

③绑（bēng）：绷；张。

【译文】

从前，吴道子画的一幅《钟馗捉鬼图》，钟馗穿蓝衫，一只脚用兽皮裹着，一只眼睛瞎了，腰上挂着一只笏板，头上系一头巾，蓬乱的头发一直垂到鬓角。左手捉住一只鬼，右手第二指剜鬼的眼睛。这幅画笔力遒劲，实在是深得有唐一代的绘画神妙。收藏这幅画的人，将它进献给伪蜀君王孟昶。孟昶非常喜爱珍重，常将它悬挂在宫寝内。一天，孟昶召见黄筌让他看，黄筌一见，称赞它十分绝妙。黄筌谢过恩后，孟昶说：“这个钟馗如果用拇指掐鬼眼睛，比较起来会更有力。你试着为我改一下。”黄筌就把这幅画请下来，拿到自己的家里。他一连看了好几天，另外绷好一幅白绢，重画了一幅《钟馗捉鬼图》，钟馗用拇指掐鬼眼睛。把它和吴道子的原画一起进献给孟昶。孟昶问他：“我本来让你改画，为什么另画了一幅？”黄筌回答说：“吴道子画的钟馗，全身的力量，神色、眼神、面部表情，都在第二指上，不在拇指。所以，我不敢随便改动。我现在画的这幅，虽然赶不上古人，但是一身之力，都在拇指。”孟昶很高兴，欣赏黄筌的才能。就赏赐给他彩缎、银器，表彰他的见识独到。

曹元理

【原文】

曹元理尝从真玄兔友人陈广汉。广汉曰：“吾有二囷①米，忘其硕数。子为吾计之。”元理以食箸十余转曰：“东囷七百四十九石二斗七合，西囷六百九十七石八斗。”遂大署囷门。后出米。西囷六百九十七石七斗九升。

中有一鼠，大堪一升。东囷不差圭合。元理后岁复遇广汉，广汉以米数告之。元理以手击床曰："遂不知鼠之食米，不如剥面皮矣。"广汉为之取酒、鹿脯数脔。元理复算曰："甘蔗二十五区，应收一千五百三十六枚。蹲鸱[2]三十七亩，应收六百七十三石。千牛产二百犊。万鸡将五万刍。"羊豕鹅鸭，皆道其数。果蓏[3]殺核，悉知其所。乃曰："此资业之广，何供具之褊。"广汉惭曰："有仓卒客。无仓卒主人。"元理曰："俎上蒸肫一头，厨中荔枝一盘，皆可以为设。"广汉再拜谢罪。入取，尽日为欢。其术后传南季。南季传项滔。项滔传子陆。皆得其分数，而失其立妙焉。（出《西京杂记》）

【注释】

①囷（qūn）：一种圆形的谷仓。

②蹲鸱（dūn chī）：大芋。因状如蹲伏的鸱，故称。

③果蓏（luǒ）：瓜果的总称。

【译文】

曹元理曾经有一次和真玄兔的朋友陈广汉在一起。陈广汉说："我有二囷米，忘记有多少石了。请先生为我计算一下。"曹元理用吃饭的筷子量了十多圈，说："东囷有米七百四十九石二斗七合，西囷有米六百九十七石八斗。"于是陈广汉将囷门关好贴上封条。后来往外出米，西囷出了六百九十七石七斗九升。里头一只老鼠，大约有一升那么大。东囷不差累黍。曹元理第二年又遇到了陈广汉，陈广汉将出囷时量的米数告诉曹元理。曹元理用手捶床说："就不知道老鼠吃米，真该剥了这张面皮。"陈广汉取来了酒和几块鹿肉干，曹元理又用筹码计算后说："甘蔗田二十五区，应该收一千五百三十六枚。大芋三十七亩，应收六百七十三石。一千头牛产二百头牛犊。一万只鸡将孵出五万只鸡雏。"羊猪鹅鸭，都说出了它们的数目；瓜果蔬菜果实，都知道它们有多少。又说："你有这么多的家业，怎么招待我这么寒酸？"陈广汉惭愧地说："客人仓促而来，主人招待不周。"曹元理说："你盛上一头蒸肫，再盛上一盘荔枝，都可以端上来招待我。"陈广汉再次揖拜谢罪，进到厨房里取来菜肴，高高兴兴地喝酒喝了一整天。曹元理的算学后来传给了傅南季，傅南季又传给了项滔，项滔又传给了傅南季的儿子傅陆。但是这些人都只学到了曹元理的分数，却失去了他在算学上的精妙之处。

弓人

【原文】

宋景公造弓，九年乃成而进之。弓人归家，三日而卒。盖匠者心力尽于此弓矣。后公登兽圈之台，用此弓射之，矢越西霸之山，彭城之东，余劲中①石饮羽焉。（出《淮南子》）

【注释】

①中（zhòng）：射中，动词。

【译文】

宋景公让一个人造弓，九年后才造成进献上来。这个人回家后，三天就死了。这是匠人的心力全都用在这张弓上了。后来，宋景公登上圈兽的高台，用这张弓射箭。箭矢一直越过西霸山，飞到彭城东，余力射中石头，连箭尾的羽毛都隐没不见了。

凌云台

【原文】

凌云台楼观极精巧。先称平众材，轻重当宜，然后造构。乃无锱铢相负揭①。台虽高峻，恒随风摇动，而终无崩殒。魏明帝登台，惧其势危，别以大材扶持之，楼即便颓坏。论者谓轻重力偏故也。（出《世说》）

【注释】

①负揭：担负。

【译文】

凌云台建造得极其精巧。先把众多的材料都称量，使它们轻重得当，然后再开始建造。这样一来，相互之间就连一锱一铢那样的负担都没有。凌云台虽然高峻，常常随风摇动，却始终没有塌陷毁坏。魏明帝要登凌云台，怕它太危险，就另外找大木材支撑它，楼当即就倒塌毁坏了。议论的人说这是轻重力道偏了的原因。

吴夫人

【原文】

吴主赵夫人，赵达之妹也。善画，巧妙无双。能于指间，以彩丝织为云龙虬凤之锦。大则盈尺，小则方寸，宫中谓之“机绝”。孙权常叹魏蜀未夷，军旅之隙，思得善画者，使图作山川地势军阵之像。达乃进其妹。权使写九州江湖方岳之势，夫人曰：“丹青之色，甚易歇灭，不可久宝。妾能刺乡。”列万国于方帛之上，写以五岳河海城邑行阵之形，乃进于吴主。时人谓之“针绝”。虽棘刺木猴，云梯飞鸢，无过此丽也。权居昭阳宫，倦暑，乃褰紫绡之帷。夫人曰：“此不足贵也。”权使夫人指其意思焉，答曰：“妾欲穷虑尽思，能使下绢帷而清风自入，视外无有蔽碍。列侍者飘然自凉。若驭风而行也。”权称善。夫人乃析发，以神胶续之。神胶出郁夷国，接弓弩之断弦者。百断百续，乃织为罗縠①。累月而成，裁之为幔。内外视之，飘飘如烟气轻动，而房内自凉。时权尚在军旅，常以此幔自随，以为征幕。舒之则广纵数丈，卷之则可内②于枕中。时人谓之“丝绝”。故吴有三绝，四海无俦③其妙。后有贪宠求媚者，言夫人多耀于人主，因而致退黜。虽见疑坠，犹存录其巧工。及吴亡，不知所在。（出王子年《拾遗记》）

【注释】

①縠（hú）：有皱纹的纱。

②内：同“纳”。

③俦（chóu）：等；辈。

【译文】

吴主的一位夫人赵氏，是赵达的妹妹。她擅长绘画，巧妙无双。她能在手指之间，用彩丝织成绘有云龙、虬凤图案的锦，大的一尺多，小的只有一寸见方，宫中称为“机绝”。孙权常叹惜没能平定魏、蜀两国，在行军打仗的空闲时间里，想找一个擅长绘画的人，绘制一幅山川地势军仗的图像。赵达就把他的妹妹进献给孙权，孙权让她绘制全国江湖、四方山岳的形势，夫人说：“丹青的颜色易退，不能长久保存，我能刺绣。”于是把所有国家都绣在一块帛上，还绣上五岳、河海、城市乡村及行军布阵的图案，然后献给吴主。当时的人称它为“针绝”。虽然有用棘刺木刻的木猴，有公输班造的云梯，有能够飞翔的风筝，都比不过它的瑰丽。孙权住在昭阳宫，夏天困倦，就卷起了紫绡的幔帐。赵夫人说：“这个不算珍贵。”孙权让夫人说明是什么意思，她回答说：“我要好好想想，怎么能使帷幕放下来时，清风也能吹进去，看外面的东西又没有障碍，两边的侍者也能因为帷幕飘飞感到凉爽，像是能够驭风而行。”孙权说好。赵夫人就剖开发丝，用神胶把它们粘接起来。神胶出自郁夷国，是用来粘接弓弩的断弦的，断成一百段，能一百次把它们接上。赵夫人就用它织成绉纱。几个月后完工，裁剪成帷幕。从内、从外来看，都轻飘飘的像烟气流动，而且房间里变得凉爽。当时孙权在军旅之中，常把这幅帷幕带在身边，做行军的帐幕。这幅帷幕展开时长宽好几丈，卷起来可以收纳进枕头里面。当时的人称它“丝绝”。所以吴有三绝，四海之内没有能和它们相比的。后来有贪求宠幸的人诬谄她说，赵夫人总爱在大王面前炫耀自己。因此，她被废黜。赵氏虽然因为被怀疑而失去地位，但是她高超的技艺却记录了下来。东吴灭亡时，不知她在什么地方。

器玩

甘露僧

【原文】

唐润州甘露寺僧某者道行孤高，名重江左[1]。李卫公德裕廉问日，常与之游。及罢任，以方竹杖一枝留赠焉。方竹出大宛国，坚实而正方，节眼须牙，四面对出，实卫公之所宝也。及再镇浙右，其僧尚在。公问曰："前所奉竹杖无恙否。"僧对曰："已规圆而漆之矣。"公嗟惋弥日。（出《桂苑丛谈》）

【注释】

①江左：古地区名。指长江下游南岸地区。古人在地理上以东为左，以西为右，故江东又名江左。

【译文】

唐朝时润州甘露寺有一位僧人，道行很高，在江左名望很高。宰相李德裕查访江左期间，常和他同游。到卸任的时候，将一根方竹杖留赠给这位高僧。方竹产自大宛国，质地坚实，正方形，有节眼须牙，四面相对着生长，实在是李太尉的一件宝贝。到李德裕再来浙右时，这位高僧还健在。李德裕问他："从前我送给您的那根方竹杖可还好吗？"僧人回答说："我已经把它给弄圆了，并且涂上了一层漆。"李德裕听了后叹惜了一整天。

酒

碧筒酒

【原文】

历城北有使君林。魏正始中，郑公悫三伏之际，每率宾僚避暑于此。取大莲叶置砚格上。盛酒三升。以簪刺叶，令与柄通。屈茎上，轮菌①如象鼻。传吸之，名为“碧筒”。历下效之，言酒味杂莲气，香冷胜于冰。（出《酉阳杂俎》）

【注释】

①轮菌：盘曲貌。

【译文】

历城城北有一片使君林。魏齐王正始年间，郑悫公每到三伏天便带着宾朋属僚们到这里来避暑。郑悫公让人拿来大莲叶放在砚格上，盛酒三升。然后用簪子刺莲叶，让它与莲叶的柄相通，再将叶柄弯曲得如象鼻一样，互相传递着吸酒而饮，起名叫“碧筒”。后来人们争相效仿，说这样酒味中掺进了莲花的清香，香冷超过冰。

消肠酒

【原文】

张华为醇酒，煮三薇以渍曲蘖①。蘖出西羌，曲出北胡。胡中有指星麦，四月火星出，获麦而食之。蘖用水渍，三夕而麦生萌芽。以平旦时鸡初鸣而用之，俗人呼为鸡鸣麦。以酿酒，清美鬯②。久含令人齿动，若大醉

不摇荡，使人肝肠烂，当时谓之消肠酒。或云，醇酒可为长宵之乐。二说声同而事异焉。（出《王子年拾遗记》）

【注释】

①曲蘖（qǔ niè）：同“麴蘖”，酒曲。

②鬯（chàng）：古同“畅”。

【译文】

张华酿造醇酒，用煮三薇的水来浸渍曲麦蘖。蘖产在西羌，曲出产在北胡。胡地产一种指星麦，四月火星出来，将麦子收割后食用。蘖用水浸泡，三个晚上麦子生出蘖芽。天刚亮，鸡初次打鸣的时候，用它来酿酒，一般人称它为鸡鸣麦。用它酿酒，清美甘醇，喝到嘴里含得时间久了，能将牙齿泡得松动。如果喝醉了不翻转摇动，能把人的肝肠浸烂。当时人称消肠酒。还有人说，这种醇酒可让人长宵欢乐。这二种说法的意义相同，但说的内容却不一样。

陆扆

【原文】

陆相扆①出典夷陵时，有士子修谒②。相国与之从容，因命酒劝。此子辞曰：“天性不饮酒。”相曰：“诚如所言，已校五分矣。盖平生悔吝有十分，不为酒困，自然减半也。”（出《北梦琐言》）

【注释】

①扆（yǐ）：姓。

②修谒：进见（地位或辈分高的人）。

【译文】

丞相陆扆出任夷陵时，有位叫修的读书人来拜谒他。陆扆从容接待了这位读书人，并让人设酒宴招待他。这个读书人推辞说：“我天性不能饮酒。”陆扆说：“真要像你说的那样，我这次考核你已经得了五分了。人这一辈子干过的事，让人悔恨的有十分，不饮酒就自然减去了五分。”

酒臭

【原文】

义宁初，一县丞衣缨之胄。年少时，甚有丰采。涉猎书史，兼有文性。其后沉湎①于酒，老而弥笃。日饮数升，略无醒时。得病将终，酒臭闻于数里，远近惊愕，不知所由。如此一旬，此人遂卒。故释典戒酒，令人昏痴。今临亡酒臭，彰其入恶道而。（出《五行记》）

【注释】

①沉湎：沉溺，耽于。

【译文】

隋恭帝义宁初年，有一个县丞本是官宦后代，年轻时很有丰姿神采。他读过许多史书，又很有文学性情。后来他沉湎在酒中，越老喝得越厉害。每天要喝好几升，就没有清醒的时候。等他患病要死时，散发出来的酒臭在几里地以外都能闻到，远近的人都非常惊愕，不知道是什么原因。这样过了十多天，这个人就死了。所以专门有人写文章劝人戒酒，说酒令人发昏痴呆。现在这个人临死前发出的酒臭，就是向人们昭示喝酒入了恶道。

食

吴馔

【原文】

吴郡献海鮸[①]干鲙四瓶，瓶容一斗。浸一斗，可得径尺数盘。并状奏作干鲙法。帝示群臣云："昔术人介象于殿庭钓得海鱼，此幻化耳。亦何足为异？今日之鲙，乃是真海鱼所作，来自数千里，亦是一时奇味。"虞世基对曰："术人之鱼既幻，其鲙固亦不真。"出数盘以赐达官。作干鲙之法：当五六月盛热之日，于海取得鮸鱼。大者长四五尺，鳞细而紫色，无细骨不腥者。捕得之，即于海船之上作鲙。去其皮骨，取其精肉缕切。随成随晒，三四日，须极干，以新白瓷瓶，未经水者盛之。密封泥，勿令风入，经五六十日，不异新者。取啖之时，并出干鲙，以布裹，大瓮盛水渍之，三刻久出，带布沥却水，则曒然[②]。散置盘上，如新鲙无别。细切香柔叶铺上，筋拨令调匀进之。海鱼体性不腥，然鱎鮸鱼肉软而白色，经干又和以青叶，皙然极可噉[③]。又献海虾子三十梃[④]。梃长一尺，阔一寸，厚一寸许，甚精美。作之法：取海白虾有子者，每三五斗置密竹篮中，于大盆内以水淋洗。虾子在虾腹下，赤如覆盆子，则随水从篮目中下。通计虾一石，可得子五升，从盆内漉出。缝布作小袋子，如径寸半竹大，长二尺。以虾子满之，急击头，随袋多少，以末盐封之，周厚数寸。经一日夜出晒，夜则平板压之，明日又出晒。夜以前压十日干，则拆破袋，出虾子梃。色如赤琉璃，光彻而肥美，盐于鲻鱼数倍。又献鮸鱼含肚千头，极精好。作之法：

当六月七月盛热之时，取鮸鱼长二尺许，去鳞净洗。停二日，待鱼腹胀起，方从口抽出肠，去腮留目。满腹内纳盐竟，即以末盐封周遍，厚数寸。经宿，乃以水净洗。日则曝，夜则收还。安平板上，又以板置石压之。明日又晒，夜还压。如此五六日干，即纳干瓷瓮，封口。经二十日出之，其皮色光彻，有如黄油，肉干则如糗⑤。又如沙棋之苏者，微醎而有味，味美于石首含肚。然石首含肚亦年常入献，而肉强不及。此法出自隋口味使大都督杜济，济会稽人，能别味，善于盐梅。亦古之符郎，今之谢讽也。（出《大业拾遗记》）

又吴郡献松江鲈鱼干鲙六瓶，瓶容一斗。作鲙法，一同鮸。然作鲈鱼鲙，须八九月霜下之时。收鲈鱼三尺以下者作干鲙，浸渍讫，布裹沥水令尽，散置盘内。取香柔花叶，相间细切，和鲙拨令调匀。霜后鲈鱼，肉白如雪，不腥。所谓"金玉鲙"，东南之佳味也。紫花碧叶，间以素鲙，亦鲜洁可观。吴郡又献蜜蟹三千头，作如糖蟹法。蜜拥剑四瓮。拥剑似蟹而小，二螯偏大。《吴郡赋》所谓"乌贼拥剑"是也。（出《大业拾遗记》）

【注释】

①鮸（miǎn）：一种鱼，生活于海洋中。也称"米鱼""鳘鱼"。

②皦然（jiǎo）：洁白光亮貌。

③噉（dàn）：同"啖"。

④梴（chān）：（木头等）长的样子。

⑤糗（qiǔ）：干粮。

【译文】

吴郡向朝廷进献来海鮸鱼干鲙四瓶，瓶能装一斗。浸泡一斗鮸鱼干鲙，可得一尺长的鮸鱼丝几盘。同时，还奏明制作干鲙的方法。隋炀帝告诉群臣说："从前仙人介象在宫殿庭院内的池水中钓上来海鱼，这属于幻化，没有什么奇异的。现在这鮸鱼鲙，是真海鱼制作的。它来自几千里以外，才是一时稀有的珍奇美味呀。"虞世基对皇帝说："从前术士钓上来的海鱼既然是虚幻的，那么，用海鱼作成的鲙也不是真的。”皇上就拿出几盘子来赐给各位高官。制作干鲙的方法：正当五六月盛暑的时候，从海中捕获鮸鱼。大的身长四五尺，鳞细而紫色，没有细骨，不带腥味。当时捕获，当时就在海船上做成鲙。去掉皮骨，取它身上的精肉切成细丝。随切随晒，三四天后，需要把它晒到极干，用没有盛过水的新白瓷瓶装好，用泥密封，不能透风。经过五六十天，吃时跟新鲜的鮸鱼一样。取出来吃的时候，干鲙都取出来，用布裹上，放在盛水的大瓮里浸泡，约三刻工夫，带着布沥去水，精白光亮。散放在盘子上面，和新出网的海鮸没有差别。将切细的香柔叶铺上，用筷子调拌均匀就可以吃。海鱼体性不腥，特别是鳝鮸鱼肉细软而色白，晒干后配上青菜叶，白绿分明，极为好吃。吴郡还进献海虾子三十梃。每梃长一尺，宽、厚也差不多一寸，很是精美。制作虾子梃的方法：挑取海白虾有子的，每选出三五斗，就放进密封的竹篮中，再放在大盆内用水淋洗。虾子长在虾腹下面，红色，像覆盆子，随着水从竹篮的缝隙中流下。大约一石白虾，可得

五升虾子。从盆里捞出来，用布缝成小袋子，像直径一寸半的竹子那样宽，长二尺。将捞出来的虾子盛满布袋，赶快用绳扎住袋口。不管有多少袋，都用盐末封上，周围封的盐末约几寸厚。封上一昼夜后，取出来晒，夜里就用平板压住，明天又拿出来晒。这样晒压十天，看它完全干透后，拆开布袋，虾子梃就有了。颜色像红琉璃，色泽光艳，口味肥美，比鲻鱼咸几倍。吴郡又进献鮸鱼含肚一千条，极其精好。制作鮸鱼含肚的方法：在六七月正热的时候，挑选二尺左右的鮸鱼，刮去鱼鳞，用水洗净，放两天，等鱼腹胀起，才从鱼嘴抽出鱼肠，去掉鱼腮，留着鱼眼睛。将鱼腹内塞满盐，再用盐末将它的周身全封上，厚达几寸。过一宿后，再用水洗净。白天就放在太阳底下曝晒，到晚上就取下来，放在板上，又在板上放上石头压住。第二天再晒，夜里还压。这样五六天就干了，就盛进干瓷瓮，封上口。过二十天取出，鮸鱼的皮色光亮透明，就像黄油，鱼肉则像干粮。就像酥的沙棋一样，微咸而有味，比石首含肚还好吃。然而石首含肚也是每年常常进献，但是，它的肉发硬，不及鮸鱼含肚好吃。这种制作方法出自隋朝的口味使大都督杜济。杜济是会稽人，善于辨别各种味道，擅长制作盐梅。他也算是古时候的符郎，当今的谢讽了。

又：吴郡进献松花鲈鱼干鲙六瓶，瓶能容一斗。制作方法，跟鮸鱼一样。然而制作鲈鱼鲙，须八九月下霜的时候。挑选三尺以下的鲈鱼作成干鲙，浸泡之后，用布裹好沥净水，散放在盘中。拿切细的香柔花叶放上，和鲙一起细切，再和鲙搅拌均匀。下霜后的鲈鱼，肉白如雪，不腥。就是人们常说的“金脐玉鲙”，是东南的佳肴。紫花碧叶间杂白色的鲙，鲜丽皎洁，十分值得欣赏。吴郡又进献蜜蟹三千只，像糖蟹那样的做法。蜜渍拥剑四瓮，拥剑像蟹而比蟹小，二螯偏大，就是《吴郡赋》中所说的“乌贼拥剑”。

鉅表

【原文】

后梁韦林，京兆人。南迁于襄阳，天保中为舍人。涉猎有才藻，善剧谈。尝为鉅①表以讥刺时人。其词曰："臣鉅言：'伏见除书，以臣为糁敖将军，油蒸校尉，膗②州刺史。脯腊③如故。肃承将命，含灰屏息，凭笼临鼎，载战载兢。臣美愧夏鳣④，味惭冬鲤。常恐鲐腹⑤之讥，惧贻鳖岩⑥之诮。是以嗽流湖底，枕石泥中。不意高赏殊临。曲蒙钩拔，遂得超升绮席，忝预玉盘，远厕玳筵。猥颁象箸，泽覃紫腴，恩加黄腹。方当鸣姜动桂，纡苏佩档。轻瓢才动，则枢盘如烟。浓汁暂停，则兰肴成列。宛转绿脐之中，逍遥朱唇之内。衔恩噬泽，九殒弗辞。无任屏营之诚，谨诣铜铛门，奉表致谢以闻。'"诏答曰："省表具悉。卿池沼缙绅，陂渠俊乂。穿蒲入荇，肥滑有闻。允堪兹选，无劳致谢。"（出《酉阳杂俎》）

【注释】

①鉅（jù）：古书上说的一种鱼。

②膗（chuái）：干肉。

③脯（fǔ）腊：干肉。

④鳣（zhān）：鲟鳇鱼的古称。鳣鱼，江苏叫黄鱼。

⑤鲐腹（tái fù）：鯸鲐的腹腴。鯸鲐即河豚，其腹肉肥美。

⑥鳖岩：意思是谓见笑于大方之家。

【译文】

后梁时的韦林，京兆人。南迁到襄阳，在梁明帝天保年间，任中书舍人。韦林涉猎广而有才华，喜爱畅谈。曾写过一篇《鉅表》，来讥讽当时的人。文章说："鉅鱼说：'我刚刚接到陛下签发的任命，授予我为米羹将军，油蒸校尉，干肉州的刺史。与从前一样，将我制成干肉。我恭敬地接受陛下的任命，含着沮丧，屏住呼吸，任凭你们将我放在笼屉上，置于大锅里，战战兢兢。比肥美，我愧对夏天里的鲟鳇鱼；论味道，和冬鲤相比又惭愧。

我常常恐慌河豚之腹的讽刺，时时畏惧鳖岩的讥诮。因此，我吮吸湖底的流沙为食，枕着石头在泥中睡觉。没想到啊，崇高的奖赏竟然降临到我的头上。承蒙提拔，于是高升到丰盛的华宴之上，列于玉盘之中，远远地置放在豪华而珍贵的筵席旁边。有劳大人使用象牙筷子，将我夹起来送入嘴里，进入肚皮。刚刚放上姜末桂皮，再置入紫苏茱萸。轻便的瓢刚刚舀动，精美的木盘就像烟一样地聚拢。浓浓的汤汁才停止沸腾，一列列的美味肴馔已经摆好。周旋在绿色的腌菜中间，逍遥于红唇之内。齿衔恩德，口噬泽惠，九死而不辞。没有任何惶恐可以诚告，只是谨慎地走进铜釜之门，奉上此表，请您知晓。'" 圣上颁下诏书，回答说："奏上的表章都读了。爱卿是池沼中的缙绅，岸渠里的俊杰。穿过蒲草，行过荇菜，因为肥嫩滑腻而闻名。有资格接受挑选，无须致谢。"

交友

王方翼

【原文】

凉州长史赵持满，与长孙无忌亲。许敬宗既陷无忌，惧持满为己患，乃诬其同反。追至京拷讯。叹曰："身可杀，辞不可辱。"吏为代占而结奏，遂死狱中。尸于城西，亲戚莫敢收视者。王方翼叹曰："栾布之哭彭越①，大义也。周文之掩朽骸，至仁也。绝友之义，蔽主之仁，何以事君。"遂具礼葬焉。高宗义之②而不问③。（出《大唐新语》）

【注释】

①栾（luán）布之哭彭越：汉代的栾布和彭越交朋友，彭越被汉高祖杀掉，把他的头挂在洛阳，命令任何人不许收尸。栾布却公开收了他的尸体，将他埋葬，还痛哭了一场。汉高祖认为栾布重义气，就拜他为都尉。

②义之：以之为义，认为这是仗义。

③问：追究。

【译文】

凉州长史赵持满，是长孙无忌的亲属。许敬宗陷害了长孙无忌，唯恐赵持满成为自己的祸患，就诬陷他和长孙无忌一同造反，将他拿到京城严刑拷问。赵持满叹惜地说："你们可以杀我，但是，我的供词不能改。"官吏就替他做了供词，结案之后上奏，赵持满就死在狱中，尸体被丢弃在城西，亲戚中没有一个敢收殓的。王方翼叹说："从前，栾布为被杀害的彭越大哭，这是最大的公义。周文王下令掩埋已经朽烂的骨骸，这是最高的仁政。断绝朋友的情义，蒙蔽主上的仁德，这样的人怎么能侍奉国君。”他就礼葬了赵持满。唐高宗认为王方翼的做法是侠义之举，便没有追究。

奢侈

淋池

【原文】

汉昭帝元始之年，穿淋池[1]，广千步。中植分枝荷，一茎四叶。状如骈盖，日照则叶低荫根，若葵之卫足也，名曰低光荷。实如玄珠，可以饰珮。花叶杂萎，芬芳之气彻十余里。食之令人口气常香，益人肌理。宫人贵之，每游宴出入，皆含咀，或剪以为衣，或折以蔽日，相为戏。《楚辞》谓折芰荷以为衣，意在斯也。又有倒生菱。茎如乱丝，一花十叶，根浮水上，实沉泥里，没如紫色，谓之紫泥菱。食之令人不老。时命水戏，游宴永日。工人进一巨槽，帝曰："栝[2]楫松舟，嫌其重朴，况乎此槽，岂可得而乘也。"乃命文梓[3]为舟，木兰为枻[4]。刻飞鸾翔鷁，饰其船首。随风轻荡，毕景忘归，乃至通夜。使宫人为歌，歌曰："商秋素景泛洪波，谁云好手折芰荷。凉凉凄凄揭棹歌，云光开曙月低河，万岁为乐岂为多。"帝大悦，起游商台于池上。及乎末岁，谏者多。遂省游荡奢侈，堙毁台池，鸾舟荷芰，随时废灭。今台址无遗，池亦平焉。（出《拾遗录》）

【注释】

①淋池：西汉时期一地名，又名琳池，位于长安城外建章宫之西。

②栝（guā）：古书上指桧树。

③文梓：意思是有斑文的梓木。

④枻（yì）：船舷。

【译文】

汉昭帝元始元年，开凿了一座淋池，广有一千步。池中栽植分枝荷，一支茎上长着四茎叶，形状像两两相对的伞盖。太阳一照，叶片就低垂，护住茎根，像葵花低头向着根脚似的，叫低光荷。它结出的莲子像玄珠，可以当装饰用的环珮。花与叶子交相掺杂，芬芳香气香彻十几里地，吃了它可使人口里一直散发香气，还能滋润肌理。宫中的人都很珍视它，每当外出游宴，出入宫中，嘴里都含着这种莲子，或者把荷叶剪下来缝成衣服，或者把叶子折下来遮挡烈日，互相嬉戏。《楚辞》里说的折下芰荷的叶子做衣裳，就是这个意思。池中还生长着倒生菱，花茎如同乱丝，一朵花下面长着十片叶，根浮在水面上，果实落入淤泥里。池底的泥是紫色，称为紫泥菱。吃了它可以令人不老。当时，汉昭帝经常让人在水中玩乐，整天都在这里游宴。工匠们进献一只大木头挖出来的独木舟，昭帝说："用桰木作桨，松木作舟，我都嫌弃它笨重朴拙。何况这只独木舟，我才不要坐它。"于是命令用文梓木作船，木兰为船舷。在船头雕刻上飞翔着的鸾鸟与鹢鸟。梓木小舟随风轻荡，到处赏玩忘了归程，一整夜就这么过去了。他让宫人唱歌道："商秋素景泛洪波，谁云好手折芰荷。凉凉凄凄揭棹歌，云光开曙月低河，万岁为乐岂为多。"汉昭帝非常高兴，在池中又建造了一座游商台。到了这年岁尾，许多大臣上表谏阻，皇帝就不再游荡奢侈，把台池都给毁弃了，鸾舟荷芰也都随着时间的流逝而朽烂湮灭。现在，亭台连遗迹都没有了，淋池也平了。

虢国夫人

【原文】

杨贵妃姊虢国夫人，恩宠一时。大治第宅，栋宇之盛，举无与比。所居韦嗣立旧宅。韦氏诸子方午偃息于堂庑间，忽见妇人衣黄罗帔衫，降自步辇。有侍婢数十人，笑语自若。谓韦氏诸子曰："闻此宅欲货①，其价几何？”韦氏降阶[2]曰：“先人旧庐，所未忍舍。”语未毕，有工数百人，登东西厢，撤其瓦木。韦氏诸子乃率家童，挈其琴书，委于路中。而授韦氏隙池十数亩，其宅一无所酧[3]。虢国中堂既成，召匠圬镘。授二百万赏其值，而复以金盏瑟瑟三斗为赏。后曾有暴风拔树，委其堂上。已而视之，略无所伤。既撤瓦以观之，皆乘以木瓦。其制作精致，皆此类也。虢国每入禁中，常乘骢马，使小黄门御。紫骢之俊健，黄门之端秀，皆冠绝一时。（出《明皇杂录》）

【注释】

①货：卖。

②降阶：走下台阶，以示恭敬。

③酧：同“酬”。

【译文】

杨贵妃的姐姐虢国夫人，恩宠盛极一时。她大造府第住宅，房屋的宏伟高大，无处可以比拟。她新修造的府第原是韦家的旧宅。韦家的人中午正在屋里躺着休息，忽然看见一位妇人，穿着黄罗帔衫，从步辇上走出来。身旁有几十个侍女丫环，谈笑自若，对韦家的几个儿子说：“听说这所宅院要卖，售价多少？”韦家人下了台阶，说："这宅院是先人留给我们的老屋，我们舍不得卖。"话没说完，有工人数百，登上东西厢房，就掀瓦撤木。韦家全家人和童仆只好拿着琴、书等放在路上。最后，虢国夫人只留下十几亩的一小块地方给韦家，他家的宅院，一分钱也没给。虢国夫人新宅的中堂已经建好，召来工匠粉刷墙壁。说好给二百万钱的工钱，完工后，又用金盏盛碧色宝石三斗做赏赐。后来，有一次刮暴风，把一株大树拔起，落在堂上。风住后，上到堂房顶上看看，基本上没有什么损坏的。把瓦撤下来看看，原来房上覆盖的是精制的木瓦。宅院修造的精致之处，都跟这差不多。虢国夫人每次进入皇宫，经常骑着一匹紫骢宝马，让小太监为她牵马。紫骢宝马高大健美，小太监端庄秀丽，在当时都是首屈一指。

李使君

【原文】

乾符中，有李使君出牧罢归，居在东洛。深感一贵家旧恩，欲召诸子从容。有敬爱寺僧圣刚者，常所往来。李因以具宴为说，僧曰："某与为门徒久矣，每观其食，穷极水陆滋味。常馔必以炭炊，往往不惬其意。此乃骄逸成性，使君召之可乎？"李曰："若朱象髓白猩唇，恐未能致。止于精办小筵，亦未为难。"于是广求珍异，俾[①]妻孥亲为调鼎。备陈绮席雕盘，选日邀致。弟兄列坐，矜持俨若冰玉。肴馐每至，曾不入口。主人揖之再三，唯沾果实而已。及至冰餐，俱置一匙于口，各相眄[②]良久，咸若吃蘖吞针。李莫究其由，但以失饪[③]为谢。明日复见圣刚，备述诸子情貌。僧曰："前者所说岂谬哉。"既而造其门问之曰："李使君特备一筵，肴馔可谓丰洁，何不略领其意？"诸子曰："燔炙[④]煎和[⑤]未得法。"僧曰："他物从不可食，炭炊之餐，又嫌何事？"乃曰："人未知，凡以炭炊馔，先烧令熟，谓之炼炭，方可入爨[⑥]，不然犹有烟气。李使君宅炭不经炼，是以难食。"僧拊掌大笑曰："此则非贫道所知也。"及巢寇陷洛，财产剽掠[⑦]俱尽。昆仲数人，乃与圣刚同窜。潜伏山谷，不食者至于三日。贼锋稍远，徒步将往河桥。道中小店始开，以脱粟为餐而卖。僧囊中有钱数百，买于土杯同食。腹枵[8]既甚，膏梁之美不如。僧笑而谓之曰："此非炼炭所炊，不知堪与郎君吃否。"皆低头惭见，无复词对。（出《剧谈录》）

【注释】

①俾（bǐ）：使。

②眄（miàn）：斜视；看，望。

③失饪：烹调生熟失宜。

④燔炙（fán zhì）：烧与烤。

⑤煎和：煎煮调味，烹调。

⑥爨（cuàn）：烧火煮饭；灶。

⑦剽掠：抢劫掠夺。

⑧腹枵（xiāo）：空腹，饿着肚子。

【译文】

唐僖宗乾符年间，有个姓李的官员从州、府任上辞官回来，住在东都洛阳。他非常感激一富贵人家的旧恩，想把他家的几个儿子请来玩一天。洛阳敬爱寺中有个僧人叫圣刚，经常和他往来。这个姓李的就把自己设宴的想法说了，僧人说："我在这家作宗门信徒很久了。每次观察他家吃饭，山珍海味没有吃不到的。而且，平常吃饭都一定要用炭做饭，这样还往往不能称心满意。这已经是骄奢淫逸成性了，您能请动他们吗？"李某人回答说：如果说要吃朱象髓和白猩唇，我恐怕弄不到。如果只是把筵席置办得精致一些，也不是什么难事。"于是，就四处搜求奇珍异品，让妻子儿女亲自下厨烹调。终于准备好一桌奢华的筵席，用的菜盘都是精雕细琢。选好日子，请他们到来。这几个弟兄依次入座，态度矜持，如冰如玉。每道菜上来后，都不往嘴里送。李某人请让再三，他们也只是吃一点果品就算了。等到吃冰餐，都只用匙舀一下放进嘴里，面面相觑许久，都像咬的是木棍，吞的是针。李某人也不知道缘由，只能客气地道歉，说菜没做好。第二天，又见到圣刚，把这几个人的详细情形都说了一遍。僧人说："我从前说的话一点没错。"后来，僧人到这家豪贵之家造访，问他们："李使君特意准备的筵席，菜肴可谓丰盛洁净，怎么你们一点都不肯吃呢？"几个兄弟说："烧烤煎和，都方法不对。"僧人说："其他的菜都不好吃，用炭做的饮食，又嫌什么呢？"他们说："上人你不知道，凡是用炭做饮食，必须先将炭火烧熟了，这叫炼炭，才可以用来做菜，不然就会有烟气。李使君宅里用的炭没有炼过，所以难吃。"僧人拍掌大笑道："这就不是贫僧所能知道的了。"等到黄巢率领军队攻占了洛阳，这家的家财被抢掠一空。这几个兄弟就和圣刚一同逃跑，藏在深山中，有三天没吃到东西。等到黄巢的部队稍稍远去，他们徒步去河桥。途中有一家小饭店刚开门，卖的是只脱去皮壳的糙米做成的饭。僧人囊中有几百钱，买了糙米饭盛在土钵子里，跟这几位兄弟一起吃。肚子饿得厉害，这米饭是过去吃的膏粱厚味都比不上的。僧人笑着问他们："这饭不是用炼过的炭做出来的，不知道配不配给几位郎君吃？"他们都羞愧地低下了头，答不上话来。

诡诈

郭纯

【原文】

东海孝子郭纯丧母，每哭则群乌大集。使检有实，旌表①门闾。后讯，乃是孝子每哭，即撒饼于地，群乌争来食之。其后数如此，乌闻哭声以为度，莫不竞凑。非有灵也。（出《朝野佥载》）

【注释】

①旌表：封建统治者用立牌坊或挂匾额等表扬遵守封建礼教的人。

【译文】

东海郡有个叫郭纯的孝子，死了母亲后，每次哭母，都有许多鸟雀聚集到他的跟前。官府派人察验，确实如此，于是，就为他在门前挂匾额以示表彰。后来得知，原来是这位孝子每次哭泣，就在地上撒上饼屑，群鸟都争着来吃。以后多次这样，鸟一听他的哭声，就都争先恐后凑上去，并不是有灵的原因。

李庆远

【原文】

中郎李庆远狡诈轻险。初事皇太子，颇得出入。暂时出外，即恃威权。宰相以下，咸谓之要人。宰执方食即来，诸人命坐，即遣一人门外急唤云："殿下见召。"匆忙吐饭而去。诸司皆如此计，请谒嘱事，卖官鬻狱①，所求必遂焉。东宫后稍稍疏之。仍潜入仗内，食侍官之饭。晚出外，腹痛大作。犹诈云："太子赐瓜，咽之太多，以致斯疾。"须臾霍乱。吐出卫士所食粗米饭，及黄臭韭济狼藉。凡是小人得宠，多为此状也。（出《朝野佥载》）

【注释】

①鬻（yù）狱：受贿枉断官司。

【译文】

中郎李庆远狡诈轻躁奸险，他起初事奉皇太子，能自由出入宫禁。有时到外面去，就依仗他的威势权力。宰相以下的官员们，都称呼他为要人。

吃饭的时候，饭刚端上来，大家坐下要吃，李庆远就派一个人在门外着急地呼唤："太子殿下召见李中郎。"李庆远急忙将嘴里的饭吐出来，去见太子。他在各个司部衙门都用这个计策，不论是请求谒见也好，托人办事也好，乃至于买卖官职、受贿枉断官司，凡是他所求的事，必定遂心满意。太子后来渐渐疏远了他，他仍然偷偷进入卫士的住所，偷吃侍官们的饭菜。晚上外出，突然肚子特别痛，还夸口说："太子赐瓜，吃得太多了，才肚子疼的。"过了不一会儿，李庆远上吐下泻，吐出来卫士们吃的粗米饭和黄臭的韭菜等，满地都是。凡是小人得宠，多数都是这个样子。

谄佞

成敬奇

【原文】

成敬奇有俊才，文章立而可就。为大理正，与姚崇有姻亲。崇尝寝疾，敬奇造宅省焉。对崇涕泣，怀中置生雀数枚，一一持出，请崇手执而后放之。祝云 ：“愿令公速愈。”崇勉强从之。敬奇既去，崇恶其谀媚。谓其子弟曰 ：“此泪从何而来。”自兹不复接遇①。（出《大唐新语》）

【注释】

①接遇 ：接待。

【译文】

成敬奇才智过人，写文章立等可就。他官任大理寺正卿，跟宰相姚崇是姻亲。一次，姚崇有病卧床，成敬奇到府上拜访探问。他对着姚崇泪流满面，怀中放着几只活雀，一一取出，请姚崇拿一会儿，然后放生，然后祝福说 ：“希望姚令公早早痊愈。”姚崇勉强听他的摆布。成敬奇走后，姚崇厌恶他的阿谀谄媚，对他的子弟们说 ：“他的眼泪是从哪里流出来的？”从此再也不接见和高待成敬奇了。

赵元楷

【原文】

赵元楷为交河道行军大总管，时侯君集为元帅。君集马病颡①疮，元楷以指沾其脓而嗅之，以谀君集。为御史所劾，左迁②刺史。（出《谭宾录》）

【注释】

①颡（sǎng）：额；脑门。

②左迁：降低官职，即"降官"。汉代贵右贱左，故将贬官称为左迁。

【译文】

赵元楷任交河道行军大总管，当时侯君集任元帅。侯君集骑的马头上生疮，赵元楷用手指沾着脓疮去嗅，来讨好侯君集。被御史弹劾，贬为刺史。

卢藏用

【原文】

卢藏用征拜左拾遗，升吏部侍郎中书舍人。历黄门侍郎，兼昭文馆学士，转尚书右丞。与陈伯玉、赵贞固友善。隐居之日，颇以贞白自炫，往来于少室、终南二山，时人称为"假隐"。自登朝，奢靡淫纵，本服鲜丽。趑趄[①]诡佞[②]，专事权贵。时议乃表其丑行。以阿附太平公主，流陇州。（出《谭宾录》）

【注释】

①趑趄（zī jū）：行走困难。也比喻犹豫徘徊。

②诡佞：诡诈而奸佞。

【译文】

卢藏用被征召，官拜左拾遗，升任吏部侍郎中书舍人。他历任黄门郎，兼昭文馆学士，后转任尚书右丞相。与陈伯玉、赵贞固是好友。他在隐居时，特别以正直清廉自诩，经常往来于少室山和终南山，当时人称他为"假隐"。自从登上朝堂，生活奢侈糜烂、淫逸骄纵。使用豪华鲜丽的车马服饰。而且行事诡诈奸佞，专门阿谀事奉权贵。当时的人们议论和上表揭露他的丑行。他因为阿谀投靠太平公主，被流放陇州。

张岌

【原文】

唐天后时，张岌谄事薛师。掌擎黄幙[1]随薛师后，于马旁伏地承薛师马镫。侍御史郭霸尝来俊臣粪秽，宋之问捧张易之溺器[2]。并偷媚取容，实名教[3]之罪人也。（出《朝野佥载》）

【注释】

①幙（mù）：古同“幕”。

②溺器：解决小便用的容器，夜壶，尿壶。

③名教：指以正名定分为主的封建礼教。来源于儒家的孔孟之道。

【译文】

唐朝武则天执政时，张岌谄媚事奉薛师。手里擎着黄幕，跟随在薛师的身后，在马旁趴在地上，用背接着马镫，伺候薛师上马。侍御史郭霸为酷吏来俊臣嗜粪，宋之问为武则天的宠臣张易之端尿盆。这些人都是用谄媚的方法取悦权贵，实在是名教的罪人。

程伯献

【原文】

唐将军高力士特承玄宗恩宠。遭父丧，左金吾大将军程伯献、少府监冯绍正二人，直就其丧前，被发[1]而哭，甚于己亲。朝野闻之，不胜其笑。（出《谭宾录》）

【注释】

①被发：发不束而披散。

【译文】

唐朝的将军高力士，极获玄宗皇帝的宠幸。高力士父亲去世，左金吾大将军程伯献、少府监冯绍正两个人一直来到灵堂前，披散着头发大哭，比自己的亲人死了还悲痛。朝堂和民间的人听说后，都笑得不行。

遗忘

张藏用

【原文】

唐青州临朐丞张藏用，性既鲁钝，又弱于神。尝召一木匠，十召不至。藏用大怒，使擒之。匠既到，适会邻县令，使人送书，遗藏用。藏用方怒解，木匠又走。读书毕，便令剥送书者。笞之至十，送书人谢杖。请曰："某为明府送书，纵书人之意忤明府，使者何罪？"藏用乃知其误，谢曰："适怒匠人，不意误笞君耳。"命里正取饮一器，以饮送书人，而别更视事。忽见里正①，指酒问曰："此中何物？"里正曰："酒。"藏用曰："何妨饮之。"里正拜而饮之。藏用遂入户，送书者竟不得酒，扶杖而归。（出《纪闻》）

【注释】

①里正：唐朝的里正，负责调查户口，课置农桑，检查非法，催纳赋税。

【译文】

唐朝时，青州临朐县丞张藏用，性情愚鲁迟钝，又脑子不大够用。一次，他召一位木匠前来，叫了十次也没有叫来。张藏用大怒，派人把木匠捉来。这个木匠刚到县衙，正赶上邻县县令派人送信给张藏用。张藏用怒气冲冲地拆信，这时，木匠又跑了。他读完信，就让人剥去送信人的衣服，打了十大板。送信人谢过杖刑后，问："我是给县丞您送信，纵然是写信人触犯了县丞您，我这个送信的人又有什么罪呢？”张藏用才知道打错了人，向送信人道歉，说："刚才我是生木匠的气，没想到误打了您。”于是，让里正拿来一坛酒，送给送信的人喝，他又去处理别的公务。过了一会儿，忽然看见里正，就指着酒问，“这里盛的是什么？”里正回答说："酒。”张藏用说："你把它喝了算了。”里正拜谢后，就把酒给喝了。张藏用就回了家，送信人没捞着酒喝，拄着拐杖回去了。

治生

裴明礼

【原文】

唐裴明礼，河东人。善于理生，收人间所弃物，积而鬻之，以此家产巨万。又于金光门外，市不毛地。多瓦砾，非善价者。乃于地际竖标，悬以筐，中者辄酬以钱，千百仅一二中。未洽浃[1]，地中瓦砾尽矣。乃舍诸牧羊者，粪即积。预聚杂果核，具犁牛以耕之。岁余滋茂，连车而鬻，所收复致巨万。乃缮甲第，周院置蜂房，以营蜜。广栽蜀葵杂花果，蜂采花逸而蜜丰矣。营生之妙，触类多奇，不可胜数。贞观中，自古台主簿，拜殿中侍御史，转兵吏员外中书舍人。累迁太常卿。（出《御史台记》）

【注释】

①洽浃（qià jiā）：广博；周遍。

【译文】

唐朝人裴明礼，是河东人。他特别善于经营家业。他收购人们遗弃的物品，积攒起来，然后卖出去，就这样，积赞了万贯家财。又在金光门外买下一块荒地。地上全都是瓦砾，所以卖不上好价钱。裴明礼就在这块地里竖立一根木杆，上面悬挂一个筐子，让人拣地里的石头瓦砾往筐里投掷，投中的人有金钱奖励。千块百块瓦砾中，只有一两块能投中。还未等人投掷熟练，地里的瓦砾已经拣完了。于是，又把这块土地让给放羊的人，地里又积满了羊粪。又事先把各种果核收集起来，撒在地里，用拉着犁的牛耕地。一年多后，地里长出了茂盛的杂果树苗，一车一车地拉到集市上去卖，又赚到了巨万之财。于是，他建造房屋，在院子的周围安置蜂箱来养蜜蜂储蜜。地里到处都栽上蜀葵，还有别的花花果果。蜜蜂采花酿蜜，蜜又丰收了。裴明礼经营生意的奥妙，像这种例子多到数不过来。贞观年间，裴明礼自古台主簿升任殿中侍御史，又转任兵部员外中书舍人，一路升至太常卿。

窦知范

【原文】

唐瀛州饶阳县令窦知范贪。有一里正死，范令门内一人，为里正造像，各出钱一贯，范自纳之。谓曰："里正有罪过，先须急救。范先造得一像，且以与之。"结钱二百千，平像五寸半。其贪皆类此。范唯有一男，放鹰马惊，桑枝打伤头破。百姓快之，皆曰："千金之子①，易一兔之命。"（出《朝野佥载》）

【注释】

①千金之子：富贵人家的子弟。

【译文】

唐朝时，瀛州饶阳县县令窦知范很贪婪。一次，有一个里正死了，窦知范让族人为这个里正建造塑像，每家出钱一贯，却被窦知范自己贪污了，对人说："这个里正有罪过，这笔钱先用来救急。本县令得先建造一座塑像，就用这笔钱吧。"于是用钱二百千，建造一座五寸半的塑像。他的贪婪都像这个样子。窦知范只生有一个男孩，放鹰行猎时，马惊了，桑树枝打得他头破血流而死。百姓人心大快，都说："县太爷的千金之子，换了一只野兔的命。"

张昌仪

【原文】

唐张昌仪为洛阳令，恃易之权势，属官无不允者。鼓声动，有一人姓薛赍金五十两，遮而奉之。仪领金，受其状。至朝堂，付天官侍郎张锡。

数日失状，以问仪。仪曰："我亦不记得，但姓薛者即与。"锡检案内姓薛姓者六十余人，并令与官，其蠹政①也若此。（出《朝野佥载》）

【注释】

①蠹（dù）政：败坏朝政。

【译文】

唐朝时，张昌仪任洛阳县令，依仗张易之的权势，手下的属官们没有不顺从他的。一次，惊堂鼓响，一个姓薛的人带着五十两黄金，遮着偷偷送给他。张昌仪拿了黄金，接了他的状纸。回到京城，他把状纸交付天官侍郎张锡。几天后，状子丢了，张锡问张昌仪这个状子是谁的，张昌仪说："我也不记得，凡是姓薛的，就都送上去。"张锡检查案卷，姓薛的有六十多个，就都送了上去。他们都像这样来败坏朝政。

褊急

王思

【原文】

王思性急。执笔作书，蝇集笔端，驱去复来。思恚怒①，自起逐之，不能得。还取笔掷地，蹋坏之。（出《魏略》，明抄本作出《魏书》）

【注释】

①恚（huì）怒：生气，愤怒。

【译文】

王思性格急躁，提笔写信的时候，一只苍蝇落在笔端，赶走它又飞回来。王思非常恼怒，亲自起身追打，又打不到。回来后把笔扔在地上，用脚踏碎。

李凝道

【原文】

唐衢州龙游县令李凝道性褊急①。姊男年七岁，故恼之。即往逐之，不及。遂饼诱得之，咬其胸背流血。姊救之得免。又乘驴于街中，有骑马人，靴鼻拨其膝，遂怒大骂，将殴之。走马遂无所及，忍恶不得，遂嚼路傍棘子血流。（出《朝野佥载》）

【注释】

①褊（biǎn）急：气量狭小，性情急躁。

【译文】

唐朝时，衢州龙游县令李凝道性情急躁。他姐姐的儿子七岁，一次，惹他生气了，他就起身去追，没追上，就拿饼引诱这个小男孩，抓住了他，把他咬得胸背流血。姐姐赶紧救走孩子。还有一次，他骑着驴走在街上，有一个骑马的，脚上穿的靴鼻子碰了他膝间一下，他愤怒大骂，要去打人家。那人赶紧骑马跑了，李凝道忍不下这口恶气，就嚼路边的棘刺，扎得自己满嘴流血。

李德裕

【原文】

刘禹锡唐太和中为宾客，时李德裕同分司东都。禹锡因谒于德裕曰："近曾得白居易文集否？"德裕曰："累有相示，别令收贮，然未一披①。今日为吾子②览之。"及取看，而箱笥盈溢，尘土蒙覆。既启而复卷之，谓禹锡曰："吾于此人不足久矣，其文章何必览焉。但恐回吾精绝之心，所以不欲看览。"其抑才也如此。初文宗命德裕朝中朋党，首以杨虞卿、牛僧孺为言。杨、牛即白之密友也。其不引翼，皆如此类。（出《北梦琐言》）

【注释】

①披：披阅。

②吾子：古时对别人的尊称，译为"您"。

【译文】

刘禹锡在唐文宗太和年间任太子宾客，跟宰相李德裕同时兼任东都洛阳的分司。刘禹锡拜访李德裕，问："近来，宰相可曾收到白居易的文集吗？"李德裕说："老是收到他送给我的文章，我另外收存，不过一篇也没看过。今天拿给你看看吧。"待到查找时，只见满满一箱子，都盖不上盖，上面覆着一层厚厚的尘土。他本来已经把文集打开了，又重新卷起来，并对刘禹锡说："我一直觉得这个人一般般，他的文章你又何必读呢。我只怕辜负了我的一片精妙之心，所以我不想看。”他就是这样压抑人才的。唐文宗李昂继位之初，重用李德裕的朝中朋党时，以杨虞卿、牛僧儒为首。杨虞卿、牛僧儒是白居易的密友，却都不引荐扶持白居易，他们都是一个样子。

李潘

【原文】

唐礼部侍郎李潘尝缀李贺歌诗，为之集序，未成。知贺有表兄，与贺笔砚之交者。召之见，讬以搜访所遗。其人敬谢，且请曰：“某盖记其所为，亦常见其多点窜[①]者。请得所缉者视之，当为改正。”潘喜，并付之。弥年[②]绝迹。潘怒，复召诘之。其人曰：“某与贺中外，自少多同处。恨其傲忽，尝思报之。所得歌诗，兼旧有者，一时投溷[③]中矣。”潘大怒，叱出之，嗟恨良久。故贺歌什传流者少也。（出《幽闲鼓吹》）

【注释】

①点窜：改换（字句）。

②弥年：满一年。弥，满。

③溷（hùn）：厕所，猪圈。

【译文】

唐朝礼部侍郎李潘曾经搜集编纂过李贺的诗歌集，并想给它作序，却没有写成。他知道李贺有一个表兄，和李贺当初有诗文往来。他召见这个人，委托他代为访察搜集李贺的遗作。这人恭恭敬敬地答应并且表示感谢，而且还请求说：“我记得他的诗作，

也常见他对自己的诗作反复修改。请把您搜集的作品给我看看，我可以将其中谬误的地方改正过来。”李潘高兴地给了他。一年过去了，毫无音信，李潘生气地又把这个人召来询问，这个人说 :“我与李贺是表兄弟，从小就常在一起。我恨他为人傲慢，对我十分忽视，曾经想着报复他。您交给我的那些诗歌，连同原有的他的作品，都让我扔进厕所里了。”李潘大怒，呵斥他，赶他出去，叹息恨怨良久。这就是为什么李贺的诗歌流传下来很少的原因。

诙谐

蔡谟

【原文】

晋王导妻妒，导有众妾在别馆，妻知之，持食刀将往。公遽命驾[①]，患牛迟，手捉尘尾，以柄助打牛。蔡谟闻之，后诣王谓曰："朝廷欲加公九锡[②]。"王自叙谦志，蔡曰："不闻余物，唯闻短辕犊车，长柄尘尾。"导大惭。（出《晋史》）

【注释】

①命驾：指命人驾车马，也指乘车出发。

②九锡：中国古代皇帝赐给诸侯、大臣有殊勋者的九种礼器，是最高礼遇的表示。

【译文】

晋朝人王导的妻子好吃醋。王导有许多小妾，住在他的外宅。妻子知道后，拿着菜刀就要过去。王导赶紧让人准备车驾，又嫌拉车的牛太慢，手里捉着拂尘的尾，用拂尘的把儿打牛，赶牛快跑。蔡谟听说这件事后，对王导说："朝廷想赏您九锡。"王导谦让，蔡谟说："不用说别的事儿，单单听说你坐着短辕牛车，用长把拂尘打牛，就够了。"王导羞愧无比。

孙盛

【原文】

晋孙盛与殷浩谈论，往反精苦。客主无间，左右进食，冷而复暖者数四。彼我奋掷尘尾，毛悉脱落，满餐饭中。宾主遂至暮忘食。殷乃语孙曰："莫作强口马，我当捩[1]卿鼻。"孙曰："卿不见决鼻牛，人当劳卿颈。"（出《南史》）

【注释】

①捩（liè）：扭转。

【译文】

晋朝人孙盛与殷浩互相辩论，你来我往，不辞辛苦。客人和主人争辩到了白热化，侍奉的人给他们送上饭来，凉了再热，热了又凉，有四次之多。他们争辩激烈，互相用拂尘奋力互掷，拂尘上的毛都掉了下来，弄得餐桌上的饭食里满满的都是。殷浩对孙盛说："别做强嘴的马，我会拧住你的鼻子。"孙盛对殷浩说："你没有见到被拽豁鼻子的牛吗？我会让人按住你的脖子。"

任环

【原文】

唐管国公任环酷怕妻。太宗以功赐二侍子，环拜谢，不敢以归。太宗召其妻，赐酒。谓之曰："妇人妒忌，合当七出[1]。若能改行无妒，则无饮此酒。不尔，可饮之。"曰："妾不能改妒，请饮酒。"遂饮之。比醉归。与其家死诀。其实非鸩也，既不死。他日，杜正伦讥弄环。环曰："妇当怕者三，初娶之时，端居若菩萨，岂有人不怕菩萨耶。既长生男女，如养儿大虫[2]，岂有人不怕大虫耶。年老面皱，如鸠盘荼鬼[3]，岂有人不怕鬼耶。以此怕妇，亦何怪焉。"闻者欢喜。（出《御史台记》）

【注释】

①七出：七出也称"七去"。中国封建社会休弃妻子的七种理由。《仪礼·丧服》："出妻之子为母。"贾公彦疏："七出者：无子，一也；淫佚，二也；不事舅姑，三也；口舌，四也；盗窃，五也；妒忌，六也；恶疾，

七也。”

②大虫：老虎。

③鸠盘荼鬼：一种食人精气的鬼，形如瓮。由于该词被认为是“冬瓜”的梵文鸠摩拏的转讹语，因此此鬼又被称为‘冬瓜鬼’。

【译文】

唐朝管国公任环怕老婆怕得要死。唐太宗因为他的功劳，赏给他两名侍妾，任环跪拜辞谢，不敢带回去。太宗召见任环的妻子，赐她酒喝，说：“女人性情妒忌，该被七出。如果你能改正缺点，不再妒忌，就不用喝这杯酒；不然，就喝了它。”任环的妻子说：“我不能改正妒忌的缺点，还是让我喝下这杯酒吧。”于是，把酒喝了。她醉着回家，跟家里人诀别。其实，这并不是鸩酒，她没有死。日后，杜正伦讥讽戏弄任环。任环说：“老婆有三种情况让人惧怕：刚结婚时，她端坐在洞房中，像尊菩萨。难道有人不怕菩萨吗？她生了子女后，如是护犊的老虎。难道有人不怕老虎吗？等她老了，脸上皱纹像佛经上说的吸人精气的冬瓜鬼。难道有人不怕鬼吗？因为这些惧怕老婆，有什么可奇怪的？”听的人都欢呼雀跃，连连叫好。

嘲诮

侯味虚

【原文】

唐户部郎侯味虚著《百官本草》，题御史曰："大热，有毒。"又朱书云："大热有毒。主除邪佞①，杜奸回②，报冤滞③，止淫滥④，尤攻贪浊⑤。无大小皆搏之，畿尉簿为之相。畏还使，恶爆直，忌按权豪。出于雍洛州诸县，其外州出者，尤可用。日炙乾硬者为良。服之，长精神，灭姿媚。久服，令人冷峭。"（出《朝野签载》，明抄本作出《御史台记》）

【注释】

①邪佞：即邪佞，意即奸邪，伪善。

②奸回：意思是奸恶邪僻的人或事。

③冤滞：滞留未申的冤狱。

④淫滥：淫乱；放荡。

⑤贪浊：贪污。

【译文】

唐朝的户部郎官侯味虚写了一部《百官本草》，给御史题道："大热，有毒。"又用红笔写道："大热有毒。主要功效是除去邪恶和奸佞，绝邪行，报冤仇，止淫滥，尤其对于贪赃污浊更有效。不论大小官员都去纠弹，从京畿各县尉簿到朝中宰相。畏还使，恶爆直，忌按权豪。出自雍州、洛州各县，有其他州出产的，更好用。太阳晒得又干又硬的为好。吃了它，可以长精神，灭媚态。长久服用，能使人冷峻峭直。”

贾言忠

【原文】

唐贾言忠撰《监察本草》云：“服之心忧，多惊悸，生白发。”时义云：“里行①及试员外者，为合口椒，最有毒。监察为开口椒，毒微歇。殿中为萝卜，亦曰生姜，虽辛辣而不为患。侍御史为脆梨，渐入佳味。迁员外郎为甘子，可久服。或谓合口椒少毒而脆梨毒者，此由触之则发，亦无常性。唯拜员外郎，号为摘去毒。欢怅相半，喜迁之，惜其权也。”（出《御史台记》）

【注释】

①里行：官名。唐置。有监察御史里行、殿中里行等，皆非正官，也不规定员额。

【译文】

唐朝人贾言忠在他撰写的《监察本草》中写道：“服了它会心忧，多惊悸，生白发。”时义写道：“里行御史和试员御史是合口椒，毒性最大。监察御史是开口椒，毒性稍轻。殿中御史是萝卜，也可以是生姜，虽然辛辣但无害。侍御史是脆梨，越吃越好吃。由侍御史迁调为员外郎，那就是柑橘了，可以久服。有人说合口椒毒性轻而脆梨有剧毒，这是因为个别吃过的人发出的感想，其实也没有一定之规。唯有官拜员外郎后，方可称为除去了毒。由御史迁调员外郎，欢喜和惆怅相伴，喜的是升迁，可惜的是失去了御史的权力。”

姜师度

【原文】

唐先天中，姜师度于长安城中穿渠，绕朝堂坊市，无所不至。上登西楼望之，师度堰水泷①，柴筏而下，遂授司农卿。于后水涨则奔突，水缩则竭涸。又前开黄河，引水向棣州，费亿兆[2]功。百姓苦其淹渍，又役夫塞河口。开元六年，水泛溢，河口堰破，棣州百姓，一概没尽。师度以为功，官品益进。又有傅孝忠为太史令，自言明玄象，专行矫谲[3]。京中语曰："师度一心看地，傅孝忠两眼相天。"神武即位，知其矫，并斩之。（出《朝野佥载》）

【注释】

①泷（lóng）：急流的水。

②亿兆：极言其数之多。

③矫谲：诡诈。

【译文】

唐朝先天年间，姜师度在长安城里穿凿水渠，绕过宫廷殿堂、市里坊间，无所不至。皇上登临西楼远远望去，只见师度把水堵塞，增加压力，使得水流湍急，柴筏能够顺水而下，甚为满意，就让他当了司农卿。到后来，水涨了就会横冲直撞，水少了又水渠干涸。他又前去开掘黄河，向棣州引水，这项工程花费巨大。百姓常常遭受水淹。他又派役夫去把河口填塞。开元六年，黄河泛滥，大水冲破了河口的堤坝，整个棣州的百姓，全都淹死了。姜师度却因为有功，官品更加晋升。又有一个叫傅孝忠的太史令，自称懂得天象，专门搞假冒欺骗的事情。京城里的人说："姜师度一心看地，傅孝忠两眼相天。"神武皇帝即位后，知道他们欺诈，便将他们一起斩了。

嗤鄙

并州士族

【原文】

北齐并州有士族，好为可笑诗赋，轻蔑邢魏诸公。众共嘲弄。虚相称赞，必击牛酾酒[1]延[2]之。其妻明鉴人也，泣而谏之。此人叹曰："才华不为妻子所容，何况行路。"至死不觉。（出《颜氏家训》）

【注释】

①酾（shī）酒：滤酒，斟酒。

②延：邀请。

【译文】

北齐并州有个读书人，好写一些可笑的诗赋，轻蔑邢、魏等先生。人们都嘲弄他。如果有人虚假地称赞几句，他一定会杀牛斟酒招待人家。他的妻子是个明白人，哭着劝他。这个人叹气道："我的才华连妻子都不能容忍，何况路人。"至死未能醒悟。

王及善

【原文】

唐王及善才行庸猥[1]，风神钝浊。为内史时，人号为"鸠集凤池[2]"。俄迁文昌右相，无他政，但不许令史之驴入台，终日迫逐，无时暂舍。时人号"驱驴宰相"。（出《朝野佥载》）

【注释】

①庸猥：平庸猥琐。

【译文】

唐朝有个王及善，才学平庸，行为猥琐，精神风貌迟钝混浊。他当内史时，人们说他是“鸠鸟落在了凤凰池（中书省又称凤阁）”。不久又迁转文昌台（尚书省）任右相，不处理别的政事，就是不许令史的驴进入官署。整天都在赶驴，就没有停下来的时候。因此，人们称他为“驱驴宰相。”

逯仁杰

【原文】

周朝有逯仁杰，河阳人。自地官令史出尚书，改天下帐式，颇甚繁细，法令滋章。每村立社官，仍置平直老三员，掌簿案，设锁钥。十羊九牧，人皆散逃。而宰相浅识，以为万代皆可行，授仁杰地官郎中。数年，百姓苦之[①]，其法逐寝。（出《朝野佥载》）

【注释】

①苦之：以之为苦。

【译文】

周朝（武则天时期）时有个叫逯仁杰的，是河阳人。在户部任令史时，制定了一项新政策以改变天下账目的管理办法，规定很烦琐细致，法令之下又派生出许多条文。每村设立社官，仍然要设平直老三员，掌管账簿案卷，设上锁钥。十只羊有九个人放牧，人们纷纷散逃。而宰相见识浅薄，认为这是万代都可以施行的好政策，授予逯仁杰户部郎中。数年后，百姓苦于这个法令，这项法令才逐渐废止。

台中语

【原文】

周夏官侍郎[①]侯知一，年老，敕放致仕。上表不伏，于朝堂踊跃驰走，以示轻便。张琮丁忧[2]，自请起复。吏部主事高筠，母丧，亲戚为举哀。筠曰："我不能作孝。"员外郎张牺贞，被讼，诈遭母忧，不肯起对。时台中为之语曰："侯知一不伏致仕。张悰自请起复，高筠不肯作孝，张栖贞情愿遭忧，皆非名教中人，并是王化外物。兽心人面，不其然乎？"（出《朝野佥载》）

【注释】

①夏官侍郎：即兵部侍郎，唐武则天光宅元年（684）改，中宗神龙元年（705）复名兵部侍郎。

②丁忧：古代的官员在遇上父母丧事时要解职在家守孝。

【译文】

周朝（武则天时期）的兵部侍郎侯知一，岁数大了，皇上敕令放他退休。他上表不服老，在朝堂上跳跃奔跑，以示自己敏捷。张悰在丁忧期间，自己请求重新起用。吏部主事高筠，母亲去世，亲戚要举哀，高筠说："我不能守孝。"员外郎张栖贞，被人告了，他骗人说自己正遭母忧守孝，不肯去公堂对质。当时在尚书省官署中对这些人评论："侯知一不伏致仕，张悰自请起复，高筠不肯作孝，张栖贞情愿遭忧。这些人都不是名

教中人，都是王化之外的东西，人面兽心就是这个样子的。”

阎知微

【原文】

周春官尚书[①]阎知微庸琐驽怯，使入蕃，受默啜封为汉可汗。贼入恒定，遣知微先往赵州招慰。将军陈令英等守城西面，知微谓令英曰："陈将军何不早降下，可汗兵到然后降者，剪土无遗。"令英不答。知微城下连手踏歌[②]，称"万岁乐"。令英曰："尚书国家八座，受委非轻，翻为贼踏歌，无惭也。"知微仍唱曰："万岁乐，万岁年，不自由，万岁乐。"时人鄙之。（出《朝野佥载》）

【注释】

①春官尚书：官名。即礼部尚书，唐武则天光宅元年（684）改，中宗神龙元年（705）复名礼部尚书。

②踏歌：唱歌时以脚踏地为节奏。

【译文】

周朝（武则天时期）时有个礼部尚书阎知微，庸俗猥琐、愚笨胆怯。朝廷派他出使北蕃，他接受了默啜给他的封号汉可汗。后来蕃人侵入恒定，朝廷派他先去赵州慰劳前方将士。将军陈令英等守在城的西面，阎知微对陈令英说："陈将军为什么不早点投降，可汗大军到了再投降的话，就会死无葬身之地。"陈令英不答理他。阎知微就在城下拉着手踏歌，唱起"万岁乐"。陈令英说："尚书是国家的重臣，你受的恩遇和期待都不算轻，却反而去为蕃贼踏歌，真是不知羞耻。"阎知微仍然唱道："万岁乐，万岁年，不自由，万岁乐。"当时人们都鄙视他。

霍献可

【原文】

唐霍献可，贵乡人也。父毓，岐州司法。献可有文学，好诙谐，累迁至侍御史左司员外。则天法峻，多不自保，竞希旨以为忠。献可头触玉阶，请杀狄仁杰、裴行本。裴即献可堂舅也。既损额，以绿帛裹于巾下，常令露出，冀①则天以为忠。时人比之李子慎。子慎，则天朝诬告其舅，加游击将军。母见其著绯衫，以面覆床，涕泪不胜曰："此是汝舅血染者耶！"（出《御史台记》）

【注释】

①冀：希望，希冀。

【译文】

唐代人霍献可，是贵乡人。他的父亲霍毓任岐州司法。霍献可有文化，喜欢开玩笑，官至侍御史左司员外。武则天严刑峻法，人们大多不能自保，争相求旨让她认为自己对她忠心。霍献可头触在玉阶上，请求处死狄仁杰、裴行本。裴行本是献可的堂舅。献可的脑门磕破后，用绿帛缠在头巾下，还要常常将伤口露在外面，希望武则天知道她是忠心的。当时人们把霍献可比作李子慎。李子慎在武则天当政时，诬告自己的舅舅，因此加授游击将军。他的母亲看见他穿上红色官服，把脸埋在床上，涕泪交加，哭得不行，说："这是你舅舅的血染成的啊！"

姜师度

【原文】

唐姜师度好奇诡。为沧州刺史，兼按察，造枪车运粮，开河筑堰，州县鼎沸。于鲁城界内，种稻置屯，穗蟹食尽，又差夫打蟹。苦之，歌曰："鲁地一种稻，一概被水沫。年年索蟹夫，百姓不可活。"又为陕州刺史，以永丰仓米运将，别征三钱，计以为费。一夕忽云得计，立注楼，从仓建槽，直至于河，长数千丈。而令放米，其不快处，具大把推之，米皆损耗，多为粉末。兼风激扬，凡一函失米百石①，而动即千万数。遣典庾者偿之，家产皆竭。复遣输户自量，至有偿数十斛②者。甚害人，方停之。（出《朝

野佥载》)

【注释】

①石（dàn）：容量单位，十斗等于一石。

②斛（hú）：旧量器，方形，口小，底大，容量本为十斗，后来改为五斗。

【译文】

唐朝人姜师度，喜好办些稀奇诡怪的事。他任沧州刺史兼按察使，下令制造有篱笆围子的车运输粮食，开凿河道，修筑堤坝，州属各县一片混乱。在鲁城县内开垦水田种稻，稻穗被螃蟹吃尽，又差遣役夫去打蟹。百姓被折腾苦了。当时流传一首歌谣："鲁地一种稻，一概被水没，年年索蟹夫，百姓不可活。"又：他任陕州刺史时，要运走永丰县粮仓的米，每户再另征钱三贯，合起来作为运费。有一天忽然说他得到一个妙计，就建起注楼，从粮仓开始建槽，一直建到河边，有几千丈长。然后让从粮库往下放米，有流动不快的地方，便安排人力往前推。米都损耗了，大多变成粉末。大风一吹，传送一槽米损失上百石，有时还会损失上千万石。他命令掌管的人赔偿，他们的家产很快就抵偿光了。他又令操作传送的人家自己计算该赔偿多少，甚至有的人家赔偿数十斛的。因为这件事太坑害人了，才停了下来。

无赖

韩令珪

【原文】

周令史韩令珪耐羞耻，厚貌强梁[①]。王公贵人，皆呼次第。平生未面，亦强干之。曾选，于陆元方下引铨。时舍人王勮夺情[②]，与陆同厅而坐。珪佯惊曰："未见王五。"勮便降阶悯然，令珪颦眉蹙刺，相尉而去。陆与王有旧，对面留住，问："勮是谁？"莫之识也。后吓人事败，于朝堂决杖。遥呼河内王曰："大哥何不相救？"懿宗目之曰："我不识汝。"催杖苦鞭，杖下取死。（出《朝野佥载》）

【注释】

①强梁：凶暴，强横，不讲理。

②夺情：即夺情起复，是中国古代丁忧制度的延伸，意思是为国家夺去了孝亲之情，可不必去职，以素服办公，不参加吉礼。

【译文】

周朝（武则天时期）时有个令史叫韩令珪，不怕羞耻，脸皮厚，蛮横不讲理。见了王公贵人，都直接称呼人家的排行。就算从来没见过面的人，也强要去干谒人家。曾参加过选官考试，由陆元方主持推荐授官的事。当时舍人王勮夺情，提前出任，与陆元方一起坐在厅内。韩令珪就假装惊讶地说："怎么没见到王五。"王勮就谦恭地走过来，面带忧愁。韩令珪也颦眉蹙额，安慰他几句才走。陆元方与王勮有旧交，将韩令珪拦住，问他："王勮是谁？"他说不认识。后来韩令珪冒充唬人的事败露，在朝堂上被执行杖刑，他远远地呼唤河内王说："大哥怎么不来救我？"河内王武懿宗看着他说："我不认识你。"于是催促猛打狠抽，韩令珪死在杖下。

张易之兄弟

【原文】

张易之兄弟骄贵，强夺庄宅奴婢姬妾，不可胜数。昌期于万年县街内行，逢一女人，婿抱儿相逐。昌期马鞭拨其头巾，女妇骂之。昌期顾谓奴曰："横驮将来。"婿投匦[1]三四状，并不出。昌期捉送万年县，诬以他罪，决死之。昌仪常谓人曰："丈夫当如此，今时千人推我不倒，及其败也，万人擎我不能起。"俄而事败，兄弟俱斩。（出《朝野佥载》）

【注释】

①投匦（guǐ）：唐朝时投匦使院，匦院置有方匣，凡臣民有冤滞或赋颂的都可向方匣中投状，叫投匦。

【译文】

张易之兄弟骄横矜贵，强夺庄园宅院，奴婢姬妾，多得都数不清。昌期在万年县大街上行走，遇上一个女人，她的丈夫抱着孩子紧随其后。昌期就用马鞭去拨她的头巾，女人骂他，他回头对奴仆说："把她横在马上驮走。"丈夫投匦三四份状文，妻子也没放回来。后来昌期被捉拿到万年县衙，以其他罪名被处死。昌仪常对人讲："男子汉大丈夫，就应当这样。如今一千人想推倒我，也推不倒；到了败落的时候，一万人举我，也举不起来。"不久他的恶行败露，兄弟俩都被斩首。

张干等

【原文】

上都市肆恶少，率髡[1]而肤扎，备众物形状。恃诸军，张拳强劫，至有以蛇售酒，捉羊甲击人者。京兆尹薛元赏，上三日，令里长潜捕，约三十余人，悉杖杀，尸于市。市人有点青者，皆炙灭之。时大宁坊力者张干，扎左膊曰“生不怕京兆尹”，右膊曰“死不怕阎罗王。”又有王力奴，以钱五千召劄[②]工，可胸腹为山亭院、池榭、草木、鸟兽，无不悉具，细若设色。公悉杖杀之。又贼赵武建，扎一百六处番印、盘鹊等，右膊刺言：“野鸡滩头宿，朝朝被鹘捎。忽惊飞入水，留命到今朝。”又高陵县捉得镂身者宋元素，扎七十一处，刺左臂曰：“昔日已前家未贫，千金不惜结交亲。及至恓惶觅知己，行尽关山无一人。”右膊上扎瓠芦，上扎出人首，如傀儡戏有郭公者。县吏不解，问之，言胡芦精也。（出《酉阳杂俎》）

【注释】

①髡（kūn）：古代一种把头发剃光的刑罚，此处指主动剃光头发。

②劄（zhā）：同“扎”。

【译文】

京都中市面上有恶少，都剃光了头，并且文身，纹的各种物类的形状都有。依仗军队的势力，强抢财物。甚至还有的用蛇去换酒、捉来羊甲打人的。京兆尹薛元赏上书三天后，下令里长秘密抓捕，大约有三十多人，全部乱杖打死，尸体弃在大街上。街市中人凡有点青色文身的，都烫掉了。当时有个在大宁坊干活的人，叫张干，左臂上刺的字是“生不怕京兆尹”，右臂上刺的是“死不怕阎罗王”。还有个叫王力奴的人，出钱五千招扎工，在前胸和肚皮上刺出山园水池、楼榭、草木、鸟兽等，无所不有，细致逼真就像着了颜色。他们一起都被杖杀。还有个强盗赵武建，在身上刺了一百六十处野兽的抓印和盘旋的喜鹊等，在右臂上刺字道：“野鸡滩头宿，朝朝被鹘捎。忽惊飞入水，留命到今朝。”又在高陵县捉到一个文身的人宋元素，在身上刺了七十一处，在左臂上刺字道：“昔日已前家未贫，千金不惜结交亲。及至恓惶觅知己，行尽关山无一人。”右臂上刺了一个葫芦，葫芦的上面刺了一个人头，像木偶戏中的郭公。县官不明白，问他，他说是葫芦精。

酷暴

武承嗣

【原文】

周补阙乔知之有婢碧玉姝艳，能歌舞，有文章。知之特幸，为之不婚。伪魏王武承嗣暂借教姬人妆梳。纳之，更不放还。知之乃作《绿珠怨》以寄之焉。其词曰："石家金谷重新声，明珠十斛买娉婷。此日可怜偏自许，此时歌舞得人情。君家闺阁不曾观，好将歌舞借人看。意气雄豪非分理，骄矜势力横相干。辞君去君终不忍，徒劳掩袂伤铅粉。百年离恨在高楼，一代容颜为君尽。"碧玉得诗，饮泣不食三日，投井而死。承嗣出其尸，于裙带上得诗。大怒，乃讽罗织人告之。遂斩知之于南市，破家籍没①。（出《朝野佥载》）

【注释】

①籍没：是指谓登记所有的财产，予以没收。

【译文】

周朝（武则天时期）补阙乔知之的婢女碧玉娇艳美丽，能歌善舞，会写文章。乔知之特别宠爱她，为了她不肯婚娶。魏王武承嗣要暂时借她去教他的姬妾们梳妆，去了后就纳为妾，再不放她回来。乔知之就写了首《绿珠怨》，寄给碧玉。诗写道："石家金谷重新声，明珠十斛买娉婷。此日可怜偏自许，此时歌舞得人情。君家闺阁不曾观，好将歌舞借人看。意气雄豪非分理，骄矜势力横相干。辞君去君终不忍，徒劳掩袂伤铅粉。百年离恨在高楼，一代容颜为君尽。”碧玉读了诗，哭了三天不吃饭，投井而死。武承嗣捞出尸体，在裙带上得到此诗，大怒，就暗示让人罗织罪名控告他。于是在南市斩杀了乔知之，并没收了他家的全部财产。

周兴

【原文】

周秋官侍郎①周兴推劾②残忍，法外苦楚，无所不为，时人号“牛头阿婆”。百姓怨谤。兴乃榜门判曰：“被造之人，问皆称枉。斩决之后，咸悉无言。”（出《朝野佥载》）

【注释】

①秋官侍郎：古代官名，即刑部侍郎，唐武则天光宅元年（684）改，中宗神龙元年（705）复名刑部侍郎。

②推劾：审问。

【译文】

在武后称帝的周朝，秋官侍郎周兴审讯犯人非常残忍，在刑法之外令犯人苦楚的手段无所不用其极，当时人们称他为“牛头阿婆”。百姓对他极为怨恨，周兴就在门上贴出告示，上写：“所有被审讯过的被告，只要询问都称冤枉；只有被杀了的人，才全都不再说话。”

杨务廉

【原文】

唐杨务廉，孝和时，造长宁安乐宅仓库成，特授将作大匠①，坐赃数千万免官。又上章，奏开陕州三门，凿山烧石，岩侧施栈道牵船。河流湍急，所顾夫并未与价值，苟牵绳一断，栈梁一绝，则扑杀数十人，取顾夫钱籴米充数，即注夫逃走，下本贯，禁父母妻子。其牵船夫，皆令系二鍣②子胸背，落栈著石，百无一存。道路悲号，声动山谷，皆称杨务廉为人妖。天生此妖，以破残百姓。（出《朝野佥载》）

【注释】

①将作大匠：中国古代官名，掌管宫室修建之官。

②銛（xiān）：同“铦”，利器。

【译文】

唐代人杨务廉，孝和年间，建造长宁安乐宅仓库完成，皇帝特授予他将作大匠一职。后来他因为贪赃数千万而被免官。他又上书，奏请在陕州三门峡开道，凿山烧石，石壁一侧架起栈道，供纤夫行走牵船。河水湍急，所有雇用来的役夫都不给工钱，假如牵绳一断，栈梁一折，就扑杀数十人，然后用这些役夫的工钱买成粮食，来顶上这些死者的数目，并注明这些人是逃走的，通知当地官衙，囚禁他们的父母和老婆孩子。那些拉船的纤夫，都让他们前胸后背拴上两个利器，一旦落下栈道，摔到石上，一百人中也活不了一个。道路上响着悲痛的哭号，声音震动山谷，人们都把杨务廉称作人妖。天生此妖，用来残害百姓。

梦

周宣

【原文】

魏周宣，字孔和，善占梦。或有问宣者：“吾梦刍狗①。”宣曰：“君当得美食。”未几，复有梦刍狗，曰：“当堕车折脚。”寻而又云梦刍狗，宣曰：“当有火灾。”后皆如所言。其人曰：“吾实不梦，聊试君耳！三占不同，皆验，何也？”宣曰：“意形于言，便占吉凶。且刍狗者，祭神之物，故君初言梦之，当得美食也。祭祀即毕，则为所轹②，当堕车伤折。车轹之后，必载以樵，故云失火。”（出《魏志》）

【注释】

①刍狗：祭祀时草扎的狗。

②轹（lì）：车轮碾轧。

【译文】

魏国有个人叫周宣，字孔和，善于解梦。有人问周宣：“我梦见了刍狗。”周宣说：“你能吃到美食。”不一会儿，他又说梦见了刍狗。周宣说：“你要从车上摔下来，弄折脚。”过了会儿，他又说梦见了刍狗。周宣说：“你会遇上火灾。”后来确实像周宣说的那样。那人道：“我其实没有做梦，就是想试试你。三次占卜的说法都不同，却都应验了，为什么？”周宣说：“人的意念是通过语言表现出来，所以能够占卜吉凶。刍狗是用来祭神的，所以你第一次说梦见了它，是应得到美食。祭祀完毕，那刍狗也就被车轮碾轧，所以你会从车上摔下来弄折脚。车轧之后，它只能当柴烧，所以我说要失火。”

元稹

【原文】

元相稹为御史，鞫狱[①]梓潼。时白乐天在京，与名辈游慈恩寺，小酌花下，为诗寄元曰：“花时同辞破春愁。醉折花枝作酒筹。忽忆故人天际去，计程今日到梁州。”时元果及褒城，亦寄《梦游》诗曰：“梦君兄弟曲江头，也向慈恩院里游。驿吏唤人排马去，忽惊身在古梁州。”千里魂交，合若符契[②]也。（出《本事诗》）

【注释】

①鞫（jū）狱：古代指审讯人犯。

②符契：即符，又称符节。是古代朝廷调动军队或发布命令的信物，通常用竹板或金属制成，上面刻着文字，剖分为两半，一半留在朝廷，一半由将帅持有。

【译文】

唐相元稹做御史的时候，到梓潼郡审讯人犯。当时，白居易正在京城，与名流们游览慈恩寺。他在花前饮酒时，写了一首诗寄给元稹：“花时同辞破春愁，醉折花枝作酒筹。忽忆故人天际去，计程今日到梁州。”这时的元稹果然到了梁州的褒城，他也寄给白居易一首《梦游》诗：“梦君兄弟曲江头，也向慈恩院里游。驿吏唤人排马去，忽惊身在古梁州。”千里魂交，相合得好像符契一样。

巫

杨林

【原文】

宋世，焦湖庙有一柏枕，或云“玉枕”。枕有小坼[①]。时单父县人杨林为贾客，至庙祈求，庙巫谓曰：“君欲好婚否？”林曰：“幸甚。”巫即遣林近枕边。因入坼中，遂见朱楼琼室。有赵太尉在其中，即嫁女与林。生六子，皆为秘书郎。历数十年，并无思归之志。忽如梦觉，犹在枕旁。林怆然久之。（出《幽明录》）

【注释】

①坼：裂开。

【译文】

宋代，焦湖庙有一个柏树枕头，有人叫它“玉枕”，枕上有裂缝。当时，单父县人杨林做商人，来庙里求福。庙巫对他说：“你想结一门好亲吗？”杨林说：“那就太好了。”庙巫就让他来到柏枕旁，他就从那裂缝中走了进去，然后看见了朱楼琼室。里面有一个赵太尉，把女儿嫁给了他。他和妻子生了六个儿子，都成了秘书郎。一直过了好几十年，杨林也没有要出去的念头。忽然，他像是做梦睡醒一样，原来自己还站在枕头旁。他悲伤了好久。

妖妄

岭南淫祀

【原文】

岭南风俗：家有人病，先杀鸡鹅等以祀之，将为修福；若不差，即刺杀猪狗以礼之；不差，即次杀太牢[①]以祷之；更不差，即是命也。不复更祈。死则打鼓鸣钟于堂，比至葬讫。初死，但走大叫而哭。（出《朝野佥载》）

【注释】

①太牢：古代祭祀时，牛羊猪三牲全备为太牢。有时只指牛一牲。

【译文】

岭南的风俗：家里有人生病了，先杀鸡、鹅等来祭祀求福；如果不见好，就杀狗、猪祭祀作礼；还不见好，就杀牛、羊、猪祭祀；还不见好，那就认命了，不再祭祀。人死后就在堂前打鼓鸣钟，一直到埋葬完毕。病人刚死的时候，人们会一边跑一边大叫大哭。

姜抚先生

【原文】

唐姜抚先生，不知何许人也。尝著道士衣冠，自云年已数百岁。持符，兼有长年之药，度世之术，时人谓之姜抚先生。玄宗皇帝高拱穆清，栖神物表，常有升仙之言。姜抚供奉，别承恩泽。于诸州采药及修功德，州县牧宰[①]，趋望风尘。学道者乞容立于门庭，不能得也。有荆岩者，于太学四十年不第，退居嵩少，自称山人。颇通南北史，知近代人物。尝谒抚，抚简踞②不为之动。荆岩因进而问曰："先生年几何？"抚曰："公非信士，何暇问年几？"岩曰："先生既不能言甲子，先生何朝人也？"抚曰："梁朝人也。"岩曰："梁朝绝近，先生亦非长年之人。不审先生，梁朝出仕，为复隐居。"抚曰："吾为西梁州节度。"岩叱之曰："何得诳妄？上欺天子，下惑世人。梁朝在江南，何处得西梁州？只有四平、四安、四镇、四征将军，何处得节度使？"抚惭恨，数日而卒。（出《辩疑志》）

【注释】

①牧宰：泛指州县长官。

②踞（jù）：从足，从居。"居"意为"身体长时间不挪动位置"。"足"与"居"联合起来表示"腿足屈曲、身体长时间不挪动位置"。

【译文】

唐代有位姜抚先生，不知道他是个什么人。他曾经穿戴道士的衣冠，自称已经好几百岁了。他手里拿着符，有长生不老之药有超度世人的术法，所以当时的人们叫他姜抚先生。玄宗崇尚道教，安坐怡然，常常说些升仙之类的话。姜抚在皇帝驾下供奉，特别受皇帝恩泽。他在各州采药并修功德，各州县的官员都巴结他。来学道的人乞求自己能够在他的门庭侍奉，都做不到。有个叫荆岩的人，在太学学了四十年也没能中举，就隐退到嵩山少林寺，自称山人。他颇为精通南北朝的历史，对近代人物更是了解。他曾经拜见姜抚，姜抚只是随便坐着，根本不动弹。荆岩就走了进去，问他说："先生今年多大年纪？"姜抚说："你又不是道教信徒，问我多大年纪做什么？"荆岩说："先生既然不能说出自己的年纪，那么你是哪一朝代的人？"姜抚说："我是梁朝人。"荆岩说："梁朝太近了。先生看样子也没有多长的岁数。不用问，你一定在梁朝做过官，后来又隐居。"姜抚说："我原来是西梁州节度使。"荆岩怒斥道："你怎么能欺骗世人，胡说八道？你上欺天子，下迷惑世人。梁朝在江南，西梁州在什么地方？梁朝只设有四平、四安、四镇、四征将军，什么地方设过节度使？”姜抚羞惭恼恨，几天就死了。

明思远

【原文】

华山道士明思远，勤修道箓①，三十余年。常教人“金水分形之法”，并闭气存思，师事甚众。永泰中，华州虎暴。思远告人云：“虎不足畏，但闭气存思，令十指头各出一狮子，但使向前，虎即去。”思远兼与人同行，欲暮，于谷口行逢虎。其伴惊惧散去，唯思远端然，闭气存思。俄然为虎所食。其徒明日于谷口相寻，但见松萝及双履耳。（出《辩疑志》）

【注释】

①道箓：道教的符箓。凡入道者必受箓。

【译文】

华山道士明思远，勤奋钻研道教符箓三十多年。他常常教人“金水分形法”，并告诉人家要屏住呼吸靠意念行事，向他拜师的人很多。永泰年间，华州老虎为患。明思远告诉人们说：

“老虎没什么可怕的，只要闭气存思，想象十个手指头各出来一只狮子，让它们冲上前，老虎就跑了。”思远和人同行，天快黑了，在谷口遇上老虎。同伴吓得四处逃跑，只有明思远端坐着，闭气存思。没一会儿就被老虎吃掉了。他的徒弟们第二天到谷口找他，只看见松萝和一双鞋。

捉佛光事

【原文】

高燕公镇蜀日，大慈寺僧申报，堂佛光见。燕公判曰：“付马步使①捉佛光过。”所司密察之，诱其童子，具云：“僧辈以镜承隙日中影，闪于佛上。”由此乖露，擒而罪之。（出《北梦琐言》）

【注释】

①马步使：官名。

【译文】

高燕公镇守蜀郡时，大慈寺的僧人来报告，说大殿上有佛光闪现。燕公判说：“把这件事交给马步使，让他把佛光的事儿查明白。”司步使的人秘密调查，诱使童子，童子都说了：“那些和尚用镜子接着太阳从门缝中射入的光影，再反射到大佛身上。”这件就此暴露，把那和尚抓来判了罪。

神

四海神

【原文】

武王伐纣，都洛邑。明年阴寒，雨雪十余日，深丈余。甲子平旦，五丈夫乘马车，从两骑，止王门外。师尚父使人持一器粥出曰：“大夫在内，方对天子。未有出时，且进热粥，以知寒。”粥皆毕，师尚父曰：“客可见矣。”五车两骑，四海之神，与河伯①风伯②雨师③耳。南海之神曰祝融④、东海之神曰勾芒⑤、北海之神曰颛顼⑥、西海之神曰蓐收⑦。河伯风伯雨师，请使谒者。各以其名召之。武王乃于殿上，谒者于殿下门内，引祝融进。五神皆惊，相视而叹。祝融等皆拜。武王曰：“天阴乃远来，何以教之？”皆曰：“天伐殷立周，谨来授命。”顾敕风伯雨师，各使奉其职也。（出《太公金匮》）

【注释】

①河伯：古代中国神话中的黄河水神，原名冯夷，也作“冰夷”。又名川后（待证）。在《搜神记》里说他过河时淹死了，就被天帝任命为河伯管理河川。

②风伯：又称风师、箕伯，名字叫作飞廉。是中国古代神话传说中的神怪。

③雨师：又称萍翳、玄冥等。在中国古代神话传说中是掌管雨的神。

④祝融：名重黎（简称黎），又称祝诵、祝和。相传帝喾高辛氏时，他在有熊氏之墟（今新郑）担任火正之官，能昭显天地之光明，生柔五谷材

木，为民造福。帝喾命曰祝融，后世尊为火神。

⑤勾芒：中国古代民间神话中的木神（春神），主管树木的发芽生长，辅佐东方上帝青帝太皞。

⑥颛顼（zhuān xū）：中国上古部落联盟首领，“五帝”之一，姬姓，名乾荒；是黄帝之孙，昌意之子；中华人文始祖之一。

⑦蓐（rù）收：是古代中国神话传说中西方的秋神（金神），左耳有蛇，乘两条龙。传说蓐收是白帝少昊的辅佐神，有人说蓐收为白帝之子。还有说他是古代传说中的西方神明，司秋。

【译文】

武王伐纣，建都洛邑。第二年天气阴冷，一连下了十几天的雪，有的地方雪深一丈多。甲子平旦，五个大男人乘着马车，后面还跟着两个骑马的，停在武王门口。国师吕望让人拿一盆稀粥出来，说：“大夫在屋里，正同天子谈话。没有出来之前，请先喝热粥，避避寒。”喝完粥，吕望说：“现在可以见天子了。”那五车两骑，是四海之神、河伯、风伯和雨师。南海之神叫祝融，东海之神叫勾芒，北海之神叫颛顼，西海之神叫蓐收。河伯、风伯、雨师，请使者传达。于是各自以名字来召见传唤。武王坐在大殿上，谒者于殿下门内，把祝融领了进去。五神大惊，相视而叹。祝融等都向武王下拜。武王说：“天气不好，你们却远道而来，有何见教？”诸神皆说：“上天要伐殷立周，我们特地前来请求任命。”周武王看看风神和雨神，让他们都各司其职就好了。

淫祠

鲋父庙

【原文】

会稽石亭埭，有大枫树，其中朽空。每雨，水辄满。有估客携生鲋至此，辄放一头于朽树中。村民见之，以鱼鲋非树中之物，咸神之。乃依树起室，宰牲祭祀，未尝虚日，目为鲋父庙。有祷请及秽慢，则祸福立至。后估客复至，大笑，乃求鲋臛[①]食之，其神遂绝。（出刘敬叔《异苑》）

【注释】

①臛（huò）：肉羹。

【译文】

会稽县石亭埭，有棵大枫树，树身朽空。每到下雨，树身中就灌满了水。有一个商人带着一些活鲋鱼路过这里，就往里面放了一只。村民们发现了，因为鱼不能是在树里长的，都把它看得特别神，就靠着树修了座庙，宰牲献祭，天天不断，把这庙叫"鲋父庙"。有祈祷请求或是侮慢不敬的，就随着得福或生祸。后来那个商人又到了这里，哈哈大笑，并把树洞里的鱼取出来做成鱼羹吃掉，这种神异也绝了迹。

壁山神

【原文】

合州有壁山神，乡人祭，必以太牢，不尔致祸，州里惧之。每岁烹宰，不知纪极。蜀僧善晓，早为州县官，苦于调选，乃剃削为沙门，坚持戒律，云水参礼。行经此庙，乃曰："天地郊社[1]，荐享[2]有仪，斯鬼何得潜于天地。牛者稼穑之资，尔淫其祀，无乃过乎？"乃命斧击碎土偶数躯，残一偶，而僧亦力困。稍苏其气，方次击之。庙祝[3]祈僧曰："此一神从来蔬食。"由是存之。军州惊谔，申闻本道，而僧端然无恙。斯以正理责之，神亦不敢加祸也。（出《北梦琐言》）

【注释】

①郊社：祭天地。周代冬至祭天称郊，夏至祭地称社。

②荐享：指祭献，祭祀。

③庙祝：寺庙中管香火的人。

【译文】

合州有个壁山神，乡里的人祭祀时，必须宰杀猪、牛、羊，不然就降祸。州里的人都怕它。每年宰杀的牲畜不计其数。四川和尚善晓，早年做过州县官，苦于升迁调动，就剃度当了和尚，坚守佛门戒律，到处云游，各庙参拜。路过这个庙的时候，说："祭祀天地，祭礼都有限度，你这鬼是怎么藏在天地之间的。牛是种地的依靠，你们这样宰杀祭祀，不是太过分了吗？"就抡着斧头砸毁了好几个土做的神像，只剩下一个，善晓和尚也没有力气了，就休息一会儿，缓缓劲，再砸了它。庙祝恳求说："这个神一直是吃素的。"和尚才把这个神像留下。州里听说后大惊，上报到道台那里，然而善晓和尚安然无恙。用人间正理责备神，神也不敢降祸。

鬼

王明

【原文】

东莱王明儿，居在江西，死经一年，忽形见。还家经日，命招亲好，叙平生，云："天曹许以暂归。"言及将离，语便流涕。问讯乡里，备有情焉。敕儿曰："吾去人间，便已一周，思覩①桑梓②。"命儿同观乡间。行经邓艾庙，令烧之，儿大惊曰："艾生时为征东将军，没而有灵，百姓祠以祈福，奈何焚之？"怒曰："艾今在尚方摩铠，十指垂掘，岂其有神？"因云："王大将军亦作牛，驱驰殆毙。桓温为卒，同在地狱。此等并困剧理尽，安能为人损益。汝欲求多福者，正当恭慎，尽忠孝顺。无恚怒，便善流无极。"又令可录指爪甲，死后可以赎罪。又使高作户限，鬼来入人室内，记人罪过，越限拨脚，则忘事矣。（出《幽明录》）

【注释】

①覩：同"睹"。

②桑梓：指故乡。

【译文】

东莱有个人叫王明儿，住在江西，死了一年后，忽然形体出现。他回家住了几天，让人把亲朋好友都招来，讲了这辈子的很多事，说："天曹允许我暂时还阳。"说到很快又要分别，就流泪。他问候乡亲们的生活，十分有情。他对儿子说："离开人间一年，特别想念故乡。"他让儿子和他一起在家乡走走看看，经过邓艾庙时，让儿子把庙烧掉。儿子大惊说："邓艾生前是征东将军，死后也有神灵，百姓给他立祠祈福，为什么要烧？"他生气地说："邓艾现在阴间干的是擦摩铠甲的差事，十个手指都快磨坏了，哪来的神？"又说："王大将军也做了牛，被人驱赶快要累死了。桓温只不过当了个阴间的兵卒。这些人都在阴间地狱。这种自己都在受各种罪的人，能给人带来什么福气？你们想求福，就恭敬谨慎，尽忠尽孝，别惹神灵发怒，就有享不完的福了。"他还让平时把指甲剪下来以后积存起来，死后可以赎罪。还让把门坎做得高一些，鬼到家来，进屋里记人的罪过，走时让高门坎一绊，就把记的罪过都忘了。

赵吉

【原文】

郸县故尉赵吉，常在田陌间。昔日有一蹇①人死，埋在陌边。后二十余年，有一远方人，过赵所门处。远方人行十余步，忽作蹇，赵怪问其做，远人笑曰："前有一蹇鬼，故效以戏耳。"（出《幽明录》）

【注释】

①蹇：跛足。

【译文】

郸县原来的县尉赵吉常在田间，过去曾有一个跛子，死后埋在路边。二十年后，有一天有一个远方人走到赵吉门口，走了十来步，忽然跛着走路。赵吉很奇怪地问他在干嘛，那人笑着说："前面有一个瘸鬼，我是在学他玩呢。"

贾雍

【原文】

豫章太守贾雍，有神术。出界讨贼，为贼所杀，失头。上马回营，胸中语曰："战不利，为贼所伤。诸君视有头佳乎，无头佳乎？"吏涕泣曰：

"有头佳。"雍曰："不然①，无头亦佳。"言毕遂死。（出《幽明录》）

【注释】

①不然：不对，不是这样。

【译文】

豫章太守贾雍有神奇的法术。他出州讨伐贼寇的时候被贼杀了，头都掉了。他上马奔回营房，从胸腔里发声说："战斗失利，被贼寇所伤。各位看有头好呢，还是没有头好呢？"他的手下吏员哭着说："有头好。"贾雍说："不对，没头也很好。"说完就死了。

朱泰

【原文】

朱泰家在江陵。宋元徽中，病亡未殡，忽形见，还坐尸侧，慰勉其母，众皆见之，指挥送终之具，务从俭约，谓母曰："家比贫，泰又亡殁①。永违侍养，殡殓何可广费？"（出《述异记》）

【注释】

①殁：死。

【译文】

朱泰家在江陵。宋元徽年间，病死后还没有殡葬，他的鬼魂突然出现，就坐在他的尸体旁，劝慰他的母亲，大家都看见了。他告诉料理丧事的人，送终的东西，一切务必节俭，对母亲说："咱家这么穷，我又死了，再也不能侍奉赡养您，丧事怎么可以多花钱呢？"

刘隽

【原文】

元嘉初，散骑常侍刘隽，家在丹阳。后尝遇骤雨，见门前有三小儿，皆可六七岁，相率狡狯，面并不沾濡。俄见共争一匏壶子，隽引弹弹之，正中壶，霍然不见。隽得壶，因挂阁边。明日，有一妇人入门，执壶而泣，隽问之，对曰："此是吾儿物，不知何由在此？"隽具语所以，妇持壶埋儿墓前。间一日，又见向小儿持来门侧，举之，笑语隽曰："阿侬[1]已复得壶矣。"言终而隐。（出《幽明录》）

【注释】

①阿侬：古代吴一带人的自称，指"我""我们"。

【译文】

元嘉初年，散骑常侍刘隽，家住在丹阳。有一天遇见下暴雨，他看见门前有三个小孩儿，都是大约六七岁，看样子都很机灵淘气。脸上洁净，并不沾湿。不一会儿，他就见三个小孩在抢一个葫芦做的小壶。刘隽用弹弓打那壶，正中壶身，小孩们就突然不见了。刘隽得了壶，挂在阁边。第二天，一个妇人进门，拿着那只壶哭起来，刘隽问她怎么回事，她回答说："这是我儿子的东西，不知怎么会在这里？"刘隽告诉她原因，妇人就把壶拿走埋在她儿子的墓前。过了一天，刘隽又看见那小孩来到门边，手里举着那个壶，笑着对刘隽说："我又得到我的壶喽！"说完就不见了。

索万兴

【原文】

敦煌索万兴，昼坐厅事东间斋中，一奴子忽见一人著帻[1]，牵一驳马，直从门入。负一物，状如乌皮隐囊，置砌下，便牵马出行。囊自轮转，径入斋中，缘床脚而上，止于兴膝前。皮即四处卷开，见其中周匝是眼，动瞬甚可憎恶。良久，又还更舒合，仍轮转下床，落砌而去。兴令奴子逐至司厅事东头灭，恶之，因得疾亡。（出《述异记》）

【注释】

①帻（zé）：又称巾帻。古代中国男子包裹鬓发、遮掩发髻的巾帕。

【译文】

敦煌人索万兴，白天坐在公事房东边的书斋，一个仆人忽然看见一个人戴着头巾，牵着一匹青白杂色马，直接进了大门。马身上驮着一件东西，像一个黑色的皮袋。那人把皮包扔在台阶下，就牵着马走了。那黑皮袋自己一圈圈转起来，一直转进了书房，顺着床腿滚上来，停在索万兴的膝前。那黑皮袋就自动从四边打开，只见里边周围全都是眼睛，每个眼睛都又眨巴又动弹的，十分可怕吓人。好一阵子，黑皮袋又自动合上，仍然转着下了床，又下了台阶，走了。索万兴叫仆人追那怪物，直追到办公房的东头，就消失了。索万兴越想越憎恶，接着就得病死了。

马道猷

【原文】

南齐马道猷为尚书令史，永明元年，坐省中①，忽见鬼满前，而傍人不见。须臾两鬼入其耳中，推出魂，魂落屐上。指以示人："诸君见否？"旁人并不见。问魂形状云何，道猷曰："魂正似虾蟆②。"云："必无活理，鬼今犹在耳中。"视其耳皆肿，明日便死。（出《述异记》）

【注释】

①省中：宫禁之中。

②虾蟆：同"蛤蟆"。

【译文】

南齐马道猷为尚书令史。永明元年，坐在宫中，忽然看见鬼满满地站在眼前，而旁人都看不见。不一会儿，两个鬼进入他耳中，推出他的魂，魂落在鞋上。马道猷指着魂示意旁人："诸位看到了吗？"旁人并没有看见，问魂的形状像什么，道猷说："魂正像蛤蟆。"还说："我一定要死了，鬼现在还在我的耳朵里呢。"旁人看他的耳朵都肿了，第二天就死了。

陆余庆

【原文】

陆余庆，吴郡人，进士擢第①。累授长城尉，拜员外监察。久视中，迁凤阁舍人，历陕州刺史、洛州长史、大理寺少府监。主睿宗辒车不精，出授沂州刺史。余庆少时，尝冬日于徐亳间夜行，左右以囊橐[2]前行，余庆缓辔蹑之。寒甚，会群鬼环火而坐，庆以为人，驰而遂下就火。讶火焰炽而不煖，庆谓之曰："火何冷，为我脱靴。"群鬼但俯而笑，不应。庆顾视之，群鬼悉有面衣[3]。庆惊，策马避之，竟无患。其旁居人谓庆曰："此处有鬼为祟，遭之者多毙。郎君竟无所惊惧，必福助也。当富贵矣！"（出《御史台记》）

【注释】

①擢第：科举考试及第。

②囊橐（náng tuó）：袋子。

③面衣：死者的盖面布。

【译文】

陆余庆，吴郡人。进士及第。先后任长城尉、员外监察。武则天久视年间，任凤阁舍人。历任陕州刺史、洛州长史、大理卿少府监。主管睿宗輼车不胜任，出任沂州刺史。余庆年轻的时候，曾于冬天在徐、亳州之间夜晚赶路，仆人们带着行李在前面走，余庆放松马缰缓行。天气非常冷，正好遇到一群鬼围火而坐。余庆以为是人，就打马过去下来烤火。他很惊讶火焰看着炽烈，却不暖和，对他们说："火怎么这么冷？给我脱了靴子。"群鬼只是低着头笑，不答理他。余庆四下里看看，发现他们都有遮面布，十分吃惊，打马逃避，竟然没有后患。旁边住户对余庆说："这地方有鬼作祟。遇到的人大多死了。你竟然没有吓到，一定有福星相助，必定富贵。"

河湄人

【原文】

开元六年，有人泊舟于河湄者，见岸边枯骨，因投食而与之。俄闻空中愧谢之声，及诗曰："我本邯郸士，祗役[1]死河湄。不得家人哭，劳君行路悲。"（出《灵怪录》）

【注释】

①祗（zhī）役：奉命任职。

【译文】

开元六年，有个乘船到河湄的人，看见岸边有白骨，就扔些吃的东西给它。不一会听到空中有惭愧感谢的声音，还有诗道："我本邯郸士，祇役死河湄。不得家人哭，劳君行路悲。"

王鉴

【原文】

兖州王鉴，性刚鸷，无所惮畏，常陵侮①鬼神。开元中，乘醉往庄，去郭三十里。鉴不涉此路，已五六年矣。行十里已来，会日暮。长林下见一妇人，问鉴所往。请寄一袱，而忽不见。乃开袱视之，皆纸钱枯骨之类。鉴笑曰："愚鬼弄尔公。"策马前去，忽遇十余人聚向火。时天寒，日已昏，鉴下马诣之。话适所见，皆无应者。鉴视之，向火之人半无头，有头者皆有面衣。鉴惊惧，上马驰去。夜艾②，方至庄，庄门已闭。频打无人出，遂大叫骂。俄有一奴开门，鉴问曰："奴婢辈今并在何处？"令取灯而火色青暗，鉴怒，欲挞奴，奴云："十日来，一庄七人疾病，相次死尽。"鉴问："汝且如何？"答曰："亦已死矣。向者闻郎君呼叫，起尸来耳。"因忽颠仆③，既无气矣。鉴大惧，走投别村而宿。周岁，发疾而卒。（出《灵异集》，明钞本、陈校本俱作出《灵怪集》）

【注释】

①陵侮：凌辱，欺压。

②夜艾：夜深。

③颠仆：跌倒。

【译文】

兖州王鉴，性格刚直，什么都不怕，经常辱骂鬼神。开元年间，趁着酒醉骑马去庄子上，离城里三十里地。王鉴不走这条路已经有五六年，走了十来里路，正好日落黄昏，在树林下出现一个妇人，问王鉴去哪里，请他寄送一个包裹，就忽然不见了。王鉴便打开包裹一看，里面都是纸钱和白骨之类的东西，王鉴笑着说："傻鬼戏弄你家老爷。"骑着马继续向前走，忽然遇到十多个人聚着烤火，当时天气很冷，天色已晚，王鉴下马也到那里去。他说了刚才见到的情况，却没有一个人搭理他。王鉴仔细看看，烤火的人一半没有头，有头的人都戴着面衣。王鉴惊恐，上马飞奔离去。深夜才到庄子上，庄子门已经关闭，不断地敲打也没人出来，于是他大叫大骂。不一会儿，有一个奴仆开门，王鉴问道："奴婢们现在都在什么地方？"王鉴让那奴仆拿出油灯，可是火光发青黯淡。王鉴怒了，想要抽打奴仆，奴仆说："十天来，一个庄园七个人患病，一个接一个都死光了。"王鉴问道："那你怎么样？"奴仆回答道："我也已经死了。刚才听到郎君您呼叫，尸体就站起来了。"说完忽然跌倒，就没气了。王鉴非常恐惧，跑到别村住宿了，一年以后，发病而死。

朱自劝

【原文】

吴县朱自劝以宝应年亡。大历三年，其女寺尼某乙，令往市买胡饼，充斋馔物。于河西见自劝与数骑宾从二十人，状如为官。见婢歔欷[①]，问："汝和尚好在，将安之？"婢云："命市胡饼作斋。"劝云："吾此正复有饼。"回命从者，以三十饼遗之，兼传问讯。婢至寺白尼，尼悲涕不食，饼为众人所食。后十余日，婢往市，路又见自劝，慰问如初。复谓婢曰："汝和尚不了[②]，死生常理，何可悲涕，故寄饼亦复不食。今可将三十饼往，宜令食也。"婢还，终不食。后十日，婢于市，复见自劝。问讯毕，谓婢曰："方冬严寒，闻汝和尚未挟纩[③]。今附绢二匹，与和尚作寒具。"婢承命持还，以绢授尼。尼以一匹制裤，一留贮之。后十余日，婢复遇自劝，谓曰："有客数十人，可持二绢。令和尚于房中作馔，为午食。明日午时，吾当来彼。"婢还，尼卖绢，市诸珍膳。翌日待之，至午，婢忽冥昧久之，灵语因言客至。婢起只供食，食方毕，又言曰："和尚好住，吾与诸客饮食致饱，今往已。"婢送自劝出门，久之方悟，自尔不见。（出《广异记》）

【注释】

①歔欷（xū xī）：哽咽；抽噎。也作嘘唏。

②不了：指不明了；不明白。

③挟纩（jiā kuàng）：披着绵衣。

【译文】

吴县朱自劝在宝应年中死亡。大历三年，他的女儿某乙在寺里当尼姑，让婢女去集市上买胡饼，充当斋饭。婢女在河西看见朱自劝和几个骑马，还有随从二十人，看上去好像做官的样子。他看见婢女就哽咽起来，问："你家和尚好吗？你要去哪儿？"婢女说："让我买胡饼当斋饭。"朱自劝说："我这儿正好还有饼。"回头命跟从的人：把三十个饼给她，并且让好转达问候。婢女回到寺院告诉了尼姑这件事，尼姑悲伤不吃，饼被众人吃了。后来过了十几天，婢女去市集买东西，路上又见到了朱自劝，和原先一样慰问。朱自劝又对婢女说："你家和尚看不透彻，死生是常理，悲伤落泪干什么，以前给她的饼也不吃，现在可把三十个饼带去，你要让她吃。"婢女回来，尼姑始终不吃。又过了十天，婢女在市上，又看到朱自劝。问候完毕，对婢女说："正是冬天严寒，听说你家和尚没穿绵衣。如今给你两匹绢，给和尚做御寒的衣服。"婢女奉命拿回来，把绢给了尼姑。尼姑用一匹绢做了裤子，一匹绢留起来。十多天后，婢女又遇到朱自劝，朱自劝对她说："有几十个客人，可以拿两匹绢，让和尚在房中做饭，当午餐。明天午时，我会去那里。"婢女回去，尼姑卖绢，买了各种珍奇美食。第二天等待他们，到了午时，婢女忽然不省人事很久，显灵说客人到了。婢女起来，供应膳食，刚吃完，又说道："和尚好好的，我和客人们吃得很饱，现在走了。"婢女送朱自劝出门，很久才醒过来，从此再没看见朱自劝。

周济川

【原文】

周济川，汝南人，有别墅在杨州之西。兄弟四人俱好学，尝一夜讲授罢，可三更，各就榻将寐。忽闻窗外有格格之声，久而不已。济川于窗间窥之，乃一白骨小儿也，于庭中东西南北趋走。始则叉手，俄而摆臂。格格者，骨节相磨之声也。济川呼兄弟共觇①之。良久，其弟巨川厉声之，一声小儿跳上阶，再声入门，三声即欲上床。巨川元骂转急。小儿曰："阿母与儿乳。"巨川以掌击之，随掌堕地，举即在床矣，腾趠②之捷若猿玃③。家人闻之，这意有非，遂持刀棒而至。小儿又曰："阿母与儿乳。"家人以棒击之，其中也，小儿节节解散如星，而复聚者数四。又曰："阿母与儿乳。"家人以布囊盛之，提出，远犹求乳。出郭四五里，掷一枯井。明夜又至，手擎布囊，抛掷跳跃自得。家人辈拥得，又以布囊，如前法盛之，以索括囊，悬巨石而沉诸河，欲负趋出，于囊中仍云："还同昨夜客耳。"余日又来，左手携囊，右手执断索，趋驰戏弄如前。家人先备大木，凿空其中，如鼓扑，拥小儿于内，以大铁叶，冒其两端而钉之，然后锁一铁，悬巨石，流之大江。负欲趋出，云："谢以棺槨④相送。"自是更不复来，时贞元十七年。（出《祥异记》。明抄本作出《广异记》。）

【注释】

①觇（chān）：窥视；观测。

②腾趠（chuō）：见"腾踔"，跳起。

③玃（jué）：大猴。

④槨（guǒ）：同"椁"。

【译文】

周济川是汝南人，在杨州的西边有别墅。兄弟四人都好学，曾有一天夜里，讲授课后，大约三更，各自躺在床上要睡觉了，忽然听到窗外有格格的声音，很久不停。济川从窗缝偷偷看，是一个白骨小孩儿，在院子里东西南北奔跑，刚开始叉手，一会儿又摆臂。格格是骨节相摩擦的声音。济川招呼兄弟一起看，过了很久，他的弟弟巨川厉声斥责，第一声小孩跳上台阶，第二声进了门，第三声就要上床。巨川骂得更急了，小孩说："阿母给我奶吃。”巨川用手掌打他，随着掌声，他掉到地上，抬起手掌，他就在床上，跳得高高的，像敏捷的猿猴。家人听说，以为出什么事了，就拿着刀棒而来。小孩又说：“阿母给我奶吃。”家人用棒打他，打中后，小孩的骨头一节一节地散开像星星，接着又聚集起来多次。还说：“阿母给我奶吃。”家人用布袋装上他提出去，走很远了，还要奶吃。出城四五里，投到一个枯井里。第二天夜里又来了，手擎着布袋，抛掷跳跃，玩得很开心。家人们一拥而上抓住他，又用布袋像先前的办法一样装上他，用绳子束紧袋口，挂上大石头，沉到河里。要背他走时，他在袋中仍然说：“还同昨夜一样来做客。”余日又来，左手拿着口袋，右手拿着断绳，奔跑戏弄，像从前一样。家人先准备好大木头，其中凿空，像个鼓扑，把小孩装在里面，用大铁片，覆盖两头又用钉子钉上，然后用一把铁锁锁上，挂上大石头，放到大江里，让它顺流漂去。背着要走的时候，说：“感谢用棺椁相送。”从此再没有回来，当时是贞元十七年。

刘方玄

【原文】

山人①刘方玄自汉南抵巴陵，夜宿江岸古馆。厅西有巴篱隔之，又有一厅，常扃锁。云，多怪物，使客不安，已十年不开矣。中间为厅，廊崩摧。郡守完葺，至新净，而无人敢入。方玄都不知之。二更后，月色满庭，江山清寂。唯闻篱西有妇人言语笑咏之声，不甚辨。唯一老青衣语稍重而秦音者，言曰：“往年阿郎贬官时，常令老身骑偏面騧②，抱阿荆郎。阿荆郎娇，不肯稳坐。或偏于左。或偏于右。附损老身左膊。至今天欲阴，则酸疼焉。今又发矣。明日必天雨。如今阿荆郎官高也，不知有老身无？”复闻相应答者。俄而有歌者，歌音清细，若曳缕之不绝。复吟诗，吟声切切，如含酸和泪之词，不可辨其文。久而老青衣又曰：“昔日阿荆郎，爱念‘青青河畔草’，今日亦可谓‘绵绵思远道’也。”仅四更，方不闻。明旦果大雨。呼馆吏讯之，吏云：“此西厅空无人。”方叙宾客不敢入之由，方玄因令开院视之，则秋草苍占没阶，西则连山林，无人迹也。启其厅，厅则新净，了无所有。唯前间东柱上有诗一首，墨色甚新。其词曰：“爷娘送我青枫根，不记青风几回落。当时手刺衣上花，今日为灰不堪著。”视其言，则鬼之诗也。馆吏云，此厅成来，不曾有人居。亦先无此题诗处。乃知夜来人也，复以此访于人，终不能知之。（出《博异记》）

【注释】

①山人：一般指隐士高人或与世无争的高人；又指山野之人或山里之人，谦称。

②騧（guā）：黑嘴的黄马。

【译文】

隐士刘方玄从汉南抵达巴陵，夜间住在江边的古馆。厅西有篱笆隔开，还有一厅，总锁着门，说是多有怪物，使客人不安稳，已经十年不开了。中间是大厅，走廊倒塌，郡守全部修葺到又新又净的地步，可是无人敢入。方玄完全不知道这些。二更以后，月色照满庭院，江山清凉空寂，只听到篱笆西边有妇人说笑的声音，不是很清楚，只有一老女人声音稍大，而且是秦地腔调，说道：“往年阿郎贬官的时候，常常让我身骑偏面騧。抢着阿荆郎，阿荆郎娇气，不肯稳坐。有时偏

在左，有时偏在右，掉下来损伤了我的左胳膊。到现在要阴天，就会酸疼。如今又复发了，明天一定下雨。如今阿荆郎官做大了，不知道还记不记得我。”又听到应答的。一会儿有个唱歌的，歌声清细，像拖曳着的丝线一样不绝如缕。又吟诗，吟声凄切，像含着辛酸和眼泪的词句，不能辨清那些字。过了好久，老婢女又说：“从前的阿荆郎，爱念‘青青的河边草’，现在可称得上‘绵绵思念远道’了。”将近四更，才听不到声音。第二天早晨果然下了大雨。他召呼馆吏打听，馆吏说：“这个西厅空着没人住。”才告诉他宾客不敢进入的原因。方玄就让他打开院门看看，只见秋草苍苔遮没了台阶，向西边则连着山林，没有人迹。打开厅门，厅里新鲜干净，一无所有。只是前屋东边的柱子上有诗一首，墨迹很新，那词是：“爷娘送我青枫根，不记青风几回落。当时手刺衣上花，今日为灰不堪著。”看那文字，是鬼写的诗。馆吏说，这厅建成以来，不曾有人居住，先前也没有这题诗的地方。这才知道夜里有人来，又就这件事去寻访别人，终究不能查明。

李浔

【原文】

咸通中，中牟尉李浔，寓居圃田别墅。性刚戾，不以鬼神为意。每见人酹酒，必怒而止之。一旦，暴得风眩①，方卧于庑②下，忽有田父立于榻前，云：“邻伍间欲来省疾。”见数人，形貌尫劣③，服饰或紫或青。有矮仆，提酒两壶，历阶而上。左右妻子，悉无所睹。谓浔曰：“尔常日负气，忽于我曹。醪醴之间，必为他人爱惜。今有醇酎数斗，众欲为君一醉。”俄以巨杯，满酌饮浔，两壶俱尽，余沥满席。谓浔曰：“何以常时惜酒也耶？”自尔百骸昏悴，如宿宿酲惙然，数月方愈。（出《剧谈录》）

【注释】

①风眩：病名。因风邪、风痰所致的眩晕。

②庑（wǔ）：古代正房对面和两侧的屋子；大屋。

③尫（wāng）劣：孱弱；怯弱。

【译文】

唐懿宗咸通年间，河南中牟县的县尉李浔住在圃田别墅。他性情刚毅暴戾，从来不把鬼神放在眼里。每当他看到有人向鬼神祭酒，就会生气制止。一天，他突然得了风眩，在屋子里躺着，就见农夫站在床榻前，说：“邻居们听说你病了，特地来看望你。”李浔看这几个人相貌孱弱，穿的衣服有的紫有的青。有一个矮小的仆人提着两壶酒沿着台阶走上来。身旁的人和妻子都看不见。他们对他说：“你平时凭着意气，瞧不起我们。别人敬我们点酒，你也舍不得。今天我带来几斗好酒，大家和你一起喝个痛快吧！”说着就拿来一个大杯，倒满了给李浔，两壶酒都倒光了，床席上洒了很多。他们又对李浔说：“你平常怎么那么舍不得酒呢？”李浔从此四肢百骸都昏昏沉沉，衰弱颓靡，就像天天都喝得烂醉一样，过了好几个月才没事了。

青州客

【原文】

朱梁时，青州有贾客泛海遇风，飘至一处，远望有山川城郭，海师曰：“自顷遭风者，未尝至此。吾闻鬼国在是，得非此耶？”顷之，舟至岸，因登岸。向城而去。其庐舍田亩，不殊①中国。见人皆揖之，而人皆不见已。至城，有守门者，揖之，亦不应。入城，屋室人物甚殷。遂至王宫，正值大宴，君臣侍宴者数十，其衣冠器用丝竹陈设之类，多类中国。客因升殿，俯逼王坐以窥之。俄而王有疾，左右扶还，亟②召巫者视之。巫至，“有阳地人至此，阳气逼人，故王病。其人偶来尔，无心为祟，以饮食车马谢遣之，可矣。”即具酒食，设座于别室，巫及其君臣，皆来祀祝。客据按而食。俄有仆夫驭马而至，客亦乘马而归。至岸登舟，国人竟不见己。复遇便风得归。时贺德俭为青州节度，与魏博节度杨师厚有亲，因遣此客使魏，其为师厚言之。魏人范宣古，亲闻其事，为余言。（出《稽神录》）

【注释】

①殊：异，不同。

②亟（jí）：副词，急迫。

【译文】

五代朱梁时，山东青州有个商人坐船在海上航行时遇到了风暴，漂流到一个地方。远远看去，上面有山川城郭。船上的海师说，“以前遇到风暴，没有来过这里。我听说鬼国就在这里，不知道是不是。”不一会，船靠了岸，他们就上岸了，奔城郭而去。那里的田园房舍，和中国没有什么两样。那里的人相见也是互相作揖，但他们都看不见这群刚上岸的人。到了城门前，有守门的人。他们向守门的人行礼，守城门的人也不搭理。进城以后，房宇人物很是富庶殷实。接着进了王宫，王宫里正在大摆宴会，有几十个大臣和侍从，他们的衣帽穿戴和使用的器皿陈设之类，也很像中国。客人们登上大殿，坐在国王的旁边仔细观察他。不一会儿，国王就生了病，左右侍从把他扶下去，急忙找来巫师察看情况。巫师说：“有阳间人来到这里，阳气逼人，所以国王才会病倒。他们是偶然来到这里，并不是成心来作怪，只要给他们饮食车马送他们走就行了。”于是就摆上酒饭，在另外一个厅堂里设了座位，巫师和大臣们都来祭祀祝祷。商人们就在桌子边上吃了起来。不一会儿有仆役牵着马来，客人们就骑上马原路返回，到了岸上，上船出发，这一国的人竟然看不见他们。他们乘着顺风回到青州，当时贺德俭任青州节度使，与魏博节度使杨师厚是亲戚，就派这些商客出使魏博，他们向杨师厚报告了这件事。魏博人范宣古亲耳听到这件事，然后又告诉了我。

妖怪

东方朔

【原文】

汉武帝东游，至函谷关，有物当道，其身长数丈，其状象牛。青眼而曜精，四足入土，动而不徙①。百官惊惧，东方朔乃请酒灌之，灌之数十斛而消。帝问其故，答曰："此名忧，患之所生也。此必是秦之狱地。不然，罪人徙作地聚。夫酒忘忧，故能消之也。"帝曰："博物之士，至于此乎？"（出《搜神记》）

【注释】

①徙（xǐ）：迁移。

【译文】

汉武帝刘彻东巡走到函谷关时，被一个怪物挡住了道路。怪物身长几丈，形状像牛。黑色的眼睛发着光亮，四只脚陷进土里，谁也挪不动它。官员们又惊又怕。东方朔就请皇帝拿酒灌它，灌了几十斛酒后，怪物消失了。汉武帝问他什么缘故，东方朔说，"这怪物叫'忧'，是'患'所生的。此地一定是秦朝兴狱之地，不然的话，就是罪犯流徙聚集之地。酒能忘忧，所以用酒可以消除它。"皇帝说："博学多才的人，懂得这么多吗？"

安阳黄氏

【原文】

北齐武成时，安阳县有黄家者，住古城南。其先累世巨富，有巫师占君家财物欲出，好自防守。若去，家即大贫。其家每夜使人分守。夜有一队人，尽着黄衣，乘马，从北门出。一队白衣人，乘马，从西门出。一队青衣人，乘马，从东园门出。悉借问赵虞家此去近远。当时并忘，去后醒觉，抚心懊悔，不可复追。所出黄白青者，皆金银钱货。良之，复见一人，跛脚负薪而来，亦问赵虞，家人念极，命奴击之。就视，乃家折脚铛[①]也。自此之后，渐贫，死亡都尽。（出《广古今五行记》）

【注释】

①铛（chēng）：烙饼用的平底锅。

【译文】

北齐武成时，安阳县有一家姓黄的，住在古城南。他的祖先辈辈都巨富。有巫师给他占卜，说他家的财物要离去，让他们好好防守。如果财物离开了，他家就会特别穷困。他家每夜都派人分别看守。夜里，有一队人，全都穿黄衣服，骑着马，从北门走出来；一队白衣人，骑着马，从西门走出来；一队青衣人，骑着马，从东园门走出来。他们都打听赵虞家离这儿有多远。当时人们都忘了财物要离去的事，他们离开后，才想起来，抚着胸膛，非常后悔，但是已经追不上了。走出去的穿黄、白、青衣服的人，全都是金银钱货。很久以后，又见到一个人，瘸着腿，背着柴禾走出来，也打听赵虞。家里人想起这回事，让奴仆们打他。走近一看，原来是家里折了腿的平底锅。从此以后，他们家就渐渐穷了，到他死的时候就什么都没有了。

长孙绎

【原文】

长孙绎之亲曰郑使君，使君惟二子，甚爱之。子年十五，郑方典郡，常使苍头[①]十余人给其役，夜中，苍头皆食，子独坐，忽闻户东有物行来，履地声甚重，每移步殷然。俄到户前，遂至床下。乃一铁小儿也，长三尺，至粗壮，朱目大口。谓使君子曰："嘻！阿母呼，令吮乳来。"子惊叫，跳入户。苍头既见，遽报使君。使君命十余人，持棒击之，如击石。徐而下阶，望门南出。至以刀斧锻，终不可伤。命举火爇之，火焚其身，则开口大叫，声如霹雳，闻者震倒。于是以火驱之，既出衙门。举足蓦一车辙，遂灭，其家亦无休咎②。（出《纪闻》）

【注释】

①苍头：指奴仆。

②休咎：吉凶；善恶。

【译文】

长孙绎的亲戚是郑使君，郑使君只有两个儿子，他很爱他们。儿子十五岁时，他才到郡中当了郡守。常常有十几个奴仆给他使役。夜里，奴仆们都在吃饭，儿子独自坐在那里，忽然听见窗户东面有什么东西走过来，脚步声很重，每走一步都很大声。不一会儿，那东西来到门前，就走到床下。原来是一个小铁孩儿，三尺高，特别粗壮，红眼睛，大嘴巴。它对郑使君的儿子说："喂，你妈叫你，让你来吃奶呢。"儿子惊叫，跳到门里去。奴仆们看见了，急忙报告使君。使君派十多人拿大棒打它，就像打石头一样。它慢慢地下了台阶，望着大门南面走出去。甚至用刀斧砍它，也到底没有砍伤它。又让人用火烧它，它就开口大叫，声音像霹雳，听到的人都震倒了。于是用火驱赶它走出衙门。它抬脚忽然踩进车辙里，就消失了。他家也没发生什么福事和祸事。

怀州民

【原文】

开元二十八年，春二月，怀州武德、武陟、修武、三县人，无故食土，云味美异于他土。先是武德期城村妇人，相与采拾，聚而言曰："今米贵人饥，若①为生活！"有老父，紫衣白马，从十人来过之，谓妇人曰："何忧无食？此渠水傍土甚佳，可食，汝试尝之。"妇人取食，味颇异，遂失老父。

乃取其土至家，拌其面为饼，饼甚香。由是远近竟取之，渠东西五里，南北十余步，土并尽。牛肃时在怀，亲遇之。（出《纪闻》）

【注释】

①若：如何，怎么。

【译文】

开元二十八年，春二月，怀州武德、武陟、修武三个县的人，无缘无故吃起土来，说这土味道很美，与别的土不同。先是武德县期城村的妇人们约着一块采拾，聚到一起说："如今米贵人饿，怎么生活！"有一个老头，穿紫衣骑白马，带着十来个随从拜访她们，对妇人说："何愁没东西吃？这渠水边的土很好，可以吃，你们吃吃试试。"妇人就拿来一吃，味道很美，回头就不见老头了。妇人就把土带回家去，拌上面做成饼，饼非常香。从此，远近的人争相挖取。渠的东西两边五里之内，南北十余步内，土全被挖光。牛肃当时在怀州，亲自遇到过这种事。

许敬张闲

【原文】

唐贞元中，许敬、张闲同读书于偃月山。书堂两间，人据其一，中隔有丈。许西而张东，各开户牖。初敬遽相勖励①，情地甚狎。自春徂冬，各秉烛而学。一夜二更，忽有一物，推许生户而入。初意其张生，而不之意。其物已在案侧立。及读书遍，乃回视。方见一物，长可五尺余，虎牙狼目，毛如猿玃，爪如鹰鹯，服豹皮褌②，见许生顾盼，乃叉手端目，并足而立。许生恐甚，遂失声，连叫张生相救。如是数百声。张生灭烛，柱户佯寝，竟不应之。其物忽倒行，就北壁火炉所，乃蹲踞视。许生呼张生不已。其物又起，于床下取生所用伐薪斧，却回而坐，附火复如初。良久，许生乃安心定气而言曰："余姓许名敬。辞家慕学，与张闲同到此。不早谒诸山神，深为罪耳。然浮俗浅识，幸勿责之。"言已，其物奋起，叉手鞠躬，唯

唯而出。敬恨张生之甚也，翌日，乃撤书而归。于是张生亦相与俱罢，业竟不成。（出《传信志》）

【注释】

①勖励（xù lì）：勉励。

②褌：裤子。

【译文】

唐朝贞元年间，许敬、张闲一起在偃月山读书。书堂共两间，一人占一间，中间隔了有一丈远。许敬在西，张闲在东，各开各的门窗。起初二人互相敬重，互相勉励，感情十分亲密。从春到冬，各自秉烛而学。一天夜里二更天，忽然有一个东西，推开许敬的门走进来。他一开始还以为是张闲，没有在意。那东西已经在书案旁边站定。等许敬读完一遍，回头一看，才看到一个怪物，大约五尺多高，虎牙狼眼，毛像猿猴，爪子像鹰鹞，穿着豹皮裤子。见许敬扭头看它，就叉手正眼，并脚站立。许敬吓得失声，连连大叫张闲来救他。喊了几百声，张闲熄了灯，把门插上装睡，竟然不答理他。那怪物忽然倒退着走到北墙下的火炉附近，然后蹲在那里看他。许敬不停地喊张闲。那怪物又站起来，在床下拿起许敬砍柴的斧，又退回去坐下，像原先一样守在火炉旁边。许久，许敬安神定气地说："我姓许名敬，离家来求学，和张闲一块来到这里，没有早点去拜见诸位山神，实在是有罪。但是我浅见薄识，请不要怪罪。"说完，那怪物一下站起来身来，叉手鞠了个躬，就唯唯地退出去了。许敬恨张生做人过分，第二天就撤书回家了。于是张闲也撤书回家，学业到底没成。

郑细

【原文】

唐阳武侯郑细罢相，自岭南节度入为吏部尚书，居昭国里。弟组为太常少卿，皆在家。厨馔将备，其釜①忽如物于灶中筑之，离灶尺余，连筑不已。其旁有铛[2]十余所，并烹庖将热，皆两耳慢摇。良久悉能行，乃止灶上。每三铛负一釜而行，其余列行引从，自厨中出。在地有足折者，有废不用者，亦跳踯而随之。出厨，东过水渠。诸铛并行，无所碍，而折足者不能过。其家大小惊异，聚而视之，不知所为。有小儿咒之曰："既能为怪，折足者何不能前？"诸铛乃弃釜于庭中，却过，每两铛负一折足者以过。往入少卿院堂前，大小排列定。乃闻空中轰然，如屋崩，其铛釜悉为黄埃黑煤，尽日方定。其家莫测其故。数日，少卿卒，相国相次而薨[1]。（出《灵怪集》）

【注释】

①釜（fǔ）：古代的炊事用具，相当于现在的锅。

②铛（chēng）：烙饼用的平底锅。

【译文】

唐朝时，阳武侯郑细被罢免了丞相的官职，从岭南节度使入京做了吏部尚书，住在昭国里。他弟弟郑缊是太常少卿，兄弟二人都在家，厨房的饭菜将齐备，锅忽然像有东西在灶中杵它，离灶一尺多高，杵个不停。旁边有十几个平底锅，都在煮着东西，将热的时候都两耳慢慢地摇动。过了好一阵子，就都能走路，走到灶上停下。每三个平底锅架起一口大锅行走，其余的列队或者引导，或者随从，从厨房走出。在地上有折断脚的，有废弃不用的，也一蹦一跳地跟着。出了厨房，向东过水渠。平底锅们一块行走，没有什么阻碍，而断了脚的过不去。他家的一家人大大小小都很惊异，聚在一起观看，不知该怎么办。有一个小男孩咒骂道："既然能作怪，断了脚的为什么不能往前走？"平底锅们就把大锅扔在院子里，退回来，每两个平底锅架一个断了脚的，这样过了水渠。走到少卿的院堂前，大小排列站定，就听空中轰轰地响起来，像房子崩塌一样。那些平底锅和大锅都变成了黄土块和黑煤块。闹腾了一整天才安定下来。他们家搞不懂原因。过了几天，太常少卿郑缊死了，相国郑细也相继死去。

马举

【原文】

马举，常为山南步奏官。间道①入蜀，时兵后僻路，绝无人烟。夜至一馆，闻东廊下有人语声，因往告之。有应者云："中堂有床，自往宿去。"举至中堂，唯有土榻。求火，答云，无火。求席，隔屋掷出一席，可重十余斤。举亦壮士，殊不介意。中夜，有一物如猴，升榻而来。举以铁椎急击之，叫呼而走。及明告别，其人怒去。更云："夜来见伊独处，令儿子往伴，打得几死。"举推其门，不可开。自隙窥之，积壤②而已。举后为太原大将，官至淮南节度使。（出《稽神录》）

【注释】

①间道：偏僻的小路。

②积壤：土堆。

【译文】

马举，曾经做过山南步奏官。他从小道入蜀，当时战乱后的偏僻小路，没有人烟。夜晚来到一家旅馆，听到东廊下有人说话的声音，就过去向人家求宿。有人回应说："中堂有床，你自己去睡。"马举来到中堂，见里边只有土炕。他要火，人家答说没有火。他要席，隔屋扔出来一张席，大约重十来斤。马举也是个壮士，一点也不介意。半夜，有一个像猴一样的东西，跑到榻上。马举急忙用铁椎揍它，它大呼小叫地跑了。等到天明告别，那人生气地离去，还说："夜里见你独处，让儿子去跟你作伴，你差点把他打死。"马举去推那门，推不开。从门缝往里一看，只是土堆而已。马举后为太原大将，官至淮南节度使。

人妖

胡顼

【原文】

夏县尉胡顼，词人也。尝至金城县界，止于人家。人为具食，顼未食，私出。及还，见一老母，长二尺，垂白寡发，据案而食，饼果且尽。其家新妇出，见而怒之，搏其耳，曳入户。顼就而窥之，纳母于槛①中，窥望两目如丹。顼问其故，妇人曰："此名为魅，乃七代祖姑也。寿三百余年而不死，其形转小。不须衣裳，不惧寒暑。锁之槛，终岁如常。忽得出槛，偷窃饭食得数斗。故号为魅。"顼异之。所在言焉。（出《记闻》）

【注释】

①槛（jiàn）：关禽兽的木笼；囚笼。

【译文】

夏县县尉胡顼是个词人。他曾经在金城县界，住在一户人家里。人家给他准备了吃食，胡顼没吃，私自外出。等他回来，看见一位老妇人，二尺高，稀疏的白头发垂下来，坐在桌案旁边正在吃，饼果都要吃光了。那家的新媳妇出来，见了她，生气了，揪着她的耳朵拽进屋里。胡顼走上前去窥视，见新媳妇把老妇人装进笼子里，老妇人的两只眼睛向外窥望，红得像丹砂。胡顼问这是怎么回事，新妇人说："这东西叫'魅'，是上七辈祖奶奶，活了三百多岁而不死。她的身形变小了，不需要衣服，不怕冬夏。锁在笼子里，一年到头都这样。偶然从笼子里跑出来，偷饭吃能吃几斗，所以才叫作‘魅’。”胡项感到惊奇，奇就奇在新妇人说的话。

娄逞

【原文】

南齐东阳女子娄逞，变服诈为丈夫。粗会棋博[①]，解文义。游公卿门。仕至扬州从事而事泄。明帝令东还，始作妇人服。叹曰：“有如此伎，还为老妪，岂不惜哉。”史臣曰：“此人妖也。阴为阳，事不可。”后崔惠景举事不成应之。（出《南史》）

【注释】

①棋博：博弈。

【译文】

南齐东阳女子娄逞，变换服饰，装扮成男子。她粗懂一些棋艺博戏，能解文义。在公卿门第交游。做官做到扬州从事，事情泄漏。齐明帝让她东归，才穿上女人的服装。她叹息说：“我有这样的本事，回家当个老太太，难道不可惜吗？”史臣说：“这人是个妖。阴变成阳。这样的事是不可以的。”后来崔惠景举大事不成，应了这件事。

孟妪

【原文】

彭城刘颇，常谓子婿进士王胜话，三原县南董店，店东壁，贞元末，有孟妪，年一百余而卒。店人悉曰张大夫店。颇自渭北入城，止于媪店。见有一媪，年只可六十已来。衣黄绸大裘，乌帻[①]，跨门而坐焉。左卫李胄曹，名士广。其妪问广何官，广具答之。其媪曰：“此四卫耳，大好官。”广即问媪曰：“何以言之？”媪曰：“吾年二十六，嫁于张詧为妻。詧为人多力，善骑射。郭汾阳[②]之总朔方，此皆部制之郡。灵夏邠泾岐蒲是焉。吾夫张詧，为汾阳所任，请重衣赐，常在汾阳左右。詧之貌，酷相类吾。詧卒，汾阳伤[③]之。吾遂伪衣丈夫衣冠，投名为詧弟，请事汾阳。汾阳大喜，令替缺。如此又寡居一十五年。自汾阳之薨，吾已年七十二。军中累奏，兼御史大夫。忽思茕独[4]，遂嫁此店潘老为妇。迩来复诞二子，曰滔，曰渠。滔五十有四，渠年五十有二。”是二儿也，颇每心记之。与子婿王胜，话人间之异者。（出《乾馔子》）

【注释】

①帻（zé）：又称巾帻。古代中国男子包裹鬓发、遮掩发髻的巾帕。

②郭汾阳：即唐朝名将郭子仪，他曾经受封汾阳王。

③伤：伤心，伤悼。

④茕独：孤独。

【译文】

彭城的刘颇，曾经对他的女婿进士王胜说，三原县南董店的东面隔壁，贞元末年有一个姓孟的妇人，活了一百多岁才死。这个店人们都叫它张大夫店。刘颇从渭北入城，住在老妇人店里，见有一位老妇人，年龄约摸六十来岁。她穿黄绸大袭，戴黑头巾，跨门坐在那里。左卫李胄曹，名叫士广，那老太太问李士广做什么官，李士广一一回答。老妇人说：“这是四卫呀，很好的官。”李士广就问老妇人：“为什么这么说？”老妇人说：“我当年二十六岁，嫁给张詧为妻。张詧这个人很有力气，善于骑马射箭。郭子仪总镇朔方，这都是他的部下辖制的郡，灵、夏、邠、泾、岐、蒲都是。我丈夫张詧，就是郭子仪任用的人，受到过许多赏赐，常在郭子仪的左右。张詧的相貌和我特别相似。张詧死后，郭子仪伤悼他。我就穿戴了丈夫的衣冠，假扮张詧的弟弟，请求到郭子仪身边做事。郭子仪大喜，让我顶替了空缺。这样我就又寡居了十五年。郭子仪死时，我已经七十二岁。军中连连奏请让我兼作御史大夫。我忽然觉得孤独，就嫁给这个店潘老汉为妻子。近来又生了两个儿子，一个叫潘滔，一个叫潘渠。潘滔五十四，潘渠五十二。”这两个儿子，刘颇常常在心中记起。他和女婿王胜述说着这人间怪事。

精怪

阳城县吏

【原文】

魏景初中，阳城县吏家有怪。无故闻拍手相呼，伺无所见。其母夜作倦，就枕寝息。有顷，复闻灶下有呼曰："文约，何以不见？"头下应曰："我见枕，不能往，汝可就我。"至明，乃饭锸①也。即聚烧之，怪遂绝。（出《搜神记》）

【注释】

①饭锸（chā）：锸，古代一种掘土用的工具。饭锸，饭铲。

【译文】

三国魏景初年间，阳城县县吏家里发生怪事。无缘无故的就听见有人拍手互相呼叫，但是等着看吧，又什么也看不见。他的母亲夜间干活累了，就睡下了。不一会儿，又听到灶下有人喊道："文约，怎么看不见你？"她的头下有人回答说："我被枕住了，不能过去。你可以过来找我。"到了天亮一看，原来是饭铲。立即就把它们集中起来烧了，怪事就没了。

卢赞善

【原文】

卢赞善家，有一瓷新妇子。经数载，其妻戏谓曰："与君为妾。"卢因尔惘惘①。恒见一妇人，卧于帐中。积久，意是瓷人为祟，送往寺中供养。有童人，晓于殿中扫地，见一妇人。问其由来，云是卢赞善妾，为大妇所妬[2]，送来在此。其后见卢家人至，因言见妾事。赞善穷核本末，所见服色，是瓷人。遂命击碎。心头有血，大如鸡子。（出《广异记》）

【注释】

①惘惘：迷迷糊糊。

②妬：同“妒”。

【译文】

卢赞善家有一个瓷做的娃娃新娘。过了几年，他的妻子跟他开玩笑说：“让它给你当妾吧。”卢赞善从此就迷迷糊糊的，老是看见一个女人，躺在他的帐中。时间长了，想到这是瓷人作怪，就把它送到寺院里供养。有一个童子，早晨在殿里扫地，看见一位妇人。他问她从哪儿来，她说她是卢赞善的妾，被大老婆嫉妒，送到这儿来了。后来见卢家人来，就说起自己见到卢赞善小妾的事。卢赞善细细地问清楚事情的始末，根据童子见到的服饰，断定是瓷人。就让人把它打碎，它心头有血，像鸡蛋那么大。

曲秀才

【原文】

道士叶法善，精于符箓[1]之术，上累拜为鸿胪卿，优礼特厚。法善居玄真观，常有朝客十余人诣之，解带淹留[2]。满坐思酒，忽有人扣门，云，曲秀才。法善令人谓之曰：“方有朝寮[3]，无暇晤语，幸吾子异日见临也。”语未毕，有一措大[4]，傲睨直入。年二十许。肥白可观。笑揖诸公，居于末席，抗声[5]谭论，援引今古。一坐不测，众耸观之。良久暂起，如风旋转。法善谓诸公曰：“此子突入，词辨如此。岂非妖魅为眩惑乎？试与诸公取剑备之。”曲生复至，扼腕抵掌，论难锋起，势不可当。法善密以小剑击之，随手丧元，坠于阶下，化为瓶盖。一坐惊慑惶遽，视其处所，乃盈瓶醲酝[6]也，咸大笑。饮之，其味甚佳。坐客醉而抚其瓶曰：“曲生曲生，风味不可忘也。”（出《开天传信记》）

【注释】

①符箓：道教中的一种法术，符箓是符和箓的合称。

②淹留：羁留，逗留。

③朝寮：同“朝僚”，朝廷同僚。

④措大：旧指贫寒失意的读书人。

⑤抗声：高声；大声。

⑥醲酝（nóng yùn）：厚酒，好酒。

【译文】

道士叶法善，擅长符箓法术，皇上多次拜他为鸿胪卿，优待和礼遇特别丰厚。叶法善住在玄真观，常常有十几个朝中的人到观中来，解带住下，也不肯走。他们坐满了座位，想要酒喝，忽然有人敲门，说他是曲秀才。叶法善派人对他说：“正有朝中的同僚们在这儿，没有时间和你交流，希望先生你改日再来。”话还没说完，有一个穷酸读书人大模大样地径直进来。二十来岁的年纪，又白又胖的，挺好看。他笑着向诸公作揖，坐到了末席，大声谈论，援引古今。满座的人都没料到他这么能说，大家都觉得他挺高明。好久他才暂时起身，像风一样旋转。叶法善对大家说：“这个人突然进来，这么能说会道，难道不是妖怪炫耀迷惑各位吗？我想为了诸公拿出剑来防备一下。”有一天曲生又来了，他时而扼腕，时而击掌，词锋尖锐，时时发难，势不可当。叶法善偷偷地用小剑击他，他随着叶法善的手就掉了脑袋，落到阶下，变成一个瓶盖。满座人又惊又怕，看那处所，原来是满满一瓶子好酒，全都大笑。喝那酒，味道很好。座客们醉了，抚摸着那瓶子说：“曲生，曲生，你的风味让人忘不了。”

元无有

【原文】

宝应中，有元无有，常以仲春末，独行维扬①郊野。值日晚，风雨大至。时兵荒后，人户多逃，遂入路旁空庄。须臾霁止②，斜月方出。无有坐北窗，忽闻西廊有行人声。未几，见月中有四人，衣冠皆异，相与谈谐，吟咏甚畅。乃云："今夕如秋，风月若此，吾辈岂不为一言，以展平生之事也？"其一人即曰云云。吟咏既朗，无有听之具悉。其一衣冠长人即先吟曰："齐绔鲁缟如霜雪，寥亮高声予所发。"其二黑衣冠短陋人诗曰："嘉宾良会清夜时，煌煌灯烛我能持。"其三故弊黄衣冠人亦短陋，诗曰："清冷之泉候朝汲，桑绠相牵常出入。"其四故黑衣冠人诗曰："爨薪贮泉相煎熬，充他口腹我为劳。"无有亦不以四人为异，四人亦不虞无有之在堂隍也。递相褒赏，羡其自负。则虽阮嗣宗《咏怀》，亦若不能加矣。四人迟明方归旧所，无有就寻之，堂中惟有故杵、灯、台、水桶、破铛，乃知四人，即此物所为也。（出《玄怪录》）

【注释】

①维扬：扬州的别称。

②霁（jì）止：雨雪停止，天气放晴。

【译文】

唐代宝应年间，有个元无有，常常在仲春二月末，独行在扬州的郊外。正好天晚，风雨大作。当时是兵荒马乱之后，人家大半逃跑，他就进入道旁空旷的村庄里。不久天晴，一弯斜月刚刚升起来。元无有坐在北窗下，忽然听到西廊有行人的声音。不一会儿，看见月中有四个人，衣服帽子都很奇怪，互相交谈很和谐，吟诗咏诵也很畅达。他们说："今晚像秋天一样，风月这样好，我们怎能不作作诗，抒展平生之事？"其中有一个人就说对对。吟诗的声音很清朗，元无有听得特别清楚。其中一个高个子的缙绅首先吟道："齐绔鲁缟如霜雪，寥亮高声予所发。"其中第二个穿戴黑色衣冠，个子矮小丑陋的人说："嘉宾良会清夜时，煌煌灯烛我能持。"其中第三个穿着旧的破的黄色衣冠，也是短小丑陋的人，作诗："清冷之泉候朝汲，桑绠相牵常出入。"其中第四个穿着旧的黑色衣冠的人作诗说："爨薪贮泉相煎熬，充他口腹我为劳。"元无有也不觉得这四个人有什么奇怪，四个人也没料想到元无有就堂而皇之地在场。他们轮流作诗，相互褒奖，一个个都非常高傲，就连三国时魏的阮籍的《咏怀》，也像比不上他们的水平。四人到天亮后才归回原来的地方。元无有就到处寻找，堂屋中只有旧杵、灯台、水桶、破锅，才知道四个人就是这些物件变化的。

姜修

【原文】

姜修者，并州酒家也。性不拘检，嗜酒，少有醒时，常喜与人对饮。并州人皆惧其淫于酒，或揖命，多避之，故修罕有交友。忽有一客，皂衣乌帽，身才三尺，腰阔数围，造[①]修求酒。修饮之甚喜，乃与促席酌。客笑而言曰："我平生好酒，然每恨腹内酒不常满。若腹满，则既安且乐。若其不满，我则甚无谓矣。君能容我久托迹乎？我尝慕君高义，幸吾人有以待之。"修曰："子能与我同好，真吾徒也，当无间耳。"遂相与席地饮酒。客饮近三石，不醉。修甚讶之，又且意其异人，起拜之，以问其乡闾[②]姓氏焉，复问何道能多饮邪。客曰："吾姓成，名德器。其先多止郊野，偶造化之垂恩，使我效用于时耳。我今既老，复自得道，能饮酒。若满腹，可五石也。满则稍安。"修闻此语，复命酒饮之。俄至五石，客方酣醉，狂歌狂舞。自叹曰："乐哉乐哉！"遂仆于地。修认极醉，令家僮扶于室内。至室客忽跃起，惊走而出。家人遂因逐之，见客误抵一石，剨[③]然有声，寻不

见。至晓睹之，乃一多年酒瓮，已破矣。（出《潇湘录》）

【注释】

①造：拜访。

②乡闾：家乡，故里。

③剨（huō）：破裂声。

【译文】

姜修，是并州一个开酒馆的。他性情不拘小节，也不大检点，嗜酒，就很少有清醒的时候。他平常喜欢和人对饮。并州人都怕他沉湎于酒，有时他请人和他喝酒，人家大多都躲着他，所以姜修很少有朋友。忽然有一位客人，黑衣黑帽，身高才三尺，腰粗几围，到姜修这儿来拜访，要酒喝。姜修一听说饮酒，很是高兴，就和来客促膝同席喝起来了。客人笑着说："我平生喜欢喝酒，但是常常恨肚子里的酒不能常满。如果肚子满了，就安宁快乐。如果不满，我就觉得活着很是没意思。你能让我长久地托身给你吗？我曾经仰慕你的高义，请让我好好地招待你一回。"姜修说："先生啊，你能和我有共同喜好，真是我的同类，我们就该亲密无间。"于是一起席地而坐，喝起酒来。客人喝了将近三石，仍旧不醉。姜修很惊讶，又觉得他不是一般人，就起来给他行礼，问他家住哪里，姓字名谁，又问他怎么能喝这么多。客人说："我姓成，名德器，我的先人大多住在乡野，偶然遇上老天降下造化，使我能够有用于当时。我现在已经老了，又自己修得道行，能喝酒。要装满肚子，得五石的量。满了才能感觉稍稍好受点儿。"姜修听了这话，又摆上酒喝起来。不一会儿喝到五石，客人才酣醉，发狂地唱歌跳舞。他自己叹息说："快乐呀，快乐呀！"就倒在地上。姜修认为他醉到了极点，让家僮扶他到室内。到了室内客人忽然跳起来，惊慌的跑出去。家人就追赶他，见他误撞到一块石头上，喀嚓一声，就不见了。到天亮去一看，原来是一个多年的酒瓮，已经破了。

灵异

鳖灵

【原文】

鳖灵于楚死，尸乃溯流上。至汶山下，忽复更生。乃见望帝[1]，望帝立以为相。时巫山瓮江蜀民多遭洪水，灵乃凿巫山，开三峡口，蜀江陆处。后令鳖灵为刺史，号曰西州皇帝。以功高，禅位与灵，号开明氏。(出《蜀记》)

【注释】

①望帝：杜宇，传说中的古蜀国开国国王。

【译文】

鳖灵在楚地死了，尸体竟溯着长江逆流而上。到汶山脚下，忽然又活了。于是他去拜见望帝杜宇，杜宇封他为相。当时，巫山瓮江蜀民大多遭受洪水灾害，鳖灵就开凿巫山，开三峡口，蜀江两岸露出了陆地。后来封鳖灵为刺史，号为西州皇帝。因为他功劳高，杜宇把帝位禅让给他，号称开明氏。

玉马

【原文】

沈傅师为宣武节度使。堂前忽马嘶，其声甚近，求之不得。他日，嘶声渐近，似在堂下。掘之，深丈余，遇小空洞。其间得一玉马，高三二寸，长四五寸，嘶则如壮马之声。其前致[1]碎朱砂，贮以金槽。粪如绿豆，而赤

如金色。沈公恒以朱砂喂之。（出《闻奇录》）

【注释】

①致：摆放。

【译文】

沈傅师任河南宣武节度使。一天，他家堂前有马叫声，声音很近，却找不到在哪里。后来有一天，那马叫声更近了，好像就在厅堂下面。挖了一丈多深，遇到了一个小洞穴。里面有一只玉马，二三寸高，四五寸长，叫起来像壮马嘶鸣。在它的前面放碎朱砂，用金马槽储藏着。它的粪蛋像绿豆大小，如同赤金。沈公一直用朱砂喂它。

再生

王穆

【原文】

太原王穆，唐至德初，为鲁炅部将，于南阳战败，军马奔走。穆形貌雄壮，马又奇大，贼骑追之甚众。及，以剑自后斫穆颈，殪[1]而陨[2]地。筋骨俱断，唯喉尚连。初冥然不自觉死，至食顷乃悟，而头在脐上，方始心惋。旋觉食漏，遂以手力扶头，还附颈，须臾复落，闷绝如初，久之方苏。正颈之后，以发分系两畔，乃能起坐，心亦茫然，不知自免。而所乘马，初不离穆。穆之起，亦来止其前。穆扶得立，左膊发解，头坠怀中，夜后方苏。系发正首之后，穆心念，马卧方可得上，马忽横伏穆前，因得上马。马亦随之起，载穆东南行。穆两手附两颊，马行四十里，穆麾下散卒十余人群行，亦便路求穆。见之，扶寄村舍。其地去贼界四十余里，众心恼惧。遂载还炅军。军城寻为贼所围。穆于城中养病，二百余日方愈，绕颈有肉如指，头竟小偏。炅以穆名家子，兼身殉王事。差摄南阳令。寻奏叶令。岁余，迁临汝令。秩满[3]，摄枣阳令。卒于官。（出《广异记》）

【注释】

①殪（yì）：死；杀。

②陨：坠落。

③秩满：官吏任期届满。

【译文】

太原有个叫王穆的，唐代至德初年做鲁炅的部将。他在南阳战败，士兵战马到处跑。王穆形体面貌雄伟强壮，马匹雄奇高大。许多贼兵骑着马追他，追上后，用剑从后面砍向王穆的脖子，当时就被砍死，倒在地上。他的筋骨都被砍断了，只剩喉咙还连着。他起初昏昏沉沉，没觉得自己死了，有一顿饭工夫才明白过来。当他的脑袋落到肚脐上，才觉得心里一阵凄惋。旋即，觉得食物从脖颈漏出来了，就用手扶着头，把它安回脖颈上，不一会儿又掉下来，昏闷气绝像刚才那样。过了好久，才苏醒过来。他把头端正地安在脖颈上后，把头发系在两边，这样就能坐起来。他的心里也很茫然，不知道自己能不能免灾。他骑的马起初不肯离开他。他坐起来后，马也过来了，停在他的面前。王穆扶着它就能站起来。把系在左膊上的头发松开，头又掉进怀里，后半夜才醒过来。再次用头发系正脑袋后，王穆心想，这马得卧下来，才能上去，那马就忽然横卧在他面前，于是他上了马。马也随着站起身来，驮着他往东南方向走去。王穆两手捧着两边脸颊，骑马走了四十里。他部下打散了的十来个士兵正一起跑路，也从便道到这里寻找王穆。见到他后，把他扶去村舍寄住。此地距离敌人的地盘四十多里，众人心里又恼怒又害怕，就载着他回到鲁炅的队伍。鲁军驻扎的城池不久被敌人围困。王穆在城中养病，二百多天才痊愈。环绕着他的脖颈有一条肉檩子，像手指那么宽，脑袋竟然稍稍偏斜。鲁炅觉得王穆是名家子弟，又是为朝廷殉职尽忠，就派他任南阳县令。不久又向上禀奏，任他为叶县令。一年多后，迁任临汝县令。任满，又摄任枣阳县令，死在了任上。

悟前生

刘三复

【原文】

刘三复者，以文章见知于李德裕。德裕在浙西，遣诣阙[①]求试。及登第，历任台阁[②]。三复能记三生事，云，曾为马，马常患渴，望驿嘶，伤其蹄则连心痛。后三复乘马，硗确[③]之地，必为缓辔，有石必去之。其家不施门限，虑伤马蹄也。其子邺，敕赐及第。登廊庙[④]，上表雪德裕。以朱崖灵柩，归葬洛中，报先恩也。士大夫美之。（出《北梦琐言》）

【注释】

①诣阙：指到天子的官阙；指赴京都。

②台阁：本意是亭台楼阁等建筑物，后泛指中央政府机构。

③硗（qiāo）确：指土地坚硬瘠薄。

④廊庙：指朝廷。

【译文】

刘三复因为文章写得好，得到李德裕的赏识。李德裕在浙西时，推荐他到京都去考试。他登第后曾经在朝廷任职。刘三复能记住三辈子的事。他说，他曾经当过马，马经常口渴难耐，远远地看见驿站就嘶鸣，伤了蹄子就痛得连心。后来刘三复骑马，遇到坚硬瘠薄的土地，一定会放松辔头，如果遇到石头多的道路，就下马。他家不设门槛，怕伤了马蹄。他儿子刘邺，皇上下诏赐他登第。在朝廷做官后，上表为李德裕昭雪。用朱崖的灵柩将李德裕归葬洛中，报答李德裕对他的父亲的恩惠。士大夫们都称赞他。

冢墓

陆东美

【原文】

吴黄龙年中，吴都海盐有陆东美，妻朱氏，亦有容止①。夫妻相重，寸步不相离，时人号为比肩人。夫妇云："皆比翼，恐不能佳也。"后妻卒，东美不食求死。家人哀之，乃合葬。未一岁，冢上生梓树，同根二身，相抱而合成一树。每有双鸿，常宿于上。孙权闻之嗟叹，封其里曰"比肩"，墓又曰"双梓"。后子弘与妻张氏，虽无异，亦相爱慕。吴人又呼为"小比肩"。（出《述异记》）

【注释】

①容止：仪容举止。

【译文】

吴国黄龙年间，都城海盐有个叫陆东美的人。娶妻朱氏，仪容举止很好。夫妻间互相敬重，寸步不离，当时的人们称他们"比肩人"。夫妻二人都说："比翼双飞，恐怕不会有太好的结局。"后来妻子死去，陆东美也绝食而死。家里人非常悲伤，就把他们合葬。不到一年，坟墓上长出一棵梓树，同根双干，相互拥抱，合成一棵树。常常有一对鸿雁宿在树上。孙权听说后叹息，封这个村庄叫"比肩"，他们的墓叫"双梓"。后来其子陆弘和他的妻子张氏，虽无什么奇特之处，也互相爱慕，吴人又称他们为"小比肩"。

樊泽

【原文】

樊泽为襄阳节度使。有巡官张某者，父为邕管经略史，葬于邓州北数十里。张兄第三人，忽同时梦其父曰："我葬墓某夜被劫，贼将衣物，今日入城来，停在席帽行。汝宜速往擒之，日出后，即不得矣。"张兄弟夜起，泣涕相告。未明，扣州门，见泽，具白其事。立召都虞候[1]，令捕之。同党六人，并贼帅之妻皆获。泽引入，面问之曰："汝劫此墓有异耶？"贼曰："某今日之事，亦无所隐，必是为神理所殛[2]。某夫妻业劫冢已十余年，每劫，夫妻携酒爇火，诸徒党即开墓。至棺盖，某夫妻与其亡人，递为斟酌。某自饮一盏，曰：'客欲一盏'，即以酒沥于亡人口中，云，'主人饮一盏。'又妻饮一盏遍，便云'酒钱何处出？'其妻应云，'酒钱主人出。'遂取夜物宝货等。某昨开此墓，见棺中人紫衣玉带，其状如生。某依法饮酒，及沥酒云，'至主人一盏'，言讫，亡人笑。某等惊甚，便扶起，唯枯骨耳。遂解腰带，亡人呼曰，'缓之，我腰痛。'某辈皆惊惧，遂驰出。自此神魂惝恍[3]，即知

必败。”悉杀之。数日，邓州方上其事。（出《逸史》）

【注释】

①都虞候：军事职官名称。

②殛：杀死。

③惝恍：模糊不清，此处指迷迷糊糊。

【译文】

樊泽任襄阳节度使时，有个姓张的巡官，父亲曾做过邕管经略使，死后葬在邓州北面数十里的地方。张某兄弟三人忽然同时梦到父亲说：“我的坟墓某天夜晚被劫，盗贼带着盗来的衣物今天要进城来，他们将在席帽行停留。你们快去捉住他们，太阳出来后，就抓不到了。”张家兄弟半夜起身，哭着相互把这件事说了。天还没亮，就去叩州衙的大门。见到樊泽，把这事说了一遍。樊泽立即召来都虞侯，让他带人去缉捕盗贼。盗贼同党六个人，还有头目的妻子全被抓获。樊泽命令将他们全部带进来，当面审问说：“你们去盗这个墓有没有神异的地方？”盗贼说：“我现在干的这事，也没有什么可隐瞒的了，一定是神灵天理要诛杀我们。我们夫妻已经盗墓十多年了，每次去盗墓，两口子都带上酒和火把，其他的同伙就开始挖墓。到打开棺盖的时候，我们夫妻要同死去的人一递一杯地喝酒。我自己先饮一杯，说：‘客人来一杯吧。’就把酒滴在死者的口中，说：‘主人喝一杯。’接着，妻子喝完一杯，就说：‘酒钱谁拿？’妻子回答说：‘酒钱主人拿’。于是就趁着夜晚拿陪葬的物品宝货等。我昨天挖开这座墓，看到棺中的人紫衣玉带，好像还活着一样。我依照老办法饮酒，到给死人滴酒时说，‘请主人喝一杯’，话刚说完，死者就笑了。我们都很惊慌，便把他扶起来，原来只是一具枯骨。于是解下他的腰带，死者叫着‘慢点扶我，我腰痛’。我们这些人都惊慌害怕，就急忙跑了出来。从那以后精神恍惚，就知道这事儿一定会败露。”樊泽将他们都杀了。几天后，邓州才把这件事上报。

雷

杨道和

【原文】

晋扶风杨道和，夏于田中，值雷雨，至桑树下。霹雳下击之，道和以锄格①，折其肱②，遂落地不得去。唇如丹，目如镜，毛角长三尺余。状如六畜，头似猕猴。（出《搜神记》）

【注释】

①格：格斗，打斗。

②肱（gōng）：胳膊。

【译文】

晋代扶风有个叫杨道和的人，夏天在田里正赶上雷雨，就到桑树下避雨。霹雳冲着他击打，他就用锄头格斗，把它胳膊打断了，那霹雳就落到地上跑不掉了。它的嘴唇像丹砂，眼睛似镜子，头上长着毛，两只角有三尺多长。像六畜一样，脑袋像猕猴。

王干

【原文】

唐贞元初，郑州王干，有胆勇。夏中作田，忽暴雷雨，因入蚕室中避之。有顷，雷电入室中，黑气陡暗。干遂掩户，荷锄①乱击。雷声渐小，云气亦敛。干大呼，击之不已。气复如半床，已至如盘。忽然堕地，变为慰斗折刀小折足铛焉。（出《酉阳杂俎》）

【注释】

①荷锄：荷，背负，扛着锄头。

【译文】

唐贞元初年，郑州人王干胆大勇猛。夏天中午他在田里劳作，忽然下起大雷雨，就进蚕房躲避。不一会儿，雷电射入室内，黑气一下子搞得天昏地暗。王干就关上房门，拿锄头乱打。雷声逐渐变小，云气也收敛了。王干大叫着打个不停。云气渐渐变得有半张床那么大，又变成盘子那么大，最后忽然掉在地上，变成熨斗、折刀、小断腿锅。

虹

陈济妻

【原文】

庐陵巴丘人陈济，为州吏。其妇秦在家，一丈夫①长大端正，著绛②碧袍，衫色炫耀，来从之。后常相期于一山涧，至于寝处，不觉有人道相感接。如是积年③。村人观其所至，辄有虹见。秦至水侧，丈夫有金瓶，引水共饮，后遂有身。生儿如人，多肉。济假还，秦惧见之，内于盆中。丈夫云："儿小，未可得我去。"自衣，即以绛囊盛。时出与乳之时，辄风雨，邻人见虹下其庭。丈夫复少时来，将儿去，人见二虹出其家。数年而来省母。后秦适田，见二虹于涧，畏之。须臾，见丈夫云："是我，无所畏。"从此乃绝。（出《神异录》）

【注释】

①丈夫：男人。

②绛（jiàng）：深红色。

③积年：多年；累年。

【译文】

庐陵巴丘人陈济，任州吏。他的妻秦氏在家时，一个高个子男人，长得端端正正的，穿着大红大绿的袍子，色彩耀眼，来追求她。以后他们常在一个山涧中相会，一起睡觉时，没有男女交合的感觉。像这样过了好几年。村里人看他们所到的地方，老是有彩虹出现。秦氏来到水边，那男人有一个金瓶，取来水一起喝，以后就有了身孕。生的小孩像人一样，胖胖的。后来陈济给假回家，秦氏怕他看见，就把小孩藏在盆里。那个男人说："孩子太小，没办法跟我走。"就亲自给他穿上衣服，装进一个大红色的口袋里。秦氏每当出来给他喂奶，总是起风雨，邻人看见有彩虹下到他家院子里。那男人不久后又来，把孩子带走，有人看见有两条彩虹从他家出来。数年以后，回来探望母亲。后来秦氏到田地里去，见两条彩虹在山涧，很害怕。不一会儿，看见那男人说："是我，别怕。"从此就不再来了。

井

独孤叔牙

【原文】

独孤叔牙，常令家人汲水，重不可转，数人助出之，乃人也。戴席帽，攀栏大笑，却坠井中。汲者①揽得席帽挂于庭树，每雨所溜处，辄生黄菌。（出《酉阳杂俎》）

【注释】

①汲者：打水的人。

【译文】

独孤叔牙，常令家人去井里打水，觉得很重，转不动井绳，好几个人帮忙才提了上来，原来是个人。戴着草帽，攀着井栏大笑，又坠到井中。打水的人揽到了草帽，挂在庭院里的树上，每当下雨时，草帽上的雨水滴到的地方，就会生长出黄色的菌子。

金华令

【原文】

王祝从子某，为金华令。筑私第于邑中。夏暴雨大至，水忽奔往东南隅，如灌漏卮①，倾刻而尽。其地成井，深不可测。以丝籰②缒石以测之，数十丈乃及底。粘一新捻头③而上，与人间常食者，无少异也。（出《稽神录》）

【注释】

①漏卮（zhī）：渗漏用的酒器。

②籰（yuè）：籰子，绕丝、纱、线等的工具。

③捻头：馓子。一种油炸的面食。

【译文】

王祝的侄子某某在金华担任县令。他在城中建造了一座私人宅第。夏天下起了暴雨，雨水忽然奔流到住宅的东南角，就像灌进渗漏用的酒器，一会儿水就流尽了。漏水的地方形成一眼井，深不可测。用丝籰子坠一块石头来测量，几十丈才到底，粘上一个新馓子，和人间常吃的没什么不同。

宝

邹骆驼

【原文】

邹骆驼，长安人，先贫，尝以小车推蒸饼卖之。每胜业坊角有伏砖，车触之即翻，尘土涴[①]其饼，驼苦之。乃将镬斫去十余砖，下有瓷瓮，容五斛[②]许。开看，有金数斗，于是巨富。其子昉，与萧佺交厚。时人语曰："萧佺附马子，邹昉骆驼儿。非关道德合，只为钱相知。"（出《朝野佥载》）

【注释】

①涴（wò）：污，弄脏。

②斛（hú）：旧量器，方形，口小，底大，容量本为十斗，后来改为五斗。

【译文】

邹骆驼是长安人，早先家中贫穷，曾经用小车推蒸饼卖。每次经过胜业坊，胜业坊的墙角埋着砖，车轮碰上砖就翻车，尘土把饼都弄脏了，邹骆驼为这事很苦恼。他就拿来大锄刨去十几块砖，下面有一个大瓷瓮，能容五斛左右。打开盖看，里面有好几斗金子。于是邹骆驼家巨富。他的儿子邹昉和萧佺交情很深。当时人们议论说："萧佺是驸马的公子，邹昉是邹骆驼的儿子。他们的交情与道德无关，只因为有钱才使他们相互知心。"

延清室

【原文】

董偃常卧延清之室，以画石为床，盖石文如画也。石体盛轻，出郅支国。上设紫琉璃帐，火齐屏风，列灵麻之烛，以紫玉为盘。如屈龙，皆杂宝饰之。侍者于户外扇偃。偃曰："玉石岂须扇而后清凉耶？"侍者屏扇，以手摹之，方知有屏风也。偃又以玉精①为盘，贮冰于膝前。玉精与冰同洁彻，侍者言以冰无盘，必融湿席，乃和玉盘拂之。落阶下，冰玉俱碎。偃更以为乐。此玉精千涂国所贡也，武帝以此赐偃。哀平之世，民皆犹有此器，而多残破。王莽之世，不复知所在。（出《拾遗录》）

【注释】

①玉精：玉石之最美者。

【译文】

董偃常卧于延清室，用画石做床。之所以叫"画石"，大概是因为石头的纹路像画一样。这种石头又大又轻，出自郅支国。床上挂着紫色的琉璃帐，火齐屏风，排列着用灵麻做的蜡烛，还有用紫玉做的盘子。床像一条弯曲的龙，全都用各色宝物装饰。侍者在门外给董偃扇风。董偃说："难道玉石也需要扇风才清凉吗？"侍者收拢扇子，用手一摸，才知道有屏风。董偃又用玉精做盘子，盘子里盛满冰块放在膝前。玉精与冰都是洁白透明，侍者说冰块不用盘盛着，一定会化了湿席，就用手一拂，玉盘与冰全都落地摔碎。董偃便开怀大笑。这种玉精是千涂国进贡的，汉武帝赐给董偃。哀帝建平年间，百姓家还都有这种器物，但多半已经残破。王莽时代就不知道哪儿还有了。

宝骨

【原文】

长安平康坊菩提寺，缘李林甫宅在东，故建钟楼于西。寺内有郭令玳瑁鞭，及郭令王夫人七宝帐。寺主元意，多识故事。云，李相每至生日，常转请此寺僧，就宅设斋。有一僧尝赞佛，施鞍一具，卖之，价直七万。又僧广有声，口经数年，次当赞佛。因极祝林甫功德，冀获厚衬。毕，帘下出彩篚①；香罗帊②籍一物，如朽钉，长数寸。僧归，大失所望，惭惋数日。且意大臣不容欺已，遂携至西市，示于胡商，索价一千。胡见之，大笑曰："未也。"更极意言之，加至五百千。胡人曰："此宝价直一千万。"遂与之。僧访其名。曰："此宝骨也。"（出《酉阳杂俎》）

【注释】

①篚（fěi）：古时盛东西的一种竹器。

②帊：同"帕"。

【译文】

长安平康坊菩提寺，因为李林甫的宅院在东，所以钟楼就建于西边。寺里有郭令的玳瑁鞭，以及郭令王夫人的七宝帐。寺主是元意，知道许多过去的事。他说，李林甫每次过生日，常转请这寺里的和尚，就在宅里设斋。有一个和尚去礼赞念经，李林甫布施给他一个马鞍，拿去卖掉，价值七万。又一和尚广有名声，诵经多年，也被请去礼赞念经。这和尚极力称颂李林甫的功德，希望得到优厚的布施。结束后，从帘子底下递出一个彩色的竹篚，里面用香罗帕裹着一个东西，像一个朽烂的钉子，长有数寸。和尚回来，大失所望，惋惜好些天。他又想着李林甫这样的大官不至于欺哄自己，就带着那东西到西市上，给一个胡商看，他要价一千。胡人见了，笑着说："不是这个价。"他使了个大劲，要到五百千。胡人说："此宝价值一千万。"说完就付钱给他。他打听这东西的名称。胡人说："这是宝骨啊。"

文德皇后

【原文】

钱有文如甲迹者，因文德皇后也。武德中，废五铢钱①，行开通元宝（应为"开元通宝"——编译作者注）钱。此四字及书，皆欧阳询所为也。初进样日，后掐一甲迹，因是有之。（出《谭宾录》）

【注释】

①五铢钱：中国古铜币名。钱上有"五铢"二篆字，故名。

【译文】

有一种钱，图案上像有指甲掐出的痕迹，那是因为文德皇后的缘故。武德年间，废止五铢钱，开始使用“开元通宝”。这四字是欧阳洵写的。当初进呈设计图样的时候，文德皇后掐了一道指甲印儿，于是铸钱把指甲印儿也铸出来了。

集翠裘

【原文】

则天时，南海郡献集翠裘。珍丽异常。张昌宗侍侧，则天因以赐之。遂命披裘，供奉双陆[①]。宰相狄仁杰，时入奏事。则天令升坐，因命仁杰与昌宗双陆。狄拜恩就局。则天曰：“卿二人赌何物？”狄对曰：“争三筹，赌昌宗所衣毛裘。”则天谓曰：“卿以何物为对。”狄指所衣紫絁[②]袍曰：“臣以此敌。”则天笑曰：“卿未知。此裘价逾千金。卿之所指，为不等矣。”狄起曰：“臣此袍，乃大臣朝见奏对之衣；昌宗所衣，乃嬖幸[③]宠遇之服。对臣此袍，臣犹怏怏。”则天业已处分，遂依其说。而昌宗心赧神沮，气势索寞，累局连北。狄对御，就脱其裘，拜恩而出。至光范门，遂付家奴衣之，促马而

去。(出《集异记》)

【注释】

①双陆：古代的一种棋类游戏。

②绝(shī)：一种粗绸；绢的别称。

③嬖(bì)幸：此处指被宠爱狎昵的人。

【译文】

武则天当政时，南海郡献了一件集翠裘，非常珍贵华丽。张昌宗侍奉左右，武则天就把这件集翠裘赐给了他，让他当面穿上，和她玩双陆游戏。宰相狄仁杰正好进来奏事，武则天让狄仁杰坐，也让他和张昌宗玩双陆。狄仁杰拜恩就座入局。武则天说："你们两个拿什么东西当赌注？"狄仁杰说："三局两胜，赌昌宗穿的这件毛裘。"武则天问他："你用什么东西相抵？"狄仁杰指了指自己身上穿的紫色粗绸袍说："臣用这个对赌。"武则天笑道："爱卿不知道，这件裘袍价钱超过千金，你指的那件可不对等。"狄仁杰站起来说："臣这件袍子，是大臣朝见天子时，奏对的衣服；昌宗穿的这件，只不过是受到宠幸的人穿的衣服。它和臣的衣服相对，臣还不高兴呢。"武则天已经把衣服给出去了，就依了他的做法。但是张昌宗却羞赧沮丧，气势不振，连连败北。狄仁杰就脱了他的集翠裘，拜谢武则天后离去。走到光范门，塞给一个家奴穿上，策马而去。

草木

荔枝木

【原文】

南海郡多荔枝树。荔枝为名者，以其结实时，枝条弱而蒂牢，不可摘取，以刀斧劙[1]取其枝，故以为名。凡什具以木制者，率皆荔枝。（出《扶南记》）

【注释】

①劙（lí）：刺破；割破。

【译文】

南海郡有很多荔枝树。之所以叫荔枝，是因为它结果的时候，枝条柔弱结蒂却很牢，不能摘取，必须用刀斧把枝子割下来，所以就叫荔枝。凡是用木头制作的器具，一般都是荔枝木的。

椰子树

【原文】

椰子树，亦类海棕。实名椰子，大如瓯[1]盂[2]。外有粗皮，如大腹子；次有硬壳，圆而且坚，厚二三分。有圆好者，即截开头，砂石摩之，去其皴皮，其烂斑锦文，以白金装之，以为水罐子，珍奇可爱。壳中有液数合，如乳，亦可饮之而动气。（原阙出处，今见《岭表录异》）

【注释】

①瓯（ōu）：小盆，杯子。

②盂：盛液体的敞口器皿。

【译文】

椰子树，也像海棕。果实名叫椰子，大得像小盆。外边有一层粗皮，就像大肚皮。粗皮下是一层硬壳，又圆又硬，二三分厚。有圆而好的，就把头部截开，用沙石磨擦，去掉皱皮，上面有斑斓的花纹，用白银装饰一下，拿它当水罐子，珍奇可爱。壳中有液汁数合，像乳汁，可以饮用，有提气的效果。

通脱木

【原文】

通脱木，如蜱麻[①]。生山侧，花上粉主治恶疮。如空，中有瓤，轻白可爱，女工取以饰物。

【注释】

①蜱（pí）麻：即蓖麻。

【译文】

通脱木，样子像蓖麻，生长在山地，花上的粉可以治疗恶疮。通脱木好像是空的，里边有瓤，又轻又白，很是可爱。女人们用它做装饰品。

护门草

【原文】

常山北有草，名护门。置诸[①]门上，夜有人过，辄叱之。（出《酉阳杂俎》）

【注释】

①诸：之于。

【译文】

常山北有一种草，名叫“护门草”。把它放到门上，夜间有人经过，它就会出声呵斥。

宫人草

【原文】

楚中往往有宫人草。状似金橙，而甚芬氲。花似红翠①。俗说，楚灵王时，宫人数千，皆多怨旷②。有因死于宫中者，葬之，墓上悉生此草。（出《述异记》）

【注释】

①红翠：大体意思为山鸟的名字。

②怨旷：女子无夫。

【译文】

楚地处处有宫人草。形状像金橙，很是芬芳氤氲。花像红色的小鸟。民间流传，楚灵王的时候，宫中美人数千，大多哀怨孤独。有因此死在宫中的，埋葬后，坟墓上都会长这种草。

染牡丹花

【原文】

唐朝韩文公愈，有疏从①子侄，自江淮来。年甚少，韩令学院中伴子弟。子弟悉为凌辱。韩知，遂送街西僧院中，令读书。经旬，寺主纲复诉其狂率，韩遽令归，且责曰："市肆贱类，营衣食，尚有一事长处。汝所为如此，竟作何物？"侄拜谢，徐曰："某有一艺，恨叔不知。"因指阶前牡丹曰："叔要此花青紫黄赤，唯命也。"韩大奇之，遂给所须试之。乃竖箔曲，尽遮牡丹丛，不令人窥。掘棵四面，深及其根，宽容②人坐。唯赍③紫鑛轻粉朱红，旦暮治其根。凡七日，遂掩坑。白其叔曰："根校迟一月。"时冬初也，牡丹本紫，及花发，色黄红历缘。每朵有一联诗，字色紫分明，乃是韩公出关时诗头一韵，曰："云横秦岭家何在？雪拥蓝关马不前"十四字。韩大惊异。遂乃辞归江淮，竟不愿仕。（出《酉阳杂俎》）

【注释】

①疏从：指堂房亲属。

②宽容：其宽度可容。

③赍（jī）：怀着。

【译文】

唐朝的韩文公韩愈，有一个远房的侄子从江淮来。侄子年纪很小，韩愈让他在学院中伴着子弟们一起读书。子弟们全都被他欺负过。韩愈知道了，就把他送到街西的僧院中，让他读书。过了十来天，寺主纲又告状说他轻狂粗率，韩愈就让他立刻回来，责备他说："在市场店铺里买卖衣食的这一类贱业，也算是有一技之长。你这种所作所为，是想要干什么？"侄子向韩愈赔罪，慢慢地陈述说："我有一种技艺，正遗憾叔叔不知道。"就指着阶前的牡丹说："叔叔要这牡丹青紫赤黄，想开什么颜色的花，说出来就行。"韩愈很是惊奇，就给他弄来所需的东西，让他做试验。他就竖起帘子，把牡丹丛全都遮起来，不让人看。挖掘牡丹的四面，一直挖到根部，宽度可以坐下一个人。揣着一些紫色的矿石、轻粉朱红之类

的东西，一早一晚治牡丹的根。一共治了七天，就把坑填平。他对叔叔说：“最晚一个月。”当时正是初冬，那棵牡丹本来开紫花。等到花开，颜色变成黄色，沿着红边。每一朵都有一联诗，字迹是紫色的，很是分明。那诗就是韩愈出关时所作的诗中的一韵：“云横秦岭家何在？雪拥蓝关马不前”十四个字。韩愈非常惊异。他那个侄子就辞别了他，回了江淮，一直不愿意当官。

文林果

【原文】

唐永徽中，魏郡临黄王国村人王方言，尝于河中滩上，拾得一小树栽，埋之。及长，乃林檎也。实大如小黄瓠，色白如玉，间以珠点。亦不多，三数而已，有如缬①。实为奇果。光明莹目，又非常美。纪王慎为曹州刺史，有得之献王。王贡于高宗，以为朱柰②，又名五色林檎，或谓之联珠果。种于苑中。西城老僧见之云：“是奇果亦名林檎。”上大重之，赐王方言文林郎，亦号此果为文林郎果。俗云频婆果。河东亦多林檎，秦中亦不少。河西诸郡，亦有林檎。皆小于文林果。（出《洽闻记》）

【注释】

①缬（xié）：有花纹的丝织品。

②朱柰：也称丹柰、赤柰，俗称花红。

【译文】

唐永徽年中，魏郡临黄王国村人王方言，曾经在河里的沙滩上拾到一小棵树栽子，把它栽上了。等它长大，原来是一棵林檎。果实大小像黄色的小瓠瓜，果肉色白如玉，间杂着圆点。圆点也不多，三两个而已，就像彩色的丝织品。实在是奇果。亮亮的，很莹目，味道又非同寻常地美味。纪王慎是曹州刺史，有人把弄到的果子献给纪王。纪王把它献给高宗，高宗认为是朱柰，又名“五色林檎”，有的人叫它“联珠果”。皇上命人把它种在苑囿，西城的老和尚见了说：“这是奇果，也叫林檎。”皇上很是重视它，赐王方言“文林郎”的官职，于是也把果子叫作“文林郎果”。此果一般叫作“频婆果”。河东也多有林檎，秦中也不少。河西各郡，也有林檎。它们都小于文林果。

石桃

【原文】

吐谷浑[1]桃，大如石瓮。（出《洽闻录》）

【注释】

①吐谷浑：亦称吐浑，慕容氏，西北游牧民族慕容吐谷浑所建国名。

【译文】

吐谷浑桃，像石瓮那么大。

蒲萄

【原文】

俗言蒲萄[1]蔓好引于西南。庾信谓魏使尉瑾曰：“我在邺，遂大得蒲萄，奇有滋味。”陈招曰：“作何形状？”徐君房曰：“有类软枣。”信曰：“君殊不体物，何得不言似生荔枝？”魏肇师曰：“魏武有言，‘末夏涉秋，尚有余暑，酒醉宿醒，掩露而食，甘而不饴，酸而不酢。’道之固以流沫称奇，况亲食之者？”瑾曰：“此物出自大宛，张骞所致。有黄白黑三种。成熟之时，子实逼侧[2]，星编珠聚。西域多酿以为酒，每来岁贡。在汉西京，似亦不少。杜陵田五十亩中，有蒲萄百树。今在京邑，非直止禁林也。”信曰：“乃园种户植，接荫连架。”昭曰：“其味何如桔柚？”信曰：“津液胜奇，芬芳减之。”瑾曰：“金衣素里，见苞作贡，向齿自消，良应不及。”（出《酉阳杂俎》）

【注释】

①蒲萄：即葡萄。

②逼侧：迫近；拥挤。

【译文】

俗话说葡萄蔓是从西南引入。庾信对魏使尉瑾说："我在邺地，就得到很多葡萄，太有滋味了。"陈招问道："葡萄是什么样子？"徐君房说："和软枣有点像。"庾信说："先生你太不熟悉这种东西了，为什么不说它像生荔枝呢？"魏肇师说："魏武曹操说过，'末夏涉秋，尚有余暑，酒醉宿醒，掩露而食，甘而不饴，酸而不酢。'这样说一说都让人流口水，何况是亲自吃它呢？"尉瑾说："这东西出自大宛，是张骞弄回来的。有黄、白、黑三种。成熟的时候，一粒粒地挤着，像星星编在一起，像珍珠聚在一起。西域多半拿它来酿酒，每年都来进贡。在汉代的西京，好像也有不少。杜陵每五十亩田地，就有一百棵葡萄。就是在现在的京城，也不只是皇家的禁苑里才有。"庾信说："已经是园子里也种，人家也种，接荫连架了。"陈招说："它的味道和橘柚比怎么样？"庾信说："葡萄的汁液奇妙胜过橘柚，但是芬芳不行。"尉瑾说："橘柚金衣素里，被包起来当作贡品。要论入口即化，它确实不如葡萄。"

蔓菁

【原文】

诸葛所止[①]，令兵士独种蔓菁者，取其才出甲可生啖，一也；叶舒可煮食，二也；久居则随以滋长，三也；弃不令惜，四也；回则易寻而采之，五也；冬有根可斸[②]食，六也。比诸蔬属，其利不亦博哉？刘禹锡曰："信矣。"三蜀之人也，今呼蔓菁为诸葛菜。江陵亦然。（出《嘉话录》）

【注释】

①所止：所居之地。

②斸（zhú）：挖，砍。

【译文】

诸葛亮所驻扎的地方，他会命令兵士专种蔓菁，原因在于，取它刚长出来的嫩叶可以生吃，这是其一；叶子长大之后，可以煮着吃，这是其二；如果在此久住，它就继续生长，这是其三；扔掉也不感到可惜，这是其四；回来的时候容易找到，继续采集食用，这是其五；冬天有根可以挖来吃，这是其六。与别的蔬菜相比，它的好处不是也很多吗？刘禹锡说："的确是这样。"三蜀之地的人现在叫蔓菁为"诸葛菜"。江陵也是这种叫法。

茄子树

【原文】

南中草菜，经冬不衰，故蔬圃之中，栽种茄子，宿根有三二年者，渐长枝干，乃为大树。每夏秋熟，则梯树①摘之。三年后，渐树老子稀，即伐去，别栽嫩者。（出《岭表录异》）

【注释】

①梯树：登梯上树。

【译文】

南方的草木蔬菜，到了冬天也不衰败，所以菜园里边栽种的茄子，宿根有长了三两年的，渐渐长出枝干，就长成了大树。每年夏秋成熟，就要登梯子上树摘茄子。三年后，树渐渐老了，茄子结得少了，就砍掉它，另栽嫩的。

竹实

【原文】

唐天复甲子岁，自陇而西，迨于褒梁之境，数千里内亢阳，民多流散。自冬经春，饥民啖食草木，至有骨肉相食者甚多。是年，忽山中竹无巨细，皆放花结子。饥民采之，舂米而食，珍于粳糯。其子粗，颜色红纤，与今红粳不殊，其味尤更馨香。数州之民，皆挈累①入山，就食之。至于溪山之内，居人如市，人力及者，竞置囷廪而贮之。家有羡粮者不少者，又取与荤茹血肉而同食者，呕哕。如其中毒，十死其九。其竹，自此千蹊万谷，

并皆立枯。十年之后，复产此君。可谓百万圆颅，活之于贞筠[②]之下。（出《玉堂闲话》）

【注释】

①挈累：携带家室。

②贞筠（yún）：指竹。喻坚贞不易的节操。

【译文】

唐朝天复年甲子岁，自陇往西，一直到褒、梁之境，数千里内阳光炽烈，百姓大多流离四散。从冬到春，饥民只能吃草木，甚至有许多亲骨肉人吃人的。这年，忽然山里的竹子不分大小，全都开花结籽。饥民们采来像舂米一样舂来吃，比稻米还好吃。竹子结的籽比较粗，颜色略红，与如今的红稻米没差别，味道却更为馨香。几个州的饥民全都携家带口进了山里去找它来吃。来到溪山之内，居住的人多得有如闹市。有的人力能够达到的家庭，抢着做粮食囤来储存竹籽。家里有不少余粮的，却把竹籽弄来和荤腥菜肴一起吃的，就会呕吐。好像中了毒，十个人里有九个死。那些竹子，从此以后，无论千溪万谷，全都立刻就枯死。十年之后才又生出此君。可以说是百万颗头颅，都靠着竹这位君子活下来。

龙

张老

【原文】

荆湘有僧寺背山近水，水中有龙。时或雷风大作，损坏树木。寺中有掸钟张老者，术士也。而僧不知。张老恶此龙损物，欲禁杀之，密为法。此龙已知，化为人，潜告僧曰："某实龙也，住此水多年。或因出，风雨损物，为张老所禁，性命危急，非和尚救之不可。倘救其命，奉一宝珠，以伸报答。某即移于别处。"僧诺之。夜唤张老，求释之。张老曰："和尚莫受此龙献珠否？此龙甚穷，唯有此珠，性又吝恶。今若受珠，他时悔无及。"僧不之信①。曰："君但②为我放之。"张老不得已，乃放。龙夜后送珠于僧，而移出潭水。张老亦辞僧去。后数日，忽大雷雨，坏此僧舍，夺其珠。果如张老之言。（出《原化记》）

【注释】

①不之信：不信之，即不相信他。

②但：只。

【译文】

荆湘有一座僧寺背山近水，水中有龙，时常兴起风雷，毁坏树木。寺中有一个撞钟的张老，是一个术士，但是和尚不知道。张老厌恶这条龙祸害东西，就想要拘禁杀掉它，于是就暗中作法。这条龙已经知道了，就变成人，偷偷地告诉和尚说："我是一条龙，住在这水中多年了。或许因为我出去的时候，风雨损坏了东西，我就被张老施了禁术，性命危急，除了你谁也救不了我。如果你能救我一命，我送你一颗宝珠，以示报答。然后我就搬到别的地方去。”和尚答应了，夜间喊来张老，求他把龙放掉。张老说：“和尚能不能不要龙给你的那颗珠子？这条龙很穷，只有这颗珠子，它的性子又吝啬凶恶。现在你要是要了他的珠子，他到时候后悔就来不及了。”和尚不相信他，说：“你只管为我放了它。”张老不得已，就放了。龙在这一夜之后把珠子送给了和尚，并从这潭水里搬了出去。张老也辞别和尚走了。后来过了几天，忽然下起大雷雨，毁坏了和尚的僧舍，夺了他的宝珠。果真像张老说的那样。

蛟

长沙女

【原文】

长沙有人忘姓名。家江边。有女下渚浣衣，觉身中有异，后不以为患，遂妊身①。生三物，皆如虾鱼。女以己所生，甚怜之，著澡盘水中养。经三月，此物遂大，乃是蛟子。各有字，大者为当洪，次者名破阻，小者曰扑岸。天暴雨，三蛟一时俱去，遂失所在。后天欲雨，此物辄来。女亦知其当来，便出望之。蛟子亦出头望母，良久复去。经年，此女亡后，三蛟一时俱至墓所哭泣，经日乃去。闻其哭声，状如狗嗥。（出《续搜神记》）

【注释】

①妊身：怀孕。

【译文】

长沙有一个人，忘了他叫什么了，家住江边。有个女儿到江渚洗衣服，觉得身子里有异样的感觉，后来也没拿着当回事，于是就怀了孕。生下了三个东西，都像虾鱼。女子因为是自己生的，很怜爱它们，把它们放到澡盘里养着。过了三个月，这东西长大了，原来是蛟子。它们各有名字。大的叫当洪，老二叫破阻，小的叫扑岸。天降暴雨，三蛟一时全都离开了，不知道去了哪里。后来凡是天要下雨，它们就会来。女子也知道它们要来，就出去远远地看着。蛟子也探出头来看母亲，很久才离去。过了一年，这个女子死了，三蛟都来到墓地哭泣，过了整整一天才离去。听它们的哭声像狗嗥。

虎

封邵

【原文】

汉中有虎生角。道家云，虎千岁则牙蜕而角生。汉宣城郡守封邵，一日忽化为虎，食郡民。民呼曰“封使君”。因去不复来，故时人语曰：“无①作封使君，生不治民死食民。”（出《述异记》）

【注释】

①无：不要。

【译文】

汉中有一只老虎长了角。道家说，老虎活到一千岁就掉牙而长角。汉宣城的郡守封邵，有一天忽然变成一只猛虎，吃郡里的百姓。百姓叫他“封使君”。因为他一去不再回来，所以当时的人说：“别做封使君，活着不治理百姓，死了吃百姓。”

虎妇

【原文】

唐开元中，有虎取人家女为妻，于深山结室而居。经二载，其妇不之觉①。后忽有二客携酒而至，便于室中群饮。戒其妇云：“此客稍异，慎无窥觑。”须臾皆醉眠，妇女往视，悉虎也。心大惊骇，而不敢言。久之，虎复为人形，还谓妇曰：“得无②窥乎？”妇言初不敢离此。后忽云思家，愿一归觐③。经十日，夫将酒肉与妇偕行，渐到妻家，遇深水，妇人先渡。虎方

褰衣，妇戏云："卿背后何得有虎尾出？"虎大惭，遂不渡水，因尔疾驰不返。（出《广异记》）

【注释】

①之觉：觉之。发觉他。

②得无：副词，表示反问或推测，意为"莫不是，该不会，怎能不。"

③归觐：归谒君王父母。

【译文】

唐开元年间，有一只老虎娶了一个人家的女儿为妻，在深山里盖房子居住。过了两年，那女人也没发觉丈夫是只老虎。后来忽然有两位客人带着酒来了，就在屋里和丈夫一起喝酒。丈夫警告她说："这两个朋友与别人不太一样，千万不要偷看他们。"不一会儿，他们都喝醉了，睡在那里。她过去一看，全是老虎。她的心里特别害怕，却不敢说出来。过了一阵子，老虎又恢复成人形，回来问她："你该不会偷看了吧？"她说她根本就不敢离开这里。后来她忽然说想家，希望能回去归省。过了十天，丈夫带着酒肉和她回去，快要走到娘家的时候，遇到一道深水，妻子先过去了。丈夫脱衣服的时候，妻子跟他开玩笑说："你身后怎么有一条虎尾巴伸出来了？"老虎惭愧得不行，也不渡水过河了，回头奔入深山，再也没有回来。

碧石

【原文】

开元末，渝州多虎暴。设机阱，恒未得之。月夕，人有登树候望，见一伥鬼①如七八岁小儿，无衣轻行，通身碧色，来发②其机。及过，人又下树正之。须臾，一虎径来，为陷机所中而死。久之，小儿行哭而返，因入虎口。及明开视，有碧石大如鸡子在虎喉焉。（出《广异记》）

【注释】

①伥（chāng）鬼：被老虎吃掉而变成老虎的仆役的鬼魂，常引诱人使其被老虎吃掉，就是人们通常所说的"为虎作伥"。

②发：触发。

【译文】

开元末年，渝州多次发生老虎吃人事件。设了有机关的陷阱，一直捉不住它。一个有月光的夜晚，有人爬到树上等候远望，见有一个伥鬼，就像一个七八岁的小男孩，不穿衣服，轻飘飘地行走。他全身碧色，来到陷阱这边便触发了机关。等他过去，树上的人又下来重新装好机关。不一会儿，一只老虎径直走来，中了陷阱里的机关而死。过了很久，小孩儿哭着走回来，就进到老虎的嘴巴里面。到天明打开虎嘴一看，有鸡蛋大的一块碧石卡在老虎的喉咙里。

斑子

【原文】

山魈[①]者，岭南所在有之，独足反踵[②]，手足三歧。其牝[③]好傅脂粉。于大树空中作窠，有木屏风帐幔。食物甚备。南人山行者，多持黄脂铅粉及钱等以自随。雄者谓之山公，必求金钱。遇雌者谓之山姑，必求脂粉。与者能相护。唐天宝中，北客有岭南山行者，多夜惧虎，欲上树宿，忽遇雌山魈。其人素有轻赍，因下树再拜，呼山姑。树中遥问："有何货物？"人以脂粉与之，甚喜。谓其人曰："安卧无虑也。"人宿树下，中夜，有二虎欲至其所。山魈下树，以手抚虎头曰："斑子，我客在，宜速去也。"二虎遂去。明日辞别，谢客甚谨。其难晓者，每岁中与人营田，人出田及种，余耕地种植，并是山魈，谷熟则来唤人平分。性质直，与人分，不取其多。人亦不敢取多，取多者遇天疫病。（出《广异记》）

【注释】

①山魈（xiāo）：此处指传说中山里的独脚鬼怪。

②踵（zhǒng）：脚后跟。

③牝（pìn）：雌性的，与"牡"相对。

【译文】

山魈，岭南那地方有这种东西，独脚，脚后跟长在前面，手和脚只有三个分歧。雌性喜欢涂脂抹粉。它们在大树洞里筑巢，有木制的屏风帐幔。它们的食物很丰足。南方人在山里走路，大多随身带些黄脂铅粉及钱币等。雄性的被称作“山公”，遇上它，它一定向你要钱。遇见雌性的要叫“山姑”，它一定会跟人要脂粉。给它脂粉的人可以得到它的保护。唐天宝年间，有个在岭南山中行路的北方人，每天夜里怕虎，想要到树上睡觉，忽然遇上了雌性山魈。这人平常总揣些小东西，于是就下树拜了它两拜，称它山姑。山姑在树中远远地问：“你有什么货物？”这个人就把脂粉送给它，它很高兴。它对这个人说：“放心睡，别担心。”这个人睡在树下，到了半夜，有两只老虎想要到这个人睡觉的地方，山魈下树，用手抚摸着虎头说：“斑子，我的客人在这里，你赶紧走吧。”两只虎就走了。第二天辞别，它与客人道谢，很是客气。让人搞不明白的是，山魈每年都会和人联合起来种田，人出田地和种子，剩下的在耕地里种植的活计，都是山魈。谷物成熟就来喊人平分。它们的性情耿直，和人分东西的时候不贪多。人也不敢贪多，取多了会遇上天灾疫病。

畜兽

白骆驼

【原文】

哥舒翰[1]常镇于青海，路既遥远，遣使常乘白骆驼以奏事，日驰五百里。(出《明皇杂录》)

【注释】

①哥舒翰：唐朝名将。

【译文】

哥舒翰常年镇守青海，路途很遥远，派遣的使者常乘着白骆驼奏事，一天能够奔驰五百里。

李审言

【原文】

万寿年中，长安百姓李审言忽得病如狂，须与羊同食。家人无以止，求医不效。后忽西走，近将百里，路傍遇群羊，遽走入其内。逐之者方至，审言已作为一大羊，于众中不能辨认。及家人齐至，泣而择之。其一大羊，乃自语曰："将我归[1]，慎勿杀我。我为羊快乐，人何以比？"遂将归饲养，以终天年。(出《潇湘录》)

【注释】

①将我归：把我带回去。

【译文】

万寿年间，长安一个百姓叫李审言的忽然得了病，就像发狂了一样，一定要和羊一起吃饭。家里人管不住，求医也没用。后来他忽然往西边逃跑了将近一百里地，路边遇见一群羊，他就马上跑进它们里边。赶他的人刚到的时候，李审言已经变成了一只大羊，在羊群里辨认不出来了。等到家里人都到了，一边哭一边挑哪一个是他。其中一个大羊就自己说话了："把我带回去吧，千万记得别杀了我。我当羊的快乐，当人怎么能比？"于是就把他带回去养着，一直到老死。

吴郡士人

【原文】

晋有一士人姓王，家在吴郡，还至曲阿，日暮，引船上，当大埭[①]。见塘上有一女子，年十七八，便呼之留宿。至晓，解金铃系其臂，使人送至家，都无女人，因过猪栏中，见母猪臂有金铃也。（出《搜神记》）

【注释】

①埭（dài）：坝。

【译文】

晋朝有一个士人，姓王，家在吴郡。回来的时候，到了曲阿，天晚了，到了船上，停在一条大坝旁边。他看见塘上有一个女子，十七八岁，就叫她一起过夜。到了天明，解下金铃系在她的手臂上，便派人送她回家，家里一个女人都没有。后来他经过猪栏，见母猪的臂上绑着金铃。

好酒

【原文】

猩猩好酒与屐。人欲取者，置二物以诱之。猩猩始见，必大詈云："诱我也。"乃绝走而去之。去而复至。稍稍相劝，顷尽醉。其足皆绊。或图而赞之曰："尔形唯猿，尔面唯人。言不忝[①]面，智不逾身。淮阴佐汉，李斯

相秦。曷若箕山[2]，高卧养真。”（出《国史补》）

【注释】

①忝（tiǎn）：谦辞，表示辱没他人，自己有愧。

②箕山：箕山之志，旧时用以称誉不愿在乱世做官的人。

【译文】

猩猩喜欢喝酒，爱穿木屐。人想要捉它，就把这两样东西放在那儿引诱它。猩猩刚发现的时候，一定会大骂道："这是引诱我们呢！"于是远远地跑开。离开后，又会回来，渐渐地互相劝酒，一会儿就全喝醉了。而且它们的脚被木屐绊住。有的人为它们画了像，并题词道："你的样子像猿，你的脸像人，说话不觉得羞愧，智慧保全不了自身。淮阴侯韩信辅佐汉朝，李斯为大秦之相，他们哪里比得上隐居深山，安闲地修养你的本心。"

能言

【原文】

安南武平县封溪中，有猩猩焉。如美人，解人语，知往事。以嗜酒故，以屐得之。槛[1]百数同牢。欲食之，众自推肥者相送，流涕而别。时饷封溪令，以帕盖之。令问何物，猩猩乃笼中语曰："唯有仆[2]并酒一壶耳。"令笑而爱之，养畜，能传送言语，人不如也。（出《朝野佥载》）

【注释】

①槛（jiàn）：此处指关禽兽的木笼。

②仆："我"的谦称。

【译文】

安南武平县封溪县境内，有猩猩。像美人一样，能听懂人话，了解往事。因为嗜酒，人们用木屐把它们捉来，一个木笼里关着上百个。要吃它们的时候，他们就自己挑选身体肥胖的送出来，洒泪而别。当时送了一只给封溪县令，用手帕盖着。县令问是什么东西，猩猩就在笼子里说道："只有我和一壶酒罢了。"县令笑了，很喜欢它，把它养起来。它能传话，比人都强。

猓然

【原文】

剑南人之采猓然[1]者，得一猓然，其数十猓然可得。何哉？猓然有伤其类者，聚族悲啼，虽杀之不去。此禽兽之状而人心也。乐羊、张仁愿、史牟，则人之状而禽兽心也。（出《国史补》）

【注释】

①猓（guō）然：一种脊索动物，古书上指一种长尾猿。

【译文】

剑南捕获猓然的人，只要捕到一只猓然，就可以抓到几十只猓然。为什么呢？因为猓然同情它同类的遭遇，整个家族聚到一起悲啼，即使杀死它们也不肯离开。这是长着禽兽的模样，却长了一颗人心。乐羊、张仁愿、史牟之流，却是顶着人的模样，长了一颗禽兽的心。

狨

【原文】

狨[1]者猿猱之属，其雄毫长一尺、尺五者，常自爱护之，如人披锦绣之服也。极嘉者毛如金色，今之大官为暖座者是也。生于深山中，群队动成千万。雄而小者，谓之狨奴。猎师采取者，多以桑弧檑矢射之。其雄而有毫者，闻人犬之声，则舍群而窜。抛一树枝，接一树枝，去之如飞。或于繁柯秾叶之内藏隐之。身自知茸好，猎者必取之。其雌与奴，则缓缓旋食而传其树，殊不挥霍，知人不取之。则有携一子至一子者甚多。其雄有中箭者，则拔其矢嗅之，觉有药气，则折而掷之。嚬眉[2]愁沮[3]，攀枝蹲于树巅。于时药作抽掣，手足俱散。临堕而却揽其枝，揽是者数十度。前后呕哕，呻吟之声，与人无别。每口中涎出，则闷绝手散。堕在半树，接得一细枝稍，悬身移时，力所不济，乃堕于地。则人犬齐到，断其命焉。猎人求嘉者不获，则便射其雌，雌若中箭，则解摘其子，湉去复来，抱其母身，去离不获，乃母子俱毙。若使仁人观之，则不忍寝其皮，食其肉。若无悯恻之心者，其肝是铁石，其人为禽兽。昔邓芝射猿，其子拔其矢，以木叶塞疮。芝曰："吾违物性，必将死焉。"于是掷弓矢于水中。山民无识，安知邓芝之为心乎？（出《玉堂闲话》）

【注释】

①狨（róng）：哺乳动物。小型低等猴类。

②嚬（pín）眉：皱眉头。表示忧愁或不快。

③愁沮：悲愁沮丧。

【译文】

狨是猿猴的一种。雄性的毛长一尺到一尺半，平常很是爱护自己的毛，就像人穿了锦绣衣服。极好的狨毛颜色像金子，如今大官们做暖座用的就是这种毛皮。狨生在深山之中，一群狨动不动就成千上万。雄性还没长大的，叫“狨奴”。猎人捕狨，多是用桑木条做成的弓和用檽树条做的箭射它。那些雄性有长毛的，听到人和狗的声音，就离群逃跑。抛开一个树枝，抓住另一个树枝，跑起来跟飞一样。或者在茂密的枝叶间藏起来。它知道自己的毛好，猎人一定会捉它。那些雌性的和狨奴，却慢慢地一边吃着东西一边从这树到那树，一点都不着急，知道人不捉它。有许多怀里抱着一个或更多的小崽。雄性有中箭的，就把箭拔出来闻一闻，觉得有药的气味，就把箭折断扔掉。皱着眉头发愁，攀着树枝蹲到树顶。药物发作时开始抽搐，手脚没力气，要掉下来的时候，还死死地抓着树枝，抓几十次。前后呕吐和呻吟的声音和人没差别。每一次口中流涎，就憋闷得松开手，掉落到一半，抓到一根细枝就不放，在半空里悬挂半天，实在没力气了，才掉到地上。人和狗都赶了过来，结束了它的性命。猎人捉好的捉不到，就会射那些雌的。雌的如果中了箭，就把怀里抱的小崽扔出去。小崽被扔出去又跑回来，抱着母亲。既然离不开，那就母子一块死。如果让仁慈的人看了这场面，就不忍心睡在它的皮毛上，不忍心吃它的肉。如果没有怜悯之心的人，他的肝是铁石做的，为人就是禽兽。以前邓芝射母猿，猿子为它把箭拔出来，用树叶塞住伤口。邓芝说：“我违背了生物的本性，一定会死。”于是把弓箭扔到河里去。山民没有见识，哪知道邓芝的用心呢？

贺兰进明

【原文】

唐贺兰进明为狐所婚，每到时节，狐新妇恒至京宅，通名起居，兼持贺遗及问讯。家人或有见者，状貌甚美。至五月五日，自进明已下，至其仆隶，皆有续命。家人以为不祥，多焚其物。狐悲泣云：“此并真物，奈何焚之？”其后所得，遂以充用。后家人有就求漆背金花镜者，入人家偷镜挂项，缘①墙行，为主人家击杀，自尔怪绝焉。（出《广异记》）

【注释】

①缘：顺着，缘着。

【译文】

唐代的贺兰进明与狐狸结婚，每到节令，狐狸新媳妇常常到京城的住宅去，通报姓名，住在那里，还带来贺兰进明的礼品和问候。家人中有的看见过她，长得很美。到五月五日这天，从贺兰进明乃至家中的仆人，都能得到她送的续命缕。家人认为不吉祥，大多都给烧了。狐狸悲伤地哭泣说："这些都是真的，干嘛要烧掉呢？"以后再得到她给的东西，便留下使用了。后来家里有个人向她求一个漆背金花镜，她到别人家里偷了镜子，挂在脖子上，顺着墙走的时候被主人家打死了。此后怪事就没有了。

昆仑西北山

【原文】

昆仑西北有山，周回①三万里，巨蛇绕之，得三周，蛇为长九万里。蛇常居此山，饮食沧海。（出《玄中记》）

【注释】

①周回：周长。

【译文】

昆仑山的西北有座山，周长三万里。有条巨蛇缠绕着它，能绕三圈，蛇长九万里。巨蛇一直住在这座山上，从沧海里找吃的喝的。

窦武

【原文】

后汉窦武母产武而并产一蛇，送之野中。后母卒，及葬未窆①，有大蛇捧草而出，径至丧所，以头击柩，涕血皆流，俯仰诘屈，若哀泣之容。有顷而去，时人知为窦氏之祥②。（出《搜神记》）

【注释】

①窆（biǎn）：埋葬。

②祥：本意指有关吉凶的征兆。祭祀、奉行羊向上呈现美好的品德，为祥。

【译文】

后汉窦武的母亲生窦武时，同时生下一条蛇，把它送到了野外。后来窦武的母亲死了，等到出殡那天，还未落葬，有大蛇衔着草出来，一直到了埋葬的地方，用头撞着灵柩，眼泪和血一起流出来，一俯一仰，弯曲盘旋，像是哀泣的模样。一会儿便离开了，当时的人们知道这是为窦氏所做的祭祀。

太元士人

【原文】

晋太元中，士人有嫁女于近村者。至时，夫家遣人来迎，女家好发遣①，又令女弟送之。既至，重门累阁，拟于王侯。廊柱下有灯火，一婢子严妆②直守，后房帷帐甚美。至夜，女抱乳母涕泣，而口不得言。乳母密于帐中，以手潜摸之，得一蛇，如数围柱，缠其女，从足至头。乳母惊走出，柱下守灯婢子，悉是小蛇，灯火是蛇眼。（出《续搜神纪》）

【注释】

①发遣：打发，使离去；特指送嫁。

②严妆：认真地打扮。

【译文】

晋代太元年间，有个士人把女儿嫁到附近的村子。到了时候，夫家派人来迎接，女家好好地发嫁了女儿，又让新娘的弟弟送她。到了以后，重重叠叠的门户楼阁，跟王侯之家一样。廊柱下有灯火，一个婢女妆束严整，直直地守在廊柱下，后房的帐幕很是美丽。到了夜里，女子抱着乳母哭泣，却说不出话。乳母偷偷地把手伸进帐子里去摸，摸到一条蛇，像几抱的柱子那么粗，缠着新娘子，从脚缠到头。乳母惊吓得跑了出去，廊柱下守灯的婢女全是小蛇，灯火是蛇的眼睛。

邛都老姥

【原文】

益州邛都县有老姥家贫孤独，每食，辄有小蛇，头上有角，在柈[①]之间。姥怜而饲之，后渐渐长大丈余。县令有马，忽被蛇吸之，令因大怒，收姥。姥云："在床下。"遂令人发掘，愈深而无所见，县令乃杀姥。其蛇因梦于令曰："何故杀我母？当报仇耳！"自此每常闻风雨之声。三十日，是夕，百姓咸惊相谓曰："汝头何得戴鱼。"相逢皆如此言。是夜，方四十里，整个城一时俱陷为湖，土人谓之邛河，亦邛池。其母之故宅基独不没，至今犹存。鱼人采捕，必止宿。又言此水清，其底犹见城郭楼槛宛然矣。（出《穷神秘苑》）

【注释】

①柈（pán）：同"盘"。

【译文】

益州的邛都县有个老妇人，家里贫穷，孤身一人，每当吃饭时，就有一条小蛇，头上有角，卧在盘子间。老妇人可怜它，喂它吃的。后来它渐渐长到了一丈多长。县令有匹马，忽然被蛇吞了，县令因而大怒，收押了老妇人。老妇人说："蛇在我的床下。"县令就派人去挖，挖得越来越深却什么也没看见，县令就杀了老妇人。那条蛇因而托梦给县令说："为什么杀我的母亲？我要为她报仇！"从此就经常听到下雨刮风的声音。三十日，这天晚上，百姓们都吃惊地互相说："你的头上为什么顶着鱼？"遇到的人都这样说。这天夜里，方圆四十里，整个城池一下子陷下去成为一片湖泊，当地人叫它邛河，也叫邛池。只有老妇人的旧宅的宅基没有淹没，现在还在呢。打鱼的人来捕鱼，一定在那里停下住宿。又有人说，这里的水很清，湖底还能清清楚楚地看见城郭楼槛。

李舟弟

【原文】

李舟之弟患风，或说蛇酒可疗，乃求黑蛇。生覆瓮中，加之曲蘖。数日，蛇声不绝，及熟，香气酷烈，引满而饮。须臾，悉①化为水，唯毛发存之。（出《国史补》）

【注释】

①悉：全，都。

【译文】

李舟的弟弟得了头风病，有人说用蛇泡酒可以治疗，就捉来黑蛇。把黑蛇活着封在瓮里，加进曲蘖。好几天，蛇的叫声不停。等到酒酿熟了，香气极其浓烈，舀出满满一碗酒喝了，不一会儿，人就全化成了水，只有毛发还在。

禽鸟

凤凰台

【原文】

凤骨黑，雄雌旦夕鸣各异。皇帝使伶伦[1]制十二龠[2]写之，其雄声，其雌音。乐有《凤凰台》。此凤脚下物如白石者，凤有时来仪，候其所止处，掘深三尺，有圆石如卵，正白，服之安心神。（出《酉阳杂俎》）

【注释】

①伶伦：中国古代传说中的音乐人物，也作泠伦。相传为黄帝时代的乐官，是发明律吕据以制乐的始祖。

②龠（yuè）：古代一种乐器，形状像箫。

【译文】

凤凰的骨头是黑色的，雄的和雌的在早晨和夜晚的叫声各不相同。皇帝让乐官伶伦制造了一支十二个孔的乐器"龠"，来模仿雌雄凤凰鸣叫的声音，于是就有了《凤凰台》这支乐曲。凤凰脚下有一种东西，像是白石。凤凰出现的时候，找到它站立过的地方，挖掘三尺深，能找到一块像蛋一样的圆石头，纯白色，吃了它能使人心神安定。

宝观寺

【原文】

沧州东光县宝观寺，常有苍鹘集重阁[1]，每有鸽数千。鹘冬中每夕，即取一鸽以暖足，至晓，放之而不杀。自余鹰鹘，不敢侵之。（出《朝野

佥载》）

【注释】

①重阁：重重楼阁。

【译文】

沧州东光县的宝观寺，常常有鹘鸟聚集在重叠的殿阁上，同时有数千只鸽子聚集着。鹘鸟到了冬天，每天晚上就捉来一只鸽子暖脚，到天亮就放走，也不杀死它。其余的鹰鹘也不敢来侵害它们。

范质

【原文】

汉户部侍郎范质言，尝有燕巢于舍下，育数雏，已哺食矣。其雌者为猫所搏食之，雄者啁啾，久之方去。即时又与一燕为匹而至，哺雏如故。不数日，诸雏相次堕地，宛转而僵。儿童剖腹视之，则有蒺藜子在嗉①中，盖为继偶者所害。（出《玉堂闲话》）

【注释】

①嗉（sù）：嗉囊。

【译文】

汉代户部侍郎范质说，曾经有燕子在屋下筑巢，养育了几只雏燕，已经开始哺喂食物。雌燕被猫捉住吃了，雄燕鸣叫很久才飞走。不多时又和一只雌燕配成一对回来了，继续像以前一样哺育雏燕。不几天，所有的雏燕一个接一个地掉到地上，转圈挣扎着死去。儿童剖开雏燕的肚子去看，发现有蒺藜子在雏燕的嗉囊，都是被燕子后来的配偶给害死的。

南人捕雁

【原文】

雁宿于江湖之岸，沙渚①之中，动计千百，大者居其中，令雁奴围而警察②。南人有采捕者，俟其天色阴暗，或无月时，于瓦罐中藏烛，持棒者数人，屏气潜行。将欲及之，则略举烛，便藏之。雁奴惊叫，大者亦惊，顷之复定。又欲前举烛，雁奴又惊。如是数四，大者怒啄雁奴，秉烛者徐徐逼之，更举烛，则雁奴惧啄，不复动矣。乃高举其烛，持棒者齐入群中，乱击之，所获甚多。昔有淮南人张凝评事话之，此人亲曾采捕。（出《玉堂闲话》）

【注释】

①沙渚：小沙洲。

②警察：警觉观察。

【译文】

大雁夜间栖息在江河与湖的岸边，以及沙洲上，动不动就是千百只为一群。大的雁睡在中间，让雁奴围在外面担任警戒。南方有捕捉大雁的人，专等天色阴暗或没有月光的时候，在瓦罐中藏好蜡烛，几个人拿着棒子，屏住呼吸悄悄地过去。快要到雁群那里的时候，就稍微举一下蜡烛再藏起来。雁奴惊叫，大雁也惊醒了，不一会儿又安定下来。又向前举起蜡烛，雁奴又惊叫。像这样反复几次，大雁气得啄雁奴，拿蜡烛的人再慢慢地向前逼进，再举起蜡烛。雁奴害怕被啄，不再动弹。于是人就高高地举起蜡烛，拿棒子的人一起冲进雁群中，一通乱打，能捕获到很多大雁。从前有个淮南人张凝评事讲述了这件事，他曾经亲自捕过雁。

漱金鸟

【原文】

魏时，昆明国贡漱金鸟。国人云："其地去①然州九千里，出此鸟，形如雀，色黄，毛羽柔密，常翾②翔海上，罗者得之，以为至祥。闻大魏之德，被于荒远，乃越山航海，来献大国。"帝得此鸟，蓄于灵禽之圃，饴以真珠，饮以龟脑。鸟常吐金屑如粟，铸之可以为器。昔汉武时，有献大雀，此之类也。此鸟畏霜雪，乃起小室以处之，名曰辟寒台。皆用水晶为户牖，使内外通光，而常隔于风雨尘雾。宫人争以所吐之金饰钗珮，谓之辟寒金，故宫人相嘲言曰："不服辟寒金，那得君王心；不服辟寒钿，那得君王怜。"于是媚惑争以宝为身饰，及行卧皆怀挟以要宠也。魏代丧灭，珍宝池台，鞠为茂草，漱金之鸟，亦自高翔。（出《拾遗录》）

【注释】

①去：距离。

②翾（xuān）：飞翔。

【译文】

魏时，昆明国进贡了漱金鸟。国人说："产此鸟的地方离然州九千里，这种鸟形状如雀，黄色，羽毛柔软细密。常在海上飞翔，用网捕捉，认为此鸟是最吉祥的东西。听说大魏的德政，使偏远地区也受到了恩惠，就越山航海，来献给大国。"皇帝得此鸟后，把它蓄养在灵禽的苑囿，喂它珍珠，让它喝龟脑。鸟常吐出米粒大小的金屑，可以用来铸造器物。从前汉武帝时，有进贡大雀的，就是这一类鸟。这种鸟怕霜雪，就做个小屋让它住，起名避寒台。都是用水晶做门窗，内外通光，又能挡住风雨尘雾。宫人争着用鸟吐出的金屑装饰钗和珮，叫它避寒

金。所以宫女们相互嘲戏说："不戴避寒金，那得君王心；不服辟寒钿，那得君王怜。"于是想要媚惑君王，就争着用避寒金做身上的饰品，竟是行走坐卧都在怀里揣着来邀宠。魏灭亡后，当年珍贵的池台，养出了茂密的荒草，吐金的鸟也远走高飞了。

鹳鹴

【原文】

鹳鹴[①]，一名堕羿，形似鹊。人射之，则衔矢反射人。（出《酉阳杂俎》）

【注释】

①鹴（shuāng）：鸟

【译文】

鹳鹴，另一个名字叫堕羿，形状像鹊。人用箭射它，它就衔住箭反过来射人。

桐花鸟

【原文】

剑南彭蜀间，有鸟大如指，五色毕具[①]，有冠似凤。食桐花，每桐结花即来，桐花落即去，不知何之，俗谓之桐花鸟。极驯善，止于妇人钗上，客终席不飞。人爱之，无所害也。（出《朝野佥载》）

【注释】

①毕具：全都具备。

【译文】

剑南的彭水蜀郡之间，有一种鸟，同人的手指般大，五色缤纷，鸟冠像凤凰。吃桐花，每当桐树开花就飞来，花落就飞走，不知去了哪里。人们叫它桐花鸟。这鸟极为温顺善良，落在妇女的钗上，客走席散也不飞。人们很喜爱它，它对人们没有一点害处。

莺

【原文】

顷年，有人取得黄莺雏，养于竹笼中。其雌雄接翼，晓夜哀鸣于笼外，绝不饮喙。乃取雏置于笼外，则更来哺之。人或在前，略无①所畏。忽一日，不放出笼，其雄雌缭绕飞鸣，无从而入。一投火中，一触笼而死。剖腹视之，其肠寸断。（出《玉堂闲话》）

【注释】

①略无：一点都不。

【译文】

近年来，有个人捉到了黄莺鸟的幼雏，养在竹笼中。那一对雌雄大鸟连着翅膀，白天黑夜在竹笼外哀鸣，一点东西也不吃，也不饮水。于是人就取出雏鸟放在笼外，大鸟就来哺育幼雏，人有时候往前走，它们一点儿都不怕。忽然有一天，没放雏鸟出笼，那一对大鸟就围绕着笼子边飞边叫，进不去笼子。一只投入火中，一只撞死在笼子上。剖开腹部一看，它的肠子已经寸断。

水族

海人鱼

【原文】

海人鱼，东海有之，大者长五六尺，状如人，眉目、口鼻、手爪、头皆为美丽女子，无不具足。皮肉白如玉，无鳞，有细毛，五色轻软，长一二寸。发如马尾，长五六尺。阴形与丈夫女子无异，临海鳏寡①多取得，养之于池沼。交合之际，与人无异，亦不伤人。（出《洽闻记》）

【注释】

①鳏（guān）寡：鳏夫、寡妇。

【译文】

海人鱼，东海里有。大的长五六尺，样貌像人。眉毛、眼睛、口鼻、手脚和头都像美丽的女子，没有什么缺少的地方。皮肉白得像玉，没有鳞片，有细毛，毛有五种颜色，又轻又软，长一二寸。头发像马尾巴，长五六尺。阴部的形状和男人、女人没差别，靠海的鳏夫、寡妇大多捉来把它们放在池沼中养起来。交合时，与人没什么两样，也不伤人。

乌贼鱼

【原文】

乌贼，旧说名河伯从事。小者遇大鱼，辄放墨方数尺以混身，江东人或取其墨书契，以脱人财物。书迹如淡墨，逾年字消，唯空纸耳。海人言，昔秦王东游，弃算袋于海，化为此鱼，形如算袋，两带极长。一说，乌贼

有矴，遇风则前一须下矴[1]。（出《酉阳杂俎》）

【注释】

①矴（dìng）：同“碇”，系船的石礅。

【译文】

乌贼，过去说它叫“河伯从事”。小乌贼遇到大鱼，就放出墨水染黑方圆几尺用来藏身。有的江东人取它的墨来写契约，方便诈骗别人的钱物。写出的字迹像淡墨，过一年字就消失了，只剩下一张空白纸。海人说，从前秦王东游，把一个算袋扔到海里，变成了这种鱼。这种鱼外形像算袋，两根带子极长。另一种说法，乌贼身上有石碇，遇到大风时它的前一根须子就卷住石碇。

长水县

【原文】

秦时，长水县有童谣曰：“城门当有血，则陷没为湖。”有老妪闻之，忧惧，旦旦往窥焉。门卫欲缚之，妪言其故。妪去后，门卫杀犬，以血涂门。妪又往，见血走去，不敢顾。忽有大水，长欲没县。主簿何干入白令，令见干曰：“何忽作鱼？”干曰：“明府[1]亦作鱼矣！”遂沦陷为谷。（出《神鬼传》）

【注释】

①明府：汉魏以来对郡守牧尹的尊称。

【译文】

秦朝的时候，长水县有童谣说：“城门要是有血，城就会陷没变成湖泊。”有个老妇人听见了，忧愁恐惧，天天去城门查看。门卫想把她绑起来，老妇人说了来城门的原因。老妇人离开后，门卫杀了一条狗，把狗血涂到城门上。老妇人又去查看，看见城门上的血就逃离了县城，不敢回头。这时忽然出现了大水，水渐渐增长，几乎要淹没县城，主簿何干进去说给县令听，县令看见了何干说：“你为什么忽然变成了鱼？”何干说：“您也变成鱼了。”于是县城沦陷成为深沟湖泊。

人化水族

宋士宗母

【原文】

魏清河宋士宗母，以黄初中，夏天于浴室里浴，遣家中子女阖户。家人于壁穿中，窥见沐盆水中有一大鼋[1]。遂开户，大小悉入，了不与人相承。尝先著银钗，犹在头上。相与守之啼泣，无可奈何。出外，去甚驶，逐之不可及，便入水。后数日忽还，巡行舍宅如平生，了无所言而去。时人谓士宗应行丧，士宗以母形虽变，而生理尚存，竟不治丧[2]。与江夏黄母相似。（出《续搜神记》）

【注释】

①鼋（yuán）：爬行动物。背甲近圆形，暗绿色，有小疣。生活在河中。

②治丧：办理丧事。

【译文】

魏国清河人宋士宗的母亲，在黄初年间，夏天在浴室里洗澡，让家里的儿女们关上门。家里人从墙壁的孔洞中，窥见浴盆的水里有一只大鼋。于是他们就打开门，一家大小都进去了，大鼋却一点也不搭理他们。老太太先前戴的银钗，仍在鼋的头上。一家人守着大鼋哭泣，没有办法可想。那大鼋爬出门外，跑得很快，追都追不上，眼睁睁地看着它跳进水里。后来过了几天，它忽然回来了，在住宅四周巡行，像平时一样，一句话没说就走了。当时的人对宋士宗说应当为母亲举办丧事，宋士宗认为母亲虽然外形变了，但还活在世上，就没有举行丧礼。这件事与江夏黄氏的母亲相似。

薛伟

【原文】

薛伟者，唐乾元元年，任蜀州青城县主簿，与丞邹滂、尉雷济、裴寮同时。其秋，伟病七日，忽奄然若往[①]者，连呼不应，而心头微暖。家人不忍即敛，环而伺之。经二十日，忽长吁起坐，谓家人曰："吾不知人间几日矣！"曰："二十日矣。"曰："即与我觑群官，方食脍[②]否。言吾已苏矣，甚有奇事，请诸公罢箸来听也。"仆人走视群官，实欲食脍，遂以告，皆停餐而来。伟曰："诸公敕司户仆张弼求鱼乎？"曰："然。"又问弼曰："鱼人赵干藏巨鲤，以小者应命，汝于苇间得藏者，携之而来。方入县也，司户吏坐门东，纠曹吏坐门西，方弈棋。入及阶，邹雷方博，裴啗挑实。弼言干之藏巨鱼也，裴五令鞭之。既付食工王士良者，喜而杀乎？"递相问，诚然。众曰："子何以知之？"曰："向杀之鲤，我也。"众骇曰："愿闻其说。"曰："吾初疾困，为热所逼，殆不可堪。忽闷

忘其疾，恶热求凉，策杖而去，不知其梦也。既出郭，其心欣欣然，若笼禽监兽之得逸[3]。莫我知也。渐入山，山行益闷，遂下游于江畔。见江潭深净，秋色可爱；轻涟不动，镜涵远虚。忽有思浴意，遂脱衣于岸，跳身便入。自幼狎水，成人以来，绝不复戏，遇此纵适，实契宿心。且曰：'人浮不如鱼快也，安得摄鱼而健游乎？'旁有一鱼曰：'顾足下不愿耳。正授亦易，何况求摄？当为足下图之。'决然而去。未顷，有鱼头人长数尺，骑鲵来导，从数十鱼，宣河伯[4]诏曰：'城居水游，浮沉异道，苟非其好，则昧通波。薛主簿意尚浮深，迹思闲旷，乐浩汗之域，放怀清江；厌巇崿之情，投簪幻世。暂从鳞化，非遽成身。可权充东潭赤鲤。呜呼！恃长波而倾舟，得罪于晦；昧纤钩而贪饵，见伤于明。无或失身，以羞其党，尔其勉之。'听而自顾，即已鱼服矣。于是放身而游，意往斯到；波上潭底，莫不从容；三江五湖，腾跃将遍。然配留东潭，每暮必复。俄而饥甚，求食不得，循舟而行，忽见赵干垂钩，其饵芳香，心亦知戒，不觉近口。曰：'我，人也，暂时为鱼，不能求食，乃吞其钩乎。'舍之而去。有顷，饥益甚，思曰：'我是官人，戏而鱼服。纵吞其钩，赵干岂杀我？固当送我归县耳。'遂吞之。赵干收纶以出。干手之将及也，伟连呼之，干不听，而以绳贯我腮，乃系于苇间。既而张弼来曰：'裴少府买鱼，须大者。"干曰：'未得大鱼，有小者十余斤。'弼曰：'奉命取大鱼，安用小者？'乃自于苇间寻得伟而提之。又谓弼曰：'我是汝县主簿，化形为鱼游江，何得不拜我？'弼不听，提之而行，骂亦不已，弼终不顾。入县门，见县吏坐者弈棋，皆大声呼之，略无应者，唯笑曰：'可畏鱼，直三四斤余。'既而入阶，邹雷方博，裴啗桃实，皆喜鱼大。促命付厨。弼言干之藏巨鱼，以小者应命。裴怒，鞭之。我叫诸公曰：'我是公同官，而今见杀，竟不相舍，促杀之，仁乎哉？'大叫而泣，三君不顾，而付脍手，王士良者，方砺刃[5]，喜而投我于几上。我又叫曰："王士良，汝是我之常使脍手也，因何杀我？何不执我白于官人？'士良若不闻者，按吾颈于砧上而斩之。彼头适落，此亦醒悟，遂奉召尔。”诸公莫不大惊，心生爱忍。然赵干之获，张弼之提，县司之弈吏，三君之临阶，王士良之将杀，皆见其口动，实无闻焉。于是三君并投脍，终身不食。伟自此平愈，后累迁华阳丞，乃卒。（出《续玄怪录》）

【注释】

①往：这里指的是死亡。

②脍（kuài）：切得很细的鱼或肉；把鱼、肉切成薄片。

③逸：逃脱。

④河伯：古代中国神话中的黄河水神。

⑤砺刃：磨刀。

【译文】

薛伟在唐代乾元元年担任蜀州青城县的主簿，与县丞邹滂、县尉雷济、裴寮一同任职。这一年的秋天，薛伟病了七天，忽然气息微弱仿佛要死了，家里人连连呼叫也叫不应，但是他的心头还有一点热气。家里人不忍心就此埋葬，围着他等他醒来。过了二十天，薛伟忽然长叹一口气坐了起来，对家里的人说：“我不知道人间已经过了几天了！”家里人回答说：“二十天了。”他说：“立即替我去看看各位官员，刚才有没有吃鲙。告诉他们我已经醒过来了，有件奇事，请他们放下筷子来听我说。”仆人跑去看那些官员，确实正要吃鱼脍，就告诉了他们，他们都停下吃喝来到薛伟身边。薛伟说：“你们命令司户仆张弼去找鱼了没？”回答：“是的。”又问张弼：“渔夫赵干藏起大鲤鱼，用小鱼来应付差事，你在苇草丛中找到了藏起来的大鱼，带着它回来。你正要进入县里，司户的官吏坐在门东，纠住曹吏坐在门西正在下棋，进门走到台阶那儿，看见邹、雷二人正在玩博戏，裴寮在吃桃子。你说了赵干藏起大鱼的事，裴五命人鞭打赵干。你把鱼交给厨工王士良，王士良高兴地杀了鱼，是吗？”挨个人问，果然如此。大家说：“你怎么知道的？”薛伟说：“刚杀的鲤鱼就是我啊。”大家惊骇地说：“怎么回事，详细说说。”薛伟说：‘我刚得病时，浑身发烧，折磨得我受不了。忽然闷得忘了自己的病，怕热求凉，拄着拐杖离开了家。当时我不知道这是梦。走出城郭，心里很舒坦，就像笼子里的禽鸟、笼子里的野兽得到了自由。没有人能懂得我的心情。渐渐地走进山里，在山路上行走越发烦闷，就下山到江边游玩。看见江潭又深又净，秋天的景色很是可爱，水面上没有一点涟漪，像镜子一样，把远近景物和天空的景致都装了进去。我忽然有了洗澡的想法，就把衣服脱在岸边，跳进水里去了。自己从小就会游泳，长成大人以来，再也没有游过水，遇到这样放纵舒适的地方，实在深得我心。于是我说：‘人游得不如鱼快，怎么才能骑着鱼尽情地游水呢？’旁边有一条鱼说：‘只怕先生不愿意，其实让你变成鱼都很容易，何况想骑着鱼呢？我会为先生想办法办好这件事的。’说完就坚决地离开了。不久，有个鱼头人，有几尺长，骑着鲵带路，后面跟着几十条鱼，宣读河伯的诏书说：‘城居水游，浮沉异道，苟非其好，则昧通波。薛主簿意尚浮深，迹思闲旷，乐浩汗之域，放怀清江；厌巘崿之情，投簪幻世。暂从鳞化，非遽成身。可权充东潭赤鲤。呜呼！恃长波而倾舟，得罪于晦；昧纤钩而贪饵，见伤于明。无或失身，以羞其党，尔其勉之。’我一边听一边回头看自己，已经变成了鱼。于是放任身体到处游玩，想去哪里就能去到哪里；水波之上、深潭之底，没有什么地方不能从容游玩的。三江五湖，我飞腾跳跃几乎走遍。可是河伯让我住在东潭，每到晚上一定要回到东潭去。不久，我觉得很饿，找不到吃的，顺着船走，忽然看见赵干在垂钓钓鱼，鱼饵很芳香，我心里也知道要戒备，却不知不觉把嘴伸了过去。我心想：‘我是人，暂时变成鱼，因为找不到吃的就吞那个钓钩吗?’于是扔下鱼饵走了。不一会，饿得更厉害了，又想：‘我是个当官的，因游戏而变成鱼，纵使吞了钓钩，赵干怎么会杀我呢？一定会送我回县里的。’于是就吞了鱼饵。赵干收起鱼线，把我钓了出来。他的手即将抓住我，我连连呼喊他，他不听我的话，却用绳子穿过我的腮，把我拴在苇草之间。不久张弼

来说：‘裴少府要买鱼，需要大的。’张干说：‘没钓到大鱼，有十多斤小鱼。’张弼说：‘我奉命买大鱼，怎么能买小鱼呢？’他就自己在苇草丛中找到了我变成的那条红鲤鱼。我又对张弼说：‘我是你们县的主簿，变成鱼在江里游玩，为什么不对我行礼？’张弼不听，提着我就走，还不停地骂赵干。张弼始终不曾回头。进入县衙大门，看见县吏坐着下棋，我向他们也都大喊，没有一个答应我的，只是笑着说：“可怕的大鱼，有三四斤还多。”他不一会儿走进屋里，邹滂和雷济正在下棋，裴寮在吃桃子，都很喜欢我这条大鱼，急忙让交给厨师。张弼说了赵干藏起大鱼，用小鱼应付的事，裴寮生气了，鞭打赵干。我叫各位说：‘我是你们的同僚，如今要被杀，竟然不放了我，反而催着杀了我，这是仁爱之心吗？’我大叫着哭了起来，三位也不看我，只管把我交给厨师。王士良正在磨刀，看见我，高兴地把我扔在案板上。我又叫喊说：‘王士良，你是我常常使用的厨师，为什么要杀我？为什么不拿着我去向县令说明白？’王士良像是没有听见，在案板上按住我的头颈，一刀剁下，那边鱼头才掉下来，这边我也醒了，就把大家叫来了。”各位客人无不大吃一惊，心生不忍。可是赵干钓到他，张弼提着他，下棋的县吏们及王士良准备杀了他，全都只看见他的嘴巴动，实在没听到他说话。因此，三位同僚一起扔掉鱼脍，这辈子都不再吃了。薛伟从此病也好了，后来多次升职，一直到华阳县的县丞才死。

昆虫

揖怒蛙

【原文】

越王勾践既为吴辱，常尽礼接士，思以平吴。一日出游，见蛙怒，勾践揖之，左右曰："王揖怒蛙何也？"答曰："蛙如是[1]怒，何敢不揖？"于是勇士闻之，皆归越，而平吴。（出《越绝书》）

【注释】

①如是：像这样。

【译文】

越王勾践被吴国侮辱后，常常以最高的礼节接待士人，想着靠他们平定吴国。有一天出去游玩，看见一只蛤蟆在发怒，勾践就向它作揖。左右问他："大王为何向一只发怒的蛤蟆作揖？"勾践答："这只蛤蟆对我如此愤怒，我哪里敢不作揖？"于是勇士们听说了此事，都纷纷归顺越国，从而平定了吴国。

蛮夷

无启民

【原文】

无启民居穴[1]食土。其人死，埋之，其心不朽，百年化为人。录民膝不朽，埋之百二十年化为人。细民肝不朽，八年化为人。（出《酉阳杂俎》。明抄本作出《博物志》。文亦全同《博物志》。）

【注释】

①居穴：居于穴，居住在洞穴。

【译文】

无启人住在洞穴中，吃土为生。他们的人死了就埋掉，死者心脏不腐烂，过一百年又变成人。录人膝盖不腐烂，埋后过一百二十年又能变成人。细人肝脏不腐烂，埋后八年又变成人。

轩辕国

【原文】

轩辕之国，在穷山之际，其不寿[1]者八百岁。诸天之野，和鸾鸟舞。民食凤卵，饮甘露。（出《博物志》）

【注释】

①不寿：寿命不长，短命。

【译文】

轩辕国在穷山的边上，他们国中短命的人也能活八百岁。诸天的原野上，鸾相呼，鸟起舞。百姓吃凤凰的卵，饮甘美的露。

犊沐国

【原文】

越东有犊沐之国，其长子生，则解而食之，谓之宜弟。父死，则负其母而弃之，言鬼妻，不可与共居。楚之南，炎人之国，其亲戚死，刳[①]其肉而弃之，然后埋其骨，乃成孝子也。秦之西有义渠之国，其亲戚死，聚柴而焚之，薰其烟上，谓之登烟霞，然后成为孝。此上以为政，下以为俗，而未足为非[②]也。见《墨子》。（出《博物志》）

【注释】

①刳（kū）：剖开后再挖空。

②非：非议。

【译文】

越国东部有个犊沐国，这个国家的人的长子生下来，就会被分解吃掉，说这样对弟弟好。父亲死了，儿子就把母亲背出去扔掉，说是鬼的妻子，不能跟他们住在一起。楚国南边是炎人国，他们的亲人死了，就把肉刮下来扔掉，然后埋掉骨头，就可以成为孝子了。秦国的西边有个义渠国，亲人死了，就架起柴堆来烧，把亲人的尸体放在烟上熏，称为“登烟霞”，这样才会被认为孝。这些做法，在上是官府规定，在下是民间风俗，没什么值得非议的。这些事《墨子》上都有记载。

卢扶国

【原文】

卢扶国，燕昭王时来朝。渡玉河万里，方至其国。国无恶禽兽，水不扬波，风不折枝。人皆寿三百岁，结草为衣，是谓之卉服。至死不老，咸和孝让。寿登百岁已上，拜敬如至亲之礼。葬于野外，以香木灵草，翳掩于尸。闾里吊送，号泣之声，动于林谷。溪原为之止流，春木为之改色。

居丧[1]，水浆不入口，至死者骨为埃尘，然后乃食。昔大禹随山导川，乃表其地为无老纯孝之国。（出《王子年拾遗记》）

【注释】

①居丧：守孝。

【译文】

卢扶国，燕昭王时，它派使者来朝见。渡过万里玉河才能到达卢扶国。国内没有凶恶的禽兽，水面上不起波浪，风也不会吹折树枝。人们寿命都达到三百岁，穿草编的衣服，称为卉服。人到死了的时候也不会变老，大家都和气、孝顺、谦让。寿命达到百岁以上的，人们对他们拜见致敬，就像对待至亲。人死后埋葬在野外，用香木和灵草覆盖在尸体上。乡里人都去吊唁送葬，号哭的声音震动树林山谷，溪水为此停止流动，春天的树为此改色。居丧期间，既不喝酒也不喝水，直到死者的骨头变成尘埃，然后才吃饭。从前大禹沿着山势疏导河流时，就表彰那个地方是无老纯孝之国。

吐蕃

【原文】

唐贞元中，王师[1]大破吐蕃于青海。临阵，杀吐蕃大兵马使乞藏遮，遮及诸者，或云，是尚结赞男女。吐蕃乃收尸归营。有百余人，行哭随尸，威仪绝异。使一人立尸旁代语，使一人问，“疮痛乎？”代语者曰：“痛。”即膏药涂之。又问曰：“食乎？”代者曰：“食。”即为具食[2]。又问曰：“衣乎？”代者曰：“衣。”即命裘衣之。又问：“归乎？”代者曰：“归。”即具舆马，载尸而去。译语者传也。若此异礼，必其国之贵臣也。（出《咸通录》。明抄本作出《咸通甸围录》。）

【注释】

①王师：天子的军队；国家的军队。

②具食：准备食物。

【译文】

唐代贞元年间，唐军在青海大败吐蕃，在战场上，杀死了吐蕃的大兵马使乞藏遮，有人说乞藏遮和其他死者是尚结赞的侍从。吐蕃人就收起尸首回了营房。有一百多人跟着尸首边走边哭，他们的葬礼仪式极为奇特。让一个人站在尸体旁代死者说话，让一个人问：“伤处疼吗？”代答者就说：“疼。”然后把膏药涂在死者伤处。又问：“吃饭吗？”代答者说：“吃。”又给尸体进上食物。又问：“要穿衣服吗？”代答者说：“穿。”就命人给穿上裘衣。又问：“要回去吗？”代答者说：“回去。”就准备好车马，把尸体装上车拉走。这些情况都是翻译转述过来的。像这种奇特的礼仪，一定是吐蕃国中的贵臣才能享受。

大食国

【原文】

大食西南二千里有国，山谷间，树枝上生花如人首，但[1]不语，人借

问，笑而已，频笑辄落。（出《酉阳杂俎》）

【注释】

①但：只是。

【译文】

大食国西南方二千里外有一个国家，山谷里，树枝上长出的花像人头，只是不说话。人问它时，它光是笑笑，笑得多了，花就落了。

飞头獠

【原文】

邺鄯之东，龙城之西南，地广千里，皆为盐田。行人所经，牛马皆布毡卧焉。岭南溪洞中，往往有飞头者，故有飞头獠子之号。头飞一日前，颈有痕，匝项[①]如红缕，妻子遂看守之。其人及夜，状如病，头忽离身而去。乃于岸泥，寻蟹蚓之类食之，将晓飞还，如梦觉，其腹实矣。梵僧菩萨胜又言，阇婆国中有飞头者，其人无目瞳子。聚落时。有一人据于民志怪。南方落民，其头能飞，其欲所祠，名曰虫落，因号落民。昔朱桓有一婢，其头夜飞。《王子年拾遗》言，汉武时，因墀国有南方有解形之民，能先使头飞南海，左手飞东海，右手飞西海，至暮，头还肩上，两手遇疾风，飘于海外。（出《酉阳杂俎》）

又南方有落头民，其头能飞，以耳为翼，将晓，还复著体。吴时往往得此人也。（出《博物志》）

【注释】

①匝项：绕着脖子一圈。

【译文】

邺鄯的东面，龙城的西南，地广千里，都是盐田。行人路过此处，休息的时候连牛马都得卧在布毡上面。岭南的溪洞中，常常有脑袋能飞的人，所以有“飞头獠子”的外号。头飞的前一天，脖子上就有痕迹，绕着脖子一圈，像一根红线，妻子和孩子就看守着。这人到了夜晚，样子像有病似的，头忽然离开身子飞走了。脑袋落在河岸边的泥中，找些螃蟹、蚯蚓之类的东西吃，快天亮才飞回来，像做梦醒了似的，肚子却饱饱的。梵僧菩萨胜又说，阇婆国中也有脑袋能飞的人，那种人眼眶里没有瞳仁。在头突然落下的时候。有一个人根据这个人的情况记下了这种怪异的事情。南方的落民，他们的头能飞，他们祠庙中供祀的神名字叫“虫落”，于是称他们为“落民”。从前朱桓有一个婢女，她的头在夜里飞走。《王子年拾遗》中说，汉武帝时，因墀国的南方有能分解身体的人，能先让头飞到南海，左手飞到东海，右手飞到西海。到了晚上，头还回到肩上，两只手遇到了疾风，飘到海外。

又传说，南方有落头民，他们的头能飞，用耳朵作翅膀，天快亮时又回到身体上。孙吴时常常能得到这种人。

蹄羌

【原文】

蹄羌之国，其人自膝已下，有毛。如马蹄。常自鞭其胫①。日行百里。（出《博物志》）

【注释】

①胫（jìng）：小腿，从膝盖到踝骨的部分。

【译文】

蹄羌国的人，膝盖以下都长着毛，脚像马蹄。他们常自己鞭打自己的小腿，每天能走百里。

留仇国

【原文】

炀帝令朱宽征留仇国，还，获男女口千余人并杂物产，与中国多不同。缉木皮为布，甚细白，幅阔三尺二三寸。亦有细斑布，幅阔一尺许。又得金荆榴数十斤，木色如真金，密致，而文采盘蹙有如美锦，甚香极精。可以为枕及案面，虽沉檀不能及。彼土无铁。朱宽还至南海郡，留仇中男夫壮者，多加以铁钳锁，恐其道逃叛。还至江都，将见，为解脱之。皆手把钳，叩头惜脱，甚于中土贵金。人形短小，似昆仑①。（出《朝野佥载》）

【注释】

①昆仑：即昆仑奴。昆仑（不是昆仑山）在我国古代泛指南洋地区，昆仑奴主要指从那里来的仆役。

【译文】

隋炀帝命令朱宽征讨留仇国。回来时，俘获男女一千多口，还有各种物产，和中国有很大的不同。他们用树皮搓线织成布，很是细白，幅宽三尺二三寸。也有细斑布，幅宽一尺左右。又带回金荆榴数十斤，木头的颜色像真金，纹路细密，而花纹色彩盘绕皱缩就像美丽的锦绣，很香，极其精致。可以用它来做枕头和桌面，即使是沉檀木也比不上它。他们的国家不出产铁。朱宽回到南海郡，把留仇俘虏中健壮的男人大多用铁器钳锁，怕他们途中逃走或叛乱。回到江都，要拜见皇上时，给他们解下铁链。他们都手把着铁链，叩头舍不得解下，比中国人看重金子还厉害。留仇人形体矮小，像昆仑奴。

南海人

【原文】

南海男子女人皆缜发。每沐，以灰投流水中，就水以沐，以彘膏其发。至五六月，稻禾熟，民尽髡①鬻于市。既髡，复取彘膏涂，来岁五六月，又可鬻。（出《南海异事》）

又南海解牛，多女人，谓之屠婆屠娘。皆缚牛于大木，执刀以数罪：某时牵若耕，不得前；某时乘若渡水，不时行，今何免死耶？以策举颈，挥刀斩之。（出《南海异事》）

南海贫民妻方孕，则诣富室，指腹以卖之，俗谓指腹卖。或己子未胜衣，邻之子稍可卖，往贷取以鬻，折杖以识其短长，俟己子长与杖等，即

偿贷者。鬻男女如粪壤，父子两不戚戚。（出《南海异事》）

【注释】

①髡（kūn）：古代一种把头发剃光的刑罚，此处指剃光头发。

【译文】

南海的男子和女人头发都很密。他们每次洗头时，把灰扔到流水里，就用这水来洗，洗完后涂猪油润泽头发。到五六月时，稻子成熟时，百姓们都剃下自己的头发在集市上出售。剃光后，再取猪油涂在头上，到了来年五六月时，又可以卖了。

又南海杀牛的大部分是女人，她们被称为屠婆屠娘。都是先把牛捆在大树上，拿着刀数落牛的罪状：某个时候牵你去耕地，你不往前走；某时骑你过水时，不按时走，现在怎么能免死呢？用鞭子抬起牛脖子，挥刀斩杀。

南海贫民的妻子怀孕了，就到富人家去，指着肚子来卖孩子，一般称作指腹卖。有的自己的孩子还太小，连衣裳也穿不起来，而邻居家的孩子基本上可卖了，就去借来卖，折根棍子来记下所借孩子的高矮。等到自己的孩子长得跟当初折的棍子长度相等时，就把他偿还给所借的人家。卖男卖女就如粪土一样，父子双方谁也不留恋谁。

獠妇

【原文】

南方有獠妇，生子便起。其夫卧床褥，饮食皆如乳妇，稍不卫护，其孕妇疾皆生焉。其妻亦无所苦，炊爨樵苏[1]自若。

又云，越俗，其妻或诞子，经三日，便澡身于溪河。返，具糜以饷婿，婿拥衾抱雏，坐于寝榻，称为产翁。其颠倒有如此。（出《南楚新闻》）

【注释】

①樵苏：采薪与取草。

【译文】

南方的獠族妇女，刚生下孩子就起床。她们的丈夫躺在床上，饮食完全和产妇一样，稍不注意保护，产妇易得的病丈夫都能得上。产妇也不觉得怎么痛苦，烧火做饭打柴割草都像原来一样。

又有人说，越人的风俗，女人生了孩子以后，只过三天就到溪中河中洗澡。回到家后，做粥给丈夫吃。丈夫就围着被子，抱着孩子，坐在床上，称作“产翁”。他们那里的夫妻就这么颠倒。

南中僧

【原文】

南人率不信释氏，虽有一二佛寺，吏课其为僧，以督责释之土田及施财。间有一二僧，喜拥妇食肉，但居其家，不能少解佛事。土人以女配僧，呼之为师郎。或有疾，以纸为圆钱，置佛像旁。或请僧设食，翌日，宰羊豕以啖之，目曰除斋。（出《投荒杂录》）

又南中小郡，多无缁[1]流。每宣德音，须假作僧道陪位。唐昭宗即位，柳韬为容广宣告使，赦文到，下属州。崖州自来无僧，皆临事差摄。宣时，有一假僧不伏排位，太守王弘夫怪而问之。僧曰："役次未当，差遣编并，去岁已曾摄文宣王，今年又差作和尚。"见者莫不绝倒[②]。（出《岭表录异》）

【注释】

①缁：指黑色僧服。也指僧侣或作僧侣。

②绝倒：此处指前仰后合地大笑。

【译文】

南方人都不信仰佛教。仅有一二座佛寺，官吏考核寺中和尚的情况，以便监督问责寺属田地及施舍来的财产，即便有一两个和尚，也是喜欢拥抱媳妇，吃肉，住在家里，对于佛事一点不懂。当地人把女儿嫁给和尚，称为"师郎"。有人得了病，就用纸剪成圆钱，放在佛像旁边。有的请和尚陈设食物，第二天，杀羊杀猪来让和尚吃，称作"除斋"。

还有，岭南的小郡，大多没有僧侣。每当宣布皇帝恩诏时，必须找人假扮和尚、道士陪在一边。唐昭宗即位，柳韬被任命为容州、广州的宣告使。赦文到的时候，下到所属州县。崖州从来就没有和尚，都是事到临头找人代替。宣告时，有一个假和尚不明白他所在的位置，太守王弘夫感到奇怪，问他怎么回事，假和尚说："排列的次序不妥当。差官安排去年让我扮演文宣王孔子，今年又派我做和尚。"看的人无不笑得前仰后合。

岭南女工

【原文】

岭南无问贫富之家，教女不以针缕绩纺为功，但躬庖厨，勤刀机而已。善醯[①]盐[②]菹[③]鲊[④]者，得为大好女矣。斯岂遐裔之天性欤！故俚民争婚聘者，相与语曰："我女裁袍补袄，即灼然不会；若修治水蛇黄鳝，即一条必胜一条矣。"（出《投荒录》）

【注释】

①醯（xī）：本意指醋，引申为用于保存蔬菜、水果、鱼蛋、牡蛎的净醋或加香料的醋，也指酒。此处用作动词。

②盐：动词，用盐腌渍。

③菹（zū）：酸菜，腌菜；剁成肉酱，切碎。

④鲊（zhǎ）：一种用盐和红曲腌的鱼；用米粉、面粉等加盐和其他作料拌制的切碎的菜，可以储存。此处用作动词。

【译文】

岭南人家不论贫富，教养女儿都不把会针线能纺织当成本领，只教女儿能下厨房、勤练用刀的技巧。擅长醋渍、盐腌、剁肉、糟鱼的，就能当作非常好的女子。这难道不是边远地方人的天性吗？百姓争相聘娶这样的女子，凑在一起说："我的女儿裁袍补袄全都不会；要说让她整治水蛇、黄鳝，那是一条比一条做得好。"

杂录

裴玄智

【原文】

武德中，有沙门信义，习禅，以三阶[①]为业，于化度寺置无尽藏[②]。贞观之后，舍施钱帛金玉，积聚不可胜计。常使此僧监当。分为三分，一分供养天下伽蓝[③]增修之备，一分以施天下饥馁悲田之苦，一分以充供养无碍。士女礼忏阗咽[④]，施舍争次不得，更有连车载钱绢，舍而弃去，不知姓名。贞观中，有裴玄智者，戒行[⑤]精勤，入寺洒扫，积十数年，寺内徒众，以其行无玷缺，使守此藏。后密盗黄金，前后所取，略不知数，寺众莫之觉也。因僧使去，遂便不还。惊疑所以，观其寝处，题诗云："放羊狼颔下，置骨狗前头。自非阿罗汉，安能免得偷！"更不知所之。（出《辨疑志》）

【注释】

①三阶：佛教宗派名。

②无尽藏：此处指佛寺中储积各方所施舍的财物的地方。

③伽蓝：宗教用语，原意是指僧众共住的园林，即寺院。

④阗咽（tián yàn）：堵塞，拥挤；喧闹。

⑤戒行：佛教指恪守戒律的操行。

【译文】

武德年间，有个僧人信义学禅，修习的是三阶教派，在化度寺建了一个“无尽藏”。贞观时代以后，人们施舍的钱帛金玉，堆积得数不过来。常让这个和尚在那里监管。这些财物分为三份，一份供给天下寺庙的增建修理费用，一份用来施舍给天下饥寒交迫、无田可耕的穷人，一份用来供养佛和僧，使生活无碍。男男女女礼拜忏悔的挤满寺院，争相施舍，都排不上号。还有的人用好几辆车送来钱和绢匹，卸完车就走，连姓名都不知道。贞观年间，有个叫裴玄智的，恪守戒律，专心勤奋。进寺洒水扫地，一共干了十几年。寺内的众人因为他的品行没有什么缺点，就让他看守这个仓库。后来他偷偷地盗走了黄金，前后拿走的，不知有多少，寺里的众人没有一个发觉的。趁着和尚派他出去办事，就再也没回来。大家惊疑他这样做的原因，到他的住处一看，见他题了一首诗：“放羊狼颔下，置骨狗前头。自非阿罗汉，安能免得偷！”再也不知道他去哪儿了。

虞世南

【原文】

太宗将致樱桃于酅公，称奉则尊，言赐则卑。问于虞世南。世南对曰：“昔梁武帝遗齐巴陵王称饷①。”从之。（出《国史》，明抄本、陈校本作出《国史纂异》）

【注释】

①饷：赠送。

【译文】

唐太宗打算送给酅公樱桃，说“奉”太尊敬了，说“赐”又显得对方地位太卑下。拿这件事去问虞世南。虞世南回答说：“从前梁武帝赠送东西给齐的巴陵王，称‘饷’。”太宗听从了这个意见。

虞世基

【原文】

虞世南兄世基与许敬宗父善心，同为宇文化及所害。封德彝时为内史

舍人，备见其事。因谓人曰："世基被戮，世南匍匐以请代；善心之死，敬宗蹈舞[1]以求生。"（出《谭宾录》）

【注释】

①蹈舞：意思是舞蹈，臣下朝贺时对皇帝表示敬意的一种仪节；也作"蹈儛"。

【译文】

虞世南的哥哥虞世基和许敬宗的父亲许善心，同时被宇文化及所害。封德彝当时是内史舍人，全程目睹了那件事。他就对别人说："虞世基被杀时，虞世南伏在地上请求代死；许善心死时，许敬宗却蹈舞来求生。"

元万顷

【原文】

元万顷为辽东道管记，作檄文，讥议高丽，"不知守鸭绿之险"。莫离支报云："谨闻命矣。"遂移兵守之。万顷坐[1]是流于岭南。（出《谭宾录》）

【注释】

①坐：此处指因……犯罪，触犯法律。

【译文】

元万顷是辽东道的管记，作了一篇檄文，讥笑议论高丽，说它不知道守住鸭绿江险要之处。莫离支在回报的文章中说："听到您的指示了。"就调兵守住鸭绿江的险要之处。万顷因为犯这个错误，被流放到岭南。

李晦

【原文】

李晦为雍州长史，私第[1]有楼，下临酒肆。其人尝候晦言曰："微贱之人，虽则礼所不及，然家有长幼，不欲外人窥之。家逼[2]明公[3]之楼，出入非便，请从此辞。"晦即日毁其楼。（出《谭宾录》）

【注释】

①私第：旧时官员私人所置的住所。

②逼：接近，靠近。

③明公：旧时对有名位者的尊称。

【译文】

李晦是雍州长史，私人住宅中有楼房，下临酒肆。酒肆的人曾等着李晦来时说道："我是个卑贱的人，虽然要说的事儿是礼法涉及不到的，然而家中有老有少，不想让外人窥看他们。可是我家靠近大人您家的楼，出入不便，请允许我从此离开。"李晦当天就拆了那座楼。

陆元方

【原文】

陆元方为鸾台凤阁侍郎，居相国。则天将有迁除，必先访之。元方密以进，不露其恩，人莫之知者。先所奏进状章，缄于函中，子弟未尝见。临终，命焚之。曰："吾阴德于人多矣，其后福必不衰也。吾本当寿，但以领选曹①，铨择流品，吾伤心神耳。"言毕而终。（出《御史台记》）

【注释】

①选曹：官名，主铨选官吏事。

【译文】

陆元方做门下省和中书省的侍郎，官居相国。武则天将要降升官员时，一定先去征求他的意见。元方秘密地进献自己的意见，不显示皇上对他的恩宠，所以别人都不知道这事儿。先前他上奏的奏章，都封在匣子里，子孙们从来没见过。临死前，他让人把这些奏章都烧了。说："我对待别人积下的阴德多了，以后福分一定不会衰减。我本来应该长寿，只因为又兼任选曹之职，选拔评定官阶，我伤了心神啊。"说完就去世了。

陈希闵

【原文】

司刑司丞陈希闵以非才任官，庶事①凝滞。司刑府吏目之为“高手笔”，言秉笔之额，半日不下，故名“高手笔”。又号“按孔子”，言窜削②至多，纸面穿穴，故名“按孔”。（出《朝野佥载》）

【注释】

①庶事：各种政务政事。

②窜削：删改。

【译文】

司刑司丞陈希闵因为无才而担任了官职，什么事都办得不顺当。司刑府吏把他看成“高手笔”，是说他拿着笔抵着额头，半天落不下去，所以叫“高手笔”。又叫他“按孔子”，是说他删改太多，纸面都穿孔了，所以叫“按孔”。

杜丰

【原文】

齐州历城县令杜丰，开元十五年，东封泰山，丰供顿①。乃造棺器三十枚，置行宫。诸官以为不可，丰曰：“车驾今过，六宫偕行，忽暴死者，求棺如何可得？若事不预备，其悔可追乎？”及置顿使②入行宫，见棺木陈于幕下，光彩赫然，惊而出，谓刺史曰：“圣主封岳，祈福祚延长，此棺器者，谁之所造？且将何施？何不祥之甚？”将奏闻，刺史令求丰。丰逃于妻卧床下，诈称赐死，其家哭之。赖妻兄张抟为御史，解之，乃得已。丰子钟，时为兖州参军，都督令掌厩马刍豆。钟曰：“御马至多，临日煮粟，恐不可给，不如先办。”乃以镬煮粟豆二千余石，纳于窖中，乘其热封之。及供顿取之，皆臭败矣。乃走，犹惧不免。命从者市半夏半升，和羊肉煮而食之，取死，药竟不能为患而愈肥。时人云，非此父不生此子。（出《纪闻》）

【注释】

①供顿：这里的意思是供给行旅宴饮所需之物。

②置顿使：使职名。唐玄宗时已置，天子出，主置顿储供，有副使、判官。置顿，设置安顿的处所。

【译文】

齐州的历城县令杜丰，在开元十五年，皇帝要登泰山封禅，由杜丰张罗供应行旅宴饮所需。杜丰就造了三十口棺材放在行宫中。各位官员认为这样不行。杜丰说："皇帝的车驾现在过来，六宫都随行，忽然有暴死的，现找棺材哪里能找到？如果事先不做准备，那后悔还来得及吗？"等到置顿使进了行宫，看见棺材摆在帐幕下，光彩鲜明，惊得从行宫出来，对刺史说："圣主到泰山祭天，祈求福气绵延长久，这些棺材是谁制造的？要用它做什么？多么不吉利？"于是打算上奏皇帝。刺史让人去抓杜丰。杜丰逃到妻子卧房的床底下，假称皇帝已让他死，他家的人都为他哭。后来仰仗着大舅哥张抟做御史，从中周旋排解，才算了了这件事。杜丰的儿子杜钟，当时做兖州参军，都督让他掌管马圈里的马和草料。杜钟说："皇帝的马这么多，到了用的日子再煮小米，恐怕供应不上，不如先办。"就用大锅煮了两千多石的小米和豆子，放进窖里，趁热封了窖。等到张罗供应时取出，全都腐烂发臭了。他于是逃跑了，仍害怕不能免罪，叫随从买了半夏半升，和羊肉一起煮着吃了来自杀。可是这药竟然不能药死人，人反而更胖了。当时的人说，不是这样的爹，生不出这样的儿子。

崔隐甫

【原文】

梨园弟子有胡雏善吹笛，尤承恩。尝犯洛阳令崔隐甫，已而走[①]入禁中[②]。玄宗非时，托以他事，召隐甫对，胡雏在侧。指曰："就卿乞此，得否？"隐甫对曰："陛下此言，是轻臣而重乐人也，臣请休官。"再拜[③]而去。玄宗遽曰："朕与卿戏也。"遂令曳出，至门外，立杖杀之。俄而复敕释，

已死矣。乃赐隐甫绢百匹。(出《国史补》)

【注释】

①走：跑。

②禁中：帝王所居的宫苑。

③再拜：古代一种隆重的礼节，拜两次，表达敬意。

【译文】

梨园弟子中有个胡人少年，善于吹笛子，特别受到皇上宠爱。他曾经触犯洛阳令崔隐甫，接着就跑进禁宫之中。唐玄宗觉得单为这事叫崔隐甫来，不合适，就假托别的事情，召见李隐甫奏对。胡人少年也在旁边。唐玄宗指着胡人少年说：“从你那里要这个人，行不行？”崔隐甫回答说：“陛下这个话，是轻视臣子而看重乐人，我请求免官去职。”再拜离开。唐玄宗急忙说：“我是和你说笑话呢。”就命令人把胡人少年拖出去，拖到门外，立刻杖杀。一会儿皇上又下令释放他，但他已经死了。于是赐给崔隐甫一百匹绢。

史思明

【原文】

安禄山败，史思明继逆。至东都，遇樱桃熟，其子在河北，欲寄遗之，因作诗同去。诗云：“樱桃一笼子，半已赤，半已黄。一半与怀王。一半与周至。”诗成，左右赞美之，皆曰：“明公此诗大佳，若能言‘一半周至，一半怀王’，即与‘黄’字声势稍稳。”思明大怒曰：“我儿岂可居周至之下？”思明长驱至永宁县，为其子朝义所杀。思明曰：“尔杀我太早，禄山尚得至东都，而尔何亟①也。思明子伪封怀王，周至即其傅也。”(出《芝田录》)

【注释】

①亟（jí）：急迫。

【译文】

安禄山失败了，史思明继续造反。到了东都洛阳，正赶上樱桃熟了，史思明的儿子在河北，他想给儿子寄赠樱桃，就写了一首诗一同送去。诗中说："樱桃一笼子，半已赤，半已黄，一半与怀王，一半与周至。"诗写完了，左右的人都夸好，都说："明公这首诗非常好，如果说'一半周至，一半怀王'，就与上文的'黄'字的音韵比较和谐了。"史思明大怒说："我的儿子怎么能在周至的后面？"史思明带兵长驱直至永宁县，被他的儿子史朝义杀了。史思明说："你杀我杀得太早了，安禄山还能到东都来，可是你为什么这么着急呢？"史思明的儿子被伪政权封为怀王，周至是他儿子的师傅。

李抱贞

【原文】

李抱贞镇潞州，军资匮缺，计无所为。有老僧，大为郡人信服。抱贞因请之曰："假和尚之道，以济军中，可乎？"僧曰："无不可。"抱贞曰："但言择日鞠场焚身，某当于使宅凿一地道通连。俟火作，即潜以相出。"僧喜从之，遂陈状声言。抱贞命于鞠场积薪贮油。因为七日道场①，昼夜香灯，焚呗②杂作，抱贞亦引僧入地道，使之不疑。僧乃升坛执炉，对众说法。抱贞率监军僚属及将吏，膜拜其下。以俸入檀施③，堆于其旁。由是士女骈填。舍财亿计。满七日，遂送柴积，灌油发焰，击钟念佛。抱贞密已遣人填塞地道，俄顷之际，僧薪并灰。数日，籍所得货财，辇入军资库。别求所谓舍利者数十粒，造塔贮焉。（出《尚书故实》）

【注释】

①道场：此处指规模较大的诵经礼拜仪式。

②焚呗：即梵呗，中国佛教音乐原声的特称。

③檀施：布施。

【译文】

李抱贞镇守潞州，军队缺少经费，没有办法解决。有个老和尚，郡中的人都特别信服他。李抱贞就请求他说："借用和尚的道行，来供应军队的花销，可以吗？"和尚说："没什么不可以的。"李抱贞说："你只要说，要找一个日子在鞠场上焚身，我会事先在刺使住宅里挖一条地道，和鞠场连通，一等火烧起来，你就偷偷地从地道里出来。"和尚高兴地答应了他，就把商量好的说法传出去。李抱贞命人在鞠场上堆积木柴，储好油脂。因此，为他准备了七天的道场，白天黑夜地焚香点灯，梵呗热热闹闹地响起来，李抱贞领着和尚进入地道，好让他不起疑心。和尚就登上法坛，拿着香炉，对听众讲说佛法。李抱贞就率领着监军同僚和将吏，在坛下膜拜。用俸禄当布施，堆在法坛旁边。于是男男女女争着施舍，施舍的钱财以亿计数。道场做满七天，就把和尚送上堆积的木柴，泼上油脂点火，敲钟念佛。李抱贞已经秘密派人填塞了地道。不一会儿，和尚和木柴全都烧成了灰。几天后，登记得到的钱财，用车子送进军资库。另外又寻求了几十粒舍利子，造了一座塔收储起来。

卢杞

【原文】

卢杞为相，令李揆入蕃。揆对德宗曰："臣不惮远，恐死于道路，不达君命。"帝恻然悯之，谓卢曰："李揆莫老无？"杞曰："和戎之使，且须谙练朝廷事，非揆不可。且使揆去，则君臣少于揆年者，不敢辞远使矣。"揆既至蕃，蕃长曰："闻唐家有第一人李揆，公是否？"揆曰："非也，他那李揆，争肯到此？"恐为拘留，以谩①之也。揆门地第一，文学第一，官职第一。揆致仕②归东都，司徒杜佑罢淮海，入洛见之，言及第一之说。揆曰："若道门户，门户有所自，承余裕也；官职遭遇耳；今形骸凋悴，看即下世，一切为空，何第一之有？"（出《嘉话录》）

【注释】

①谩（mán）：欺骗、蒙蔽。

②致仕：交还官职，即退休。

【译文】

卢杞做宰相时，让李揆到吐蕃去。李揆对唐德宗说："臣不怕远，只怕死在道上，不能传达皇上的命令。"唐德宗动了恻隐之心，很可怜他，对卢杞说："李揆不是太老了吗？"卢杞说："同戎结盟的使者，必须熟悉练达朝廷的事务，非李揆不行。况且派李揆去，那些比他年轻的大臣们，就不敢推辞出使远地了。"李揆到了吐蕃，蕃长说："听说唐朝有个第一人李揆，您是不是？"李揆说："不是，那个李揆怎么肯到这里呢？"他是害怕被拘禁扣留，因此欺骗蕃长。论门第，李揆第一；论文学，李揆第一；论官职，李揆第一。李揆辞官回到东都洛阳，司徒杜佑罢官回淮海，进洛阳拜见李揆，说起"第一"这种说法，李揆说："若说门第，门第都是有来源的，可以由前代继承；官职是一时的机遇；如今我身体凋敝憔悴，眼看就要死了，一切都是空的，还有什么第一呢？"

吕元膺

【原文】

吕元膺为鄂岳团练，夜登城，女墙①已锁。守者曰："军法夜不可开。"乃告之曰："中丞自登。"守者又曰："夜中不辨是非，中丞亦不可。"元膺

乃归。及明，擢为大职。（出《国史补》）

【注释】

①女墙：仿照女子“睥睨”之形态，在城墙上筑起的墙垛，后来便演变成一种建筑专用术语，指建在城墙顶部内外沿上的薄型挡墙。

【译文】

吕元膺是鄂岳团练，夜里想要登城，但城墙上的墙垛已经上锁。守门人说：“军法规定，夜里不能开门。”吕元膺就告诉他说：“是中丞亲自登城。”守门人又说：“夜晚看不清是不是，中丞也不行。”元膺就回去了。到了天明，提升守门人担任重要职务。

周复

【原文】

元稹在鄂州，周复为从事。稹尝赋诗，命院中属和。复乃簪笏见稹曰：“某偶以大人往还，谬获一第，其实诗赋皆不能。”稹嘉①之曰：“质实如是，贤于能诗者矣。”（出《幽闲鼓吹》）

【注释】

①嘉：嘉许，夸赞。

【译文】

元稹在鄂州时，周复做他的从事。元稹曾写诗，并让下属和诗。周复就带着簪笔笏板来见元稹，说：“我是偶然因为与大官来往，侥幸考中，实际上我写诗作赋都不行。”元稹赞许他说：“如此诚实质朴，比会写诗的贤德。”

温庭筠

【原文】

温庭筠有词赋盛名，初将从乡里举，客游江淮间，扬子留后姚勖厚遗之。庭筠少年，其所得钱帛，多为狭邪①所费。勖大怒，笞且逐之，以故庭筠卒不中第。其姊赵颛之妻也，每以庭筠下第，辄切齿[②]于勖。一日，厅有客，温氏偶问客姓氏，左右以勖对。温氏遂出厅事，前执勖袖大哭。勖殊惊异，且持袖牢固，不可脱，不知所为。移时[③]，温氏方曰："我弟年少宴游，人之常情，奈何笞之？迄今无有成遂，得不由汝致之？"复大哭，久之方得解。勖归愤讶，竟因此得疾而卒。（出《玉泉子》）

【注释】

①狭邪（xiá xié）："小街曲巷"的意思，也指"妓女"或"妓院"。

②切齿：咬紧牙齿，形容非常愤恨。

③移时：一会儿。

【译文】

温庭筠擅长词赋，享有盛名。当初他要在乡里应举，在江淮之间客居游历，扬子留后姚勖赠给他一大笔钱。温庭筠年轻，得到的钱财大多花费在妓院。姚勖大怒，把他打了一顿，赶走了，因此温庭筠始终没有考上。他的姐姐是赵颛的妻子，每想起庭筠落榜，就对姚勖恨得咬牙切齿。一天，家里来了客人，温氏偶然问起来客姓名，身边的人告诉她是姚勖。温氏就走进前厅，上前扯着姚勖的袖子大哭。姚勖非常惊讶，而且她扯着袖子特别牢，摆脱不了，不知她要干什么。过了好一会儿，温氏才说："我弟弟年轻，喜欢宴饮游乐，这是人之常情，你打他干什么？使他到现在也没有成就，这难道不是你造成的吗？"又大哭起来。很久，姚勖才得以解脱。姚勖回去后又惊又怒，竟然因此得病死了。

苗耽

【原文】

苗耽进士登第，闲居洛中有年矣，不堪其穷。或意为将来通塞，可以响卜。耽即命子侄扫洒厅事，设几焚香，束带秉笏，端坐以俟一言。所居穷僻，久之无所闻。日晏[①]，有货枯鱼者至焉，耽复专其志而谛听之，其家童连呼之，遂挈鱼以入。其实无一钱，良久方出。货者迟其出，固怒之矣，又见或微割其鱼，货者视之，因骂曰："乞索儿，卒饿死耳，何滞我之如是邪？"初耽尝自外游归，途遇疾甚，不堪登升。忽见有以辇棺而回者，以其价贱，即僦②而寝息其间。至洛东门，阍者不知其中有人，诘其所由来。耽谓其讶己，徐答曰："衣冠道路得病，食不能致他物，相与无怪也。"阍者曰："吾守此三十年矣，未尝见有解语神柩。"后耽终江州刺史。（出《玉泉子》）

【注释】

①日晏（yàn）：天色已晚。

②僦（jiù）：租赁。

【译文】

苗耽中进士后，闲居在洛中已经有几年了，实在是穷得受不了。有时他心里想将来通达与否可以用响声占卜，就命令晚辈打扫客厅，摆好几案，焚起香来，他扎上腰带，拿着笏板，端端正正坐着等待一句话。他住的地方太偏僻，很久也听不见什么。天色晚了，有个卖干鱼的来了。苗耽又专心去听，家僮连声叫他，他也没听见。家僮就拿着鱼进来。其实家里一文钱都没有。过了很久苗耽才出来。卖鱼的觉得他出来得晚，已经很怒了，又看见他的鱼被稍稍割去了一些，就骂道："乞丐，早晚饿死，怎么耽误我这么久？"当初，苗耽曾从外游历回来，路上病得厉害，连车都坐不了。忽然看见有用辇拉棺材回城的，因为价钱便宜，就租下来，躺在棺材里面休息。到洛城东门，守门人不知道棺材里有人，就问棺材打哪儿来。苗耽以为他看见自己才惊讶，就慢慢地回答说："斯文人在路上病了，吃不起饭，你不要奇怪。"守门人说："我在这儿守了三十年了，没见过有听懂人话的神棺材。"后来苗耽最终死在江州刺史任上。

毕诚

【原文】

毕诚家本寒微，咸通初，其舅尚为太湖县伍伯。诚深耻之，常使人讽令解役，为除官①。反复数四，竟不从命。乃特除选人杨载为太湖令，诚延至相第，嘱之为舅除其猥籍，津送入京。杨令到任，具达诚意。伍伯曰："某贱人也，岂有外甥为宰相耶？"杨坚勉之，乃曰："某每岁秋夏，恒相享六十千事例钱，苟无败缺，终身优足，不审相公欲除何官耶？"杨乃具以闻诚，诚亦然其说，竟不夺其志也。王蜀伪相庾传素与其从弟凝绩，曾宰蜀州唐兴县。郎吏有杨会者微有才用，庾氏昆弟念之。洎迭秉蜀政，欲为杨会除马长以酧②之。会曰："某之吏役，远近皆知。忝冒③为官，宁掩人口。岂可将数千家供侍，而博一虚名马长乎？"后虽假职名，止除检校官，竟不舍县役矣。（出《北梦琐言》）

【注释】

①除官：授官。

②酧：同"酬"。

③忝冒：意思是指滥竽充数。

【译文】

毕诚家原本贫寒，地位低下，咸通初年，他的舅舅还是太湖县伍长。毕诚为此深感羞耻，常派人婉转地劝他辞去差事，为他授官。劝了多次，舅舅竟然不听他的。他就特地任命候选官员杨载为太湖县令，毕诚把他邀到相府，嘱咐他替舅舅解除猥贱的名籍，乘船送入京城。杨载到任，把毕诚的意思详细传达了。伍长说："我是一个身份低贱的人，怎么会有外甥当宰相？"杨载一再劝他，他就说："我在每年秋夏，都能享受六十千钱的事例钱，如无错误，一辈子就很优厚满足了，不明白相公还要给我升什么官？"杨载都告诉了毕诚，毕诚也认为舅舅说得对，再也没有勉强他。前蜀伪宰相庾传素和他的堂弟凝绩，曾任蜀州唐兴县宰。有个叫杨会的郎吏稍微有一点才干，庾氏兄弟记住了他。等到二人轮流掌管蜀州政权时，想任杨会为马长来酬谢他。杨会说："我的这份差使，远近皆知，硬要去滥竽充数，无宁去堵人家的嘴。怎么能用几千家的供奉侍候，换得一个马长的虚名？"以后虽然挂上官衔，也只是任检校官，竟不放弃县役的职务。

韦宙

【原文】

相国韦宙善治生，江陵府东有别业，良田美产，最号膏腴；积稻如坻，皆为滞穗。咸通初，授岭南节度使。懿宗以番禺珠翠之地，垂贪泉[①]之戒。宙从容奏曰："江陵庄积谷，尚有七千堆，固无所贪矣。"帝曰："此所谓足谷翁也。"（出《北梦琐言》）

【注释】

①贪泉：在今广东广州市西北三十里石门。《晋书·吴隐之传》："朝廷欲革岭南之弊，隆安中，以隐之为龙骧将军、广州刺史、假节，领平越中郎将。未至州二十里，地名石门，有水曰贪泉，饮者怀无厌之欲。隐之既至，语其亲人曰：'不见可欲，使心不乱。越岭丧清，吾知之矣。'乃至泉所，酌而饮之，因赋诗曰：'古人云此水，一歃怀千金。试使夷齐饮，终当不易心。'"

【译文】

相国韦宙善于营谋生计，江陵府东有他的别墅，良田美产，最为肥沃。堆积的稻子像小岛，都是成熟的稻穗。咸通初年，他被授为岭南节度使。懿宗认为番禺是出珍珠翡翠的地方，用贪泉的故事告诫他不要贪婪。韦宙从容启奏道："江陵庄子上积蓄的粮食，还有七千堆，所以没有什么可贪的。"皇帝说："这真是个不缺粮的老头。"

郭使君

【原文】

江陵有郭七郎者，其家资产甚殷，乃楚城富民之首。江淮河朔间，悉有贾客仗其货买易往来者。乾符初年，有一贾者在京都，久无音信。郭氏子自往访之，既相遇，尽获所有，仅五六万缗。生耽悦烟花，迷于饮博，三数年后，用过太半。是时唐季，朝政多邪，生乃输数百万于鬻爵者门，以白丁[①]易得横州刺史，遂决还乡。时渚宫新罹王仙芝寇盗，里闾人物，与昔日殊。生归旧居，都无舍宇，访其骨肉，数日方知。弟妹遇兵乱已亡，独母与一二奴婢，处于数间茅舍之下，囊橐[2]荡空，旦夕以纫针为业。生之行李间，犹有二三千缗，缘兹复得苏息，乃佣舟与母赴秩。过长沙，入湘江，次永州北江。墂[3]有佛寺名兜率。是夕宿于斯，结缆于大樠树下。夜半。忽大风雨，波翻岸崩，树卧枕舟，舟不胜而沉。生与一梢工，拽母登岸，仅以获免。其余婢仆生计，悉漂于怒浪。迟明，投于僧室，母氏以惊得疾，数日而殒。生憧惶，驰往零陵，告州牧。州牧为之殡葬，日复赠遗之。既丁忧[4]，遂寓居永郡。孤且贫，又无亲识，日夕厄于冻馁。生少小素涉于江湖，颇熟风水间事，遂与往来舟船执梢，以求衣食。永州市人，呼为捉梢郭使君，自是状貌异昔，共篙工之党无别矣。（出《南楚新闻》）

【注释】

①白丁：指平民百姓，也指没学问的人。

②囊橐（tuó）：袋子。

③墂（biāo）：古同“标”，特指用土立的标志。

④丁忧：朝廷官员在位期间，如若父母去世，则从得知丧事的那一天起，必须辞官回到祖籍，为父母守制二十七个月，这叫丁忧。

【译文】

江陵有个叫郭七郎的人，他家很有钱，是楚城有钱人的首户。长江、淮河、黄河以北之间，都有商人靠着他的货来经商。乾符初年，有一个商人在京城，很久没有音信，郭七郎就亲自去查找。见面后，把他所有的钱财都要了过来，有五六万缗。郭七郎迷上了妓女，沉湎于饮酒、赌博。三四年后，把钱花掉了一大半。这时是唐朝，朝廷多的是坏人专权，郭七郎用几百万钱送给卖官的人，以白丁之身变成了横州刺史，于是决定回家。当时江陵刚刚被王仙芝攻打过，乡里的人和物都和过去不一样。郭七郎回到旧居，房屋都没了；打听亲人，几天后才知道弟弟妹妹碰上乱兵已经死了，只有母亲带着一两个丫环住在几间茅草房里，钱袋里空空，白天夜里做针线活过日子。郭七郎的行李中，还有二三千缗，因此生活才算得以好转起来。就雇船和母亲一道去上任。经过长沙，进入湘江，停泊在永州北江，岸上有一座庙叫兜率寺。当晚就住在这里，把船系在大槠树下。半夜，忽然刮大风下大雨，波浪翻滚，河岸冲毁，大树倒了压住了船，船经受不住就沉没了。郭七郎同一个梢公把母亲拽到岸上，也只是保住了她一条性命，其余的奴仆东西都被怒涛卷走了。天亮后，投身庙里，母亲受惊得病，几天后死了。郭七郎一筹莫展，跑到零陵，把情况告诉了州牧。州牧为他安葬了母亲，又赠给他一些钱。他既为母亲守丧，就在永郡寓居。孤身一人，又穷，又没亲戚熟人，早晚挨冻受饿。郭七郎从小就来往于江湖之上，很熟悉行船这一套，就给来往的船只掌舵，谋求衣食。永州市面上的人，叫他捉梢郭使君。从此，他的面貌和以前大不一样，同船工这些人没有什么区别了。

振武角抵人

【原文】

光启年中，左神策军四军军使王卞出镇振武。置宴，乐戏既毕，乃命角抵[①]。有一夫甚魁岸，自邻州来此较力，军中十数辈躯貌膂力[②]，悉不能敌。主帅亦壮之，遂选三人，相次而敌之，魁岸者俱胜。帅及座客，称善久之。时有一秀才坐于席上，忽起告主帅曰："某扑得此人。"主帅颇骇其言，所请既坚，遂许之。秀才降阶，先入厨，少顷而出，遂掩绾衣服，握左拳而前。魁梧者微笑曰："此一指必倒矣。"及渐相逼，急展左手示之，魁岸者懵然而倒，合座大笑。秀才徐步而出，盥手而登席焉。主帅诘之："何术也？"对曰："顷年客游，曾于道店逢此人，才近食桉[③]，踉跄而倒。有同伴曰：'怕酱，见之辄倒。'某闻而志之。适诣设厨，求得少酱，握在手中。此人见之，果自倒，聊助宴设之欢笑耳。"有边岫判官，目睹其事。（出《玉堂闲话》）

【注释】

①角抵：是一种类似现在摔跤、相扑一类的两两较力的活动。这个词来源于“以角抵人”，角抵最初是一种作战技能，后来成为训练兵士的方法，又演变为民间竞技，带有娱乐性质。

②膂（lǚ）力：体力，力气。

③食桉：即食案，饭桌。

【译文】

光启年间，左神策军四军军使王卞出朝镇守振武。举办宴席，奏乐舞蹈已经结束，就下令摔跤比赛。有一个男人特别魁梧高大，从邻州来此比力气，军中十几个人在体形外貌、体力方面，都比不过他。主帅也觉得他很健壮，就选了三个人，一个个地和他比试，那个魁梧的人都胜了。主帅和座上客人称赞了他好久。当时有一个秀才坐在席上，突然站起来告诉主帅说：“我可以打倒这个人。”主帅对他的话十分吃惊，因为他请求得坚决，就答应了他。秀才下了台阶，先进了厨房，不一会儿出来了，就把衣服系紧一些，握着左拳走上前去。魁梧的人微笑着说：“我一指头你就得倒下。”等到二人渐渐互相逼近，秀才迅速展开左手让他看，魁梧的人晕晕乎乎地就倒了。满座大笑。秀才慢慢走出圈外，洗洗手又登上了坐席。主帅问他：“你用的什么术法？”他回答说：“近年游历在外，曾在途中店里遇到过这个人。当时他刚近饭桌，就踉踉跄跄倒下了。有个同伴说：‘他怕大酱，见到就倒。’我听到后就记住了。刚才去厨房，要了一点大酱，握在手中，这个人见到后，果然倒了。姑且给宴会取个乐儿。”有个叫边岫的判官，亲眼看到了这件事。

薛昌绪

【原文】

岐王李茂贞霸秦陇也。泾州书记薛昌绪为人迂僻，禀自天性。飞文染翰[①]，即不可得之矣。与妻相见亦有时，必有礼容，先命女仆通转，往来数四，可之，然后秉烛造室。至于高谈虚论，茶果而退。或欲诣帏房，其礼亦然。尝曰：“某以继嗣事重，辄欲卜其嘉会。”必候请而可之。及从泾帅统众于天水，与蜀人相拒于青泥岭。岐众迫于辇运，又闻梁人入境，遂潜师宵遁，颇惧蜀人之掩袭。泾帅临行，攀鞍忽记曰：“传语书记，速请上马。”连促之，薛在草庵下藏身。曰：“传语太师，但请先行，今晨是某不乐日。”戎帅怒，使人提上鞍桥，捶其马而逐之，尚以物蒙其面。云：“忌日礼不见客。”此盖人妖也。秦陇人皆知之。（出《玉堂闲话》）

【注释】

①飞文染翰：指挥笔疾书。

【译文】

岐王李茂贞称霸秦陇一带。泾州书记官薛昌绪为人迂腐怪僻，出自天性。在挥笔疾书方面是不可多得的人才。与妻子见面也要讲究时刻，必有礼节法度，先命使女去通告转达，往来多次，允许后才拿着蜡烛到室内。到了后高谈阔论一番，喝杯茶，吃些果子就退了。有时想到卧室去，礼节也是这样。他曾经说：“我把传宗接代的事看得很重要，总想算好恰当的相会日子。”必须等候邀请才可以。等到他跟着泾州大帅统领大兵到天水与蜀人对峙在青泥岭时，岐王将士受限于运输问题，又听

说梁人也入了境，就偷偷地在夜里逃跑了，泾州大帅很怕蜀人偷袭。泾州大帅临走时，刚攀住马鞍，忽然想到了薛昌绪，说："传话给书记官，请他快上马。"连连催促，薛昌绪仍在草庵下藏身，说："告诉太师，请他们先走，今天早晨是我不高兴的日子。"军帅怒了，派人把他提上马鞍，打马让它快跑。薛昌绪还用东西蒙住自己的脸说："忌日按照礼节不见人。"这大概是人妖吧。秦陇人都知道这件事。

帝羓

【原文】

晋开运末，契丹主耶律德光自汴归国，殂于赵之栾城。国人破其腹，尽出五脏，纳盐石许，载之以归。时人谓之"帝羓①"。（出《玉堂闲话》）

【注释】

①羓（bā）：古代中国传说中的一种珍贵的羊。也可指大块干肉；泛指干制食物。

【译文】

后晋开运末年，契丹国主耶律德光从汴梁回国，死在赵地的栾城。契丹国人剖开他的肚皮，把五脏都拿出来，用一石左右的盐装进腹内，用车把他运回国。当时人把这叫作"帝羓"。

参考文献

[1] 冯梦龙 . 太平广记钞［M］. 武汉：崇文书局，2019.

[2]李昉 . 太平广记［M］. 北京：中华书局，2020.

[3] 李昉 . 太平广记［M］. 沈阳：万卷出版公司，2008.

[4] 李昉 . 太平广记［M］. 南昌：江西美术出版社，2018.

[5] 冯慧娟 . 太平广记［M］. 沈阳：辽宁美术出版社，2019.

[6] 王春红 . 太平广记［M］. 成都：四川大学出版社，2011.